Verknipt

www.uitgeverij-m.nl

en

www.dethrillerkrant.nl

Nieuws, interviews en leesproeven.
Neem een abonnement op *De Thrillerkrant*

Peter de Zwaan bij Uitgeverij-M:

Het alibibureau
De bemiddelaar
Een man genaamd Dietz
De vrouwenoppasser
De klusjesman
Verknipt

Peter de Zwaan

Verknipt

Copyright © 2004 Peter de Zwaan
Omslagontwerp Studio Eric Wondergem BNO/B.V., Baarn
Omslagillustratie Helen King

Eerste druk maart 2004

Uitgeverij M is een imprint van De Boekerij bv, Amsterdam

ISBN 90 225 3847 8 / NUR 332

Voor Ria en Bert, vrienden

Voor de leden van de harde kern

Met mannen kon ze doen wat ze wilde, geen probleem. Ze kon ze op bed leggen, vastbinden, met de dood bedreigen en dan dachten ze dat ze een grapje maakte. Zolang ze vriendelijk keek geloofden mannen wat ze wilden geloven en dat was dat ze een aardige vrouw was, klein van stuk, geil als boter en met een hoofd waarin geen enkele gedachte schuilde die ertoe deed. Zo was het tien jaar geleden en zo was het nog steeds.

Dat was een.

's Avonds, van maandag tot en met vrijdag, vakantie en vrije dagen uitgezonderd, zat ze op de bank van Doris. Oppas van drie kinderen. Doris ging naar haar werk en zij bracht Sander, Zarah en Xavier naar bed. Als vanzelfsprekend. Omdat ze toch niks te doen had, omdat Doris haar zuster was, omdat ze anders alleen thuis zat en zich verveelde.

Dat was twee.

Als ze naar huis reed, meestal rond een uur of zes in de ochtend, nadat ze met Doris een kop warme melk had gedronken, ze elkaar aan hadden gekeken en een van beiden had gezegd: 'Ja, zus, zo gaat het nu eenmaal', reed ze langs het huis in het park waar altijd licht brandde, op elk uur van de dag, en waarin geluiden klonken alsof er een eeuwig feest aan de gang was.

Dat was drie.

Deze drie factoren bepaalden de wereld van Nillie Pender, 1 meter 66 lang, 46 jaar, twee keer getrouwd geweest, op het nippertje ontsnapt aan een 'fijn van ons samen'-kindje en dankzij de sportschool overal strak.

Als ze niet vol wraakzucht had gezeten zou haar leven prettig zijn geweest, of in elk geval rustig, gelijkmatig, goed te verdragen; nu was het alsof ze vast zat in een droom die eindeloos duurde en waarvan ze het einde kende. Het probleem was het tussenstuk: hoe kwam ze bij het einde. Door de factoren een, twee en drie met elkaar te verbinden – zo ver was ze langzamerhand. Ze lag niet voor niets elke avond op de doorgezakte bank van Doris te droomdenken tot het bonkte in haar hoofd.

Wat ze moest doen was oefenen, moed verzamelen. Liefst een beetje snel. Ze begon genoeg te krijgen van haar droom. Het werd tijd dat ze wakker werd en echt ging leven.

1

Daar had je er weer een. Ze herkende ze direct. Rood aangelopen gezicht, zweet op het voorhoofd, ogen die zwommen in een mengsel van drank en pillen, zwart haar vastgeplakt op de schedel, shirt open tot net boven de navel met een goed zicht op krullend borsthaar.

'...doe ... hier?'

Dat was het mooie van een disco, een gesprek was bijna praten met jezelf. Je maakte je eigen zinnen en driekwart van de zinnen van de ander.

'Hoezo.'

'Ben ... oud voor ...?'

Ze schatte hem op dertig, ietsje ouder misschien. Het zou bijna veertig kunnen zijn, in het wisselende licht wist je het nooit.

'Oud voor wat. Voor jou?'

Ze zag hem een stapje achteruit gaan en volgde zijn ogen. Hij begon onderaan, bleef lang hangen bij haar borsten, maar nog langer bij haar gezicht. Ze wist wat hij dacht. Ongeveer hetzelfde wat zij dacht, elke keer als ze lang in de spiegel keek. Scheef, dat dacht hij. Haar gezicht bestond uit twee delen die verkeerd tegen elkaar aan waren gezet. Elk deel was mooi, dat had ze vastgesteld met behulp van een spiegeltje dat ze met de zijkant tegen haar neus had geduwd. Links en rechts, allebei mooi, maar samen in onbalans. Alleen haar wenkbrauwen waren symmetrisch, een rechte streep boven haar ogen, geen bocht in te bekennen. 'Oogsnorren,' had Cris gezegd toen al zeker was dat ze uit elkaar zouden gaan. 'Je zou ze elke ochtend moeten scheren.'

Mannen die iets van haar wilden noemden haar intrigerend.

Vrouwen zeiden: 'Tjeetje,' en waren ineens tevreden met hun eigen gezicht.

'Sorry,' zei hij. '...begin. ...mee ...bar ...ziek. Hard.' Hand achter het oor. 'Hard.'

Ze wist wat hij had gezegd, of had willen zeggen. Dat ze te oud was voor een disco vol twintigers en dertigers. Dat de muziek te hard stond waardoor praten niet mogelijk was. Dat hij een drankje wilde aanbieden.

'Dat je me naar huis wilt brengen, hè schat?'

'Zei …iets?'

Je moest eens weten. 'Nee, niks.'

'O.'

Hij noemde een naam die ze niet verstond, pakte haar hand en trok haar mee naar een hoek van de bar. Hij ging zo staan dat ze een goed zicht had op zijn gouden halsketting, op de gouden ringetjes in zijn rechteroor. 'Drinken?'

Het voordeel van mannen ouder dan dertig was dat ze voor je wilden betalen. 'Hou je van goud?'

Hij boog zich naar haar toe. 'Wat?'

Ze zag dat de piercing in zijn tong goudkleurig was. 'Of je van goud houdt. Goud.'

Hij grijnsde en wees naar zijn navel, of naar het gebied eronder. '…heb …meer.'

Ze ging op een kruk zitten, zei net zolang 'Bier' tot de boodschap was overgekomen en vroeg zich af hoeveel goud hij in werkelijkheid bij zich droeg, en waar het zat.

Nog voor haar glas leeg was zou hij vragen of ze mee ging en dan zou ze knikken en opstaan. Als hij langer wachtte was hij de moeite niet waard.

Het duurde nog geen drie minuten. 'Als …buiten. Praten. Hard.'

Buiten zei hij: 'Daar. Mijn auto.' Alsof het logisch was dat ze in zou stappen.

In de auto vroeg hij. 'Waar naartoe?'

Ze overwoog een mep met haar tasje, maar perste er een glimlach uit. 'Waar woon je?'

'Ik dacht. Eh.'

Aan haar huis. Dan wist hij meteen of ze getrouwd was of nog vrij.

'Aan een hotel? Of is het de achterbank? Wat denk je dat ik voor een meisje ben?'

Ze zag zijn gezicht vertrekken en trok haar mondhoeken verder omhoog. Voor het blok zetten kon nooit kwaad, even laten merken dat ze een willetje had.

'Nee,' zei hij. 'Ik bedoel… Bij mij. Moeilijk… en zo.'

Van een vrouw en een stel kinderen, ze had de witte streep op de ringvinger gezien. 'Ik heb een hospita.'

'O… Ja.'

Ze begreep niet waarom ze in de disco had gedacht dat ze delen van zijn zinnen had gemist. Dit was er een die geen zinnen maakte, maar zich beperkte tot losse woorden, voorzien van pauzes waardoor het leek alsof hij nog midden op de dansvloer stond.

Ze duwde het portier open. 'Nou, tot ziens dan maar.'

Hij startte de motor en wees naar een punt ergens in de verte.

'Seaview?'

Waar Doris nachtmanager was. Ze piekerde er niet over.

'In Centrum hebben ze betere kamers.' Met ouderwetse bedden met spijlen, precies wat ze nodig had. 'Of kennen ze je daar?'

Hij schudde zijn hoofd en ze zag de gouden ketting dansen. Krulletjeshaar en een gouden ketting, ze wist zeker dat ze het klaar zou spelen. 'Mooi zo. Schiet nou maar op, zo leuk is het hier niet.'

Het was altijd mooi om naar hun gezicht te kijken als ze in de lobby stonden, naar de manier waarop ze het hoofd bogen, snel om zich heen keken, zeiden dat ze meteen betaalden, nee, geen creditcard.

Ze was doorgelopen tot voorbij de palm die tussen de balie en de lift stond en zag de receptioniste een paar keer in haar richting kijken. Achttien, schatte ze haar, nog nieuwsgierig genoeg om te willen weten wie om halfvier in de nacht een kamer kwamen huren.

'Hoe zei u?' vroeg de receptioniste.

Hij herhaalde de naam, maar weer verstond ze het niet. De receptioniste blijkbaar evenmin. Ze draaide een boek naar hem toe en maakte een gebaar: schrijf zelf maar op.

'Welke naam heb je opgegeven?' vroeg ze toen ze in de kamer waren.

Hij kleurde.

Ze deed haar best niet te lachen, aaide onder zijn kin en wees naar de badkamer. 'Ga jij maar eerst.'

Hij stond te schutteren of het zijn eerste keer was en een ogenblik dacht ze dat ze een beginneling te pakken had.

'Jens,' zei hij. 'De naam… Jens.'

Dat was in elk geval niet de naam die hij had. 'Ga nou maar.'

Ze wachtte tot hij in de badkamer was en liep naar het bed. Metalen voor- en achterschot met spijlen, helemaal als uit grootmoeders tijd. Ze opende haar tasje en legde een deel van de inhoud op het kastje links. Meestal stapten ze rechts in. Als ze vroeg waarom dan zeiden ze dat ze geen idee hadden, zomaar, uit gewoonte.

Ze rilde. Gewoonte. Als er iets was waar ze vanaf wilde dan was het van gewoontes.

'Ga maar vast liggen, schat. Ik kom zo.' Glimlach, puntje van de tong snel naar buiten, blik van: het gaat de moeite waard worden. 'Nee, rechts graag.'

'O,' zei hij en hij liep terug. Ze zag dat hij passen maakte met aangespannen bilspieren en ook in de nek leek hij minder soepel. Toch een beginneling, ze kreeg bijna spijt.

Hij zei iets, maar ze hoorde het niet, schoot de badkamer in en kleedde zich uit. Toen ze de kamer inliep zei hij niets meer. Hij keek ook niet meer naar haar gezicht.

Ze draaide zich om haar as. 'Hoe vind je me?'

'Mooi,' zei hij. 'Mooi.'

Ze wist precies wat hij mooi vond. 'Fijn, en laat me nu je piercings maar eens zien.'

Tegen de tijd dat ze de ring ('Waarom is die ook van goud?' 'Zomaar.') in zijn balzak had bewonderd wist ze zeker dat het goed zou gaan en toen ze de handboeien pakte en zei dat hij zijn armen tussen de spijlen moest steken omdat ze iets heel spannends in gedachten had bestond zijn reactie uit niet meer dan een verbaasd: 'Hè.'

'Niks hè, lieverd. Ze zijn niet echt. Gewoon, van plastic.' Maar stevig plastic. 'Luister nou maar naar me, je zult niet weten hoe geweldig het wordt.' Ze ging op zijn buik zitten en boog zich over hem heen. Ze voelde hem happen en bewoog haar borsten tot ze tegen zijn neus tikten. 'Even wachten, zo makkelijk is dit niet.' Ze klikte de boeien dicht. 'Toe maar, als je maar niet bijt.'

Toen ze van hem afrolde zuchtte hij van teleurstelling. Ze tikte met een nagel tegen zijn piercings, van boven tot onder en pakte de Walther. 'Mondje open, schat.'

Hij zoog lucht naar binnen, sperde zijn ogen open, klemde zijn handen om de spijlen. 'Wat is…, wat ga je doen.'

Zijn langste zin tot nu toe, schrik maakt mooie dingen los. 'Het is geen echt pistool,' zei ze. 'Namaak, net als de boeien. '

'Echt?'

('Kijk ermee uit,' had Niels gezegd. 'Het is de kleinste die ik ken, een Walther TPH Stainless, maar ik zit zwaar fout als de politie je betrapt en jij mijn naam noemt. Waar heb je het ding voor nodig?' 'Geintje,' had ze geantwoord. 'Wat kan ik nou nog met dat kleine ding.' 'Schieten, dat kun je.' 'En hard pang roepen? Er zitten toch zeker geen kogels in? Nou dan.')

'Namaak,' zei ze, 'maar je moet doen of het echt is.'

Dat lukte hem zonder moeite. Zijn ogen bleven groot en zijn adamsappel bewoog of hij eindeloos slikte, maar hij deed zijn mond open en toen ze weer op hem ging zitten verscheen er iets op zijn gezicht dat leek op een grijns.

'Zie je wel,' zei ze. 'Een spelletje maakt het leuker. Waar zijn je condooms?'

Met de loop van de Walther in zijn mond klonk zijn antwoord als een ordeloze aaneenschakeling van o's.

'Bedoel je dat je ze niet bij je hebt?'

De e's waren aan de beurt.

'Echt niet? Neem je een meisje mee zonder dat je condooms hebt?' Ze zei het terwijl ze bleef glimlachen, maar ze bewoog wel de Walther tot ze de loop tegen zijn tanden hoorde tikken. Ze moest zien dat ze een groter pistool kreeg, eentje die tot in de keel kwam, als ze dit kleine kreng doorduwde dan zou hij zo een vinger af kunnen bijten. Ze keek hem aan tot hij zijn ogen neersloeg.

'Jammer,' zei ze terwijl ze afstapte. 'Het had wat kunnen worden vannacht.' Ze tikte tegen zijn piemel die halfstok stond en had zin om iets lulligs te zeggen. Het is niet alles goud wat er blinkt, zoiets.

'Maak je… Los?' Hij klonk als een kind dat weet dat het stout is geweest en keek of hij bang was.

Ze glimlachte en tuitte haar lippen of ze een zoentje gaf. Ze kon alles met kerels, wanneer ze maar wilde. Niet alleen in haar dromen als ze bij Doris op de bank lag, maar ook als het erop aankwam.

Handboeien, een pistool en geen kwaad woord. Kijk hem liggen. Hij wil los, maar hij durft het niet te vragen. Hij wil terug naar zijn vrouw, en zijn kinderen. Waarschijnlijk doet hij zijn piercings uit voor hij in bed kruipt. Ze zag het voor zich en voelde zich beroerd worden. Dat was de ellende met mannen. Het waren zulke sukkels dat je medelijden met ze kreeg.

'Even lekker blijven liggen,' zei ze. 'Als ik geplast heb maak ik je los. Goed?' Ze knipoogde en zag hem knikken. Sukkels.

In de badkamer pakte ze zijn portefeuille. H. Ditsz, las ze op een van de kaartjes met een gouden rand. Engineer. Ze kleedde zich aan en stak een kaartje in haar beha.

'Hoe heet je eigenlijk?' vroeg ze toen ze hem losmaakte. 'Geen Jens, daar durf ik om te wedden.'

'Hank,' zei hij. 'Hank Di... Waarom?'

'Zomaar, schat. Ik wou dat je condooms had gehad. Hoe kun je nu op pad gaan zonder uitrusting?'

Hij keek schuw naar het tasje. Van het tasje naar haar. Terug naar het tasje. 'Jij?'

'Ik zorg voor de speeltjes, jij voor de condooms. Zo hoort het. Voor jij je aankleedt ga ik weg, wie weet wie er in de lobby is.'

'Ja,' zei hij. 'Goed.'

Ze wist zeker dat het gevoel dat ze had toen ze naar de lift liep met tevredenheid te maken had, en vooral met medelijden. De boosheid kwam pas toen ze besefte dat ze was meegereden. Ze haalde diep adem, liep terug naar de kamer en klopte. Hij riep 'Ja,' zonder de deur te openen.

'Ik ben het. Mag ik je autosleutel? Mijn auto staat nog bij de disco, enne...'

Hij gaf geen antwoord, maar ze hoorde een geluid of hij ergens hard tegen aanschopte.

Toen ze terugliep naar de lift was haar tevredenheid verdwenen. De opzet was goed geweest, maar de afwerking, daar mankeerde nog veel aan.

In het park nam ze de tijd om te zuchten. Aan haar conditie lag het niet dat ze moe was, wel aan haar schoenen. Te hoge hakken voor een lange wandeling, volgende keer zou ze beslist beter moeten nadenken. Ze boog zich opzij en trok haar schoenen uit. Een grotere auto, die had ze ook nodig, eentje waarin ze haar benen kon strekken als ze zat te wachten. Eentje zoals hij had.

Ze keek over de vijver naar het grote huis waarvan vier ramen verlicht waren. Tegen zessen, maar nog steeds feest. Ze pakte de verrekijker en keek naar het terras aan de zijkant. Verlichte paddestoelen, een schijnwerper die het zwembad bestreek, ligstoelen waarop handdoeken lagen, en kleren. Ze stelde de kijker bij. Kleren, ze wist het zeker.

Ze draaide een raampje open en haalde diep adem. Drie keer, vier, vijf. Na tien hield ze op om te luisteren. Ze had een paar keer muziek gehoord, maar nu was het stil bij het huis. Stil feest. Maar feest. Niet dat ze er ooit bij was geweest, maar het kon niet anders. Sinds die lamlul uit huis was ging het hem goed. Steeds beter, volgens de verhalen die ze hoorde en in gedachten opblies.

Ze hoorde het hem nog zeggen, de avond voor hij vertrok. 'Jij hebt een baan, ik heb nog vrijwel niks, hoezo alimentatie?'

'Ik heb een baan omdat meneer wilde studeren. Hoe lang duurde het ook weer? Zeven jaar? Voor een studie van vier jaar? Drie, als je een beetje doorwerkt. Daarna – hoe noemde je het toen – de opbouwfase, baantje hier baantje daar. Leerproces. Twaalf jaar lang. Al die tijd zat ik me op dat rotkantoor een ongeluk te typen. Voor later, zei je, wacht maar tot ik op eigen benen sta. Nou, meneer staat op eigen benen, je had wel eens mogen zeggen wat je er precies mee bedoelde, met dat op eigen benen, en wat word ik er beter van? Niks dus. Meneer gaat voor het grote geld. Meneer Cristopher Noland heeft zijn sloofje niet meer nodig, meneer Cristopher Noland wordt organisatiedeskundige met een eigen kantoor en een secretaresse met opblaastieten, of denk je dat ik jullie niet gezien heb vorige week. Godsalmekraken, dat ze kans zag te lopen met dat koppie van jou tussen haar borsten en die hand op haar kont.'

Ze had meer gezegd, heel wat meer en hij had herhaald dat ze uit elkaar waren gegroeid, dat hij een hekel had aan sportschooltypes met zweetbandjes om hun polsen, dat hij van een ander soort beschaving hield.

Over dat woord 'beschaving' hadden ze het lang gehad, ze had niet geweten dat je er zo uitgebreid op kon variëren. Net zoals op borsten overigens, en op neuken. 'In het begin elke dag, en moet je de laatste maanden zien, denk je dat ik niet weet hoe dat komt.'

Hij was bang geweest, dat vergat ze ook nooit meer. Twee koppen groter, veertig kilo zwaarder, meer, hij had al een buikje, maar met angst in de ogen als zij haar spieren spande.

'Ik zal je krijgen,' had ze gezegd en na de vijfde herhaling van de vraag wat ze bedoelde: 'Ik ken mensen die je zo de nek omdraaien als ik het vraag, misschien doe ik het zelf wel, denk niet dat het me niet lukt.'

Het was al ochtend toen hij beloofde dat ze vijfhonderd in de maand zou krijgen, maar dat hij haar nooit meer wilde zien.

Hij vertrok met twee koffers en ging in één ruk door naar het huis in het park. Bleek hij maanden tevoren te hebben gekocht. Geld van zijn vader en van vrienden. Volgens de verhalen dan, alles moest ze via een omweg horen.

Jarenlang kwam het geld precies op tijd. Het stopte toen Donal zijn intrede deed, bij nader inzien net zo'n slappe zak als Cris; ze had er blijkbaar patent op. Twee kinderen nam hij mee, jongens van vier en vijf die een moeder nodig hadden als ze thuiskwamen van de peuterspeelzaal en of zij thee wilde zetten. Alles mocht ze doen, hij zou er geen opmerking over maken, maar wilde ze alsjeblieft om halfvier thuis zijn?

Ze zei: 'Ja,' en voelde zich een moeder. Niet zo'n volmaakte moeder die meteen ook een 'samen van ons'-kind wilde, maar wel iemand die begreep waarom schoolvriendinnen alle plannen in hadden geruild voor het product kind. De alimentatie stopte en ze liet het zo, want van Donal kon ze veel zeggen, maar niet dat hij niet verdiende. Hij deed zaken met Zuid-Amerikanen, voornamelijk koffie. Dat hij soms in Zuid-Amerikaanse vrouwen deed hoorde ze toen het te laat was. Doris vertelde dat de halve stad het wist en dat ze niet snapte dat haar zus blind was geweest.

Donal vertrok toen de kinderen negen en tien waren en geen trek meer hadden in thee. Hij liet geen cent na, en evenmin een adres.

'Je redt het wel alleen,' zeiden ze op de sportschool.

'Kop in de wind, kind,' zei Doris.

Ze hadden het kunnen redden, dat wist ze zeker, maar ineens hoorde ze nieuwe verhalen over Cris. Hoe goed het hem ging. Hoe gelukkig hij was in zijn grote huis waar ook Leonard in was getrokken met zijn fototoestellen en zijn modellenbureau. Altijd feest daar, altijd mooie meiden, en een geld… bákken.

Ze had gebeld, had een afspraak gemaakt, had gezegd dat ze weer alimentatie wilde en was het huis uit gegooid. Bijna letterlijk. Leo, dat kleine rotzakje met zijn kraalogen, had haar bij haar billen gepakt toen Cris haar armen beethad. Ze hadden een hele toer aan haar gehad. Het was meer dan een maand geleden, maar ze dacht dat haar tanden nog steeds in de bovenarm van dat kleine kreng zouden staan.

'Geen cent,' zei Cris toen ze naar haar auto strompelde.

'We willen je hier niet meer zien,' riep Leo. 'We', op een toon die haar duidelijk maakte dat ze een duo vormden. Vanuit de auto had ze iets geroepen als 'vuile homo's', zo fijngevoelig was ze wel, maar ze wist dat ze zich vergiste. Van Leo was ze niet zeker, maar van Cris wel. Een modellenbureau in de buurt, mooier kon hij het niet hebben.

Sinds het bezoek was ze naar het park gereden, steeds naar dezelfde plek. Kijken, denken, luisteren, wegzakken in iets dat dromen leek, net geen slapen, meer een roes waarin je jezelf het middelpunt van de wereld kon maken. Waarin je altijd je zin kreeg. Waarin je precies wist wat je moest doen als je wakker was.

Een paar keer had ze een auto weg zien rijden. Soms was ze er achteraan gegaan. Beetje stalken, zo noemde ze het. Niet gericht, gewoon, een beetje, het was ergens goed voor al wist ze nog niet precies voor wat. Dat kwam wel. Ze had altijd dingen gedaan die impulsief leken, maar die later nodig bleken voor het nemen van een beslissing. Wat jij doet is bouwstenen verzamelen, had iemand een keer gezegd. Je verzamelt er een heleboel en dan, op een dag, blijk je een huis te hebben.

Ze wist niet zeker wie dat had gezegd, maar ze dacht aan Cris. Aan het huis te zien had hij goed naar zijn eigen uitspraken geluisterd, bouwstenen zat, daar aan de andere kant van de vijver.

Ze ging rechtop zitten toen ze een auto zag naderen en pakte de kijker. Donkere auto. Zwart, of donkerblauw. Ze kende de auto, dat wist ze zeker, maar ze had geen idee van het merk. Wie erin zat kon ze niet zien.

Een man, maar waarom ze dat dacht wist ze niet. Door de manier van lopen misschien, een tikkeltje wijdbeens, kont naar achteren of hij gebukt liep. Niet naar de voordeur maar via de kant waar hoge bomen stonden naar achteren. Ze dacht dat ze het geluid van een deur hoorde, maar dat moest verbeelding zijn.

Ze liet zich terugzakken, luisterde naar het geruis van de bomen, de ganzen in de vijver die af en toe geluiden maakten of ze een huilend kind imiteerden, verkeer in de verte. Ze sloot het raampje toen ze het koud kreeg. De zomer was voorbij, volgende week zou ze een plaid mee moeten nemen. Of minder lang moeten blijven.

Ze sloot haar ogen en toen ze opnieuw keek was de auto weg.

Thuis deed ze wat ze altijd deed: een rondje maken, zuchten, denken dat het zo niet langer kon. Een flat in een volksbuurt met kale wanden, versleten vloerbedekking en meubilair van de zwarte markt. Na het vertrek van Donal had ze moeten verhuizen: vier ritjes met een bakfiets, waarvan een voor haar kleren en twee voor de fitnesstoestellen die nu in de slaapkamer stonden en in de tussenkamer waar drie dagen een logeerbed had gestaan. Na de verhuizing was Lucille op bezoek geweest, die ze kende van school en die zei dat ze wilde helpen met schoonmaken. Lucille had rondgekeken, haar bovenlip gekruld en 'Gossie' gezegd. In de logeerkamer had ze een poosje zwijgend naast het bed gestaan waarna ze voorstelde om naar een hotel te gaan. 'Gezellig, samen, laten we ons verwennen.' Ze had 'Nee' gezegd en Lucille was na het eten vertrokken. Het matras had ze de volgende dag over de balkonrand gekieperd waarna kinderen het hadden gebruikt voor het dak van een hut in de struiken.

Ze trok haar schoenen uit, masseerde haar voeten en deed melk in een pannetje. Warme melk met een beetje honing, ze kwam ervan tot rust.

Waar kende ze de auto van die bij het huis in het park stond?

Waarom had ze de auto niet zien wegrijden?

Wat had ze nou eigenlijk bewezen met dat pistool in de mond van Hank Ditsz?

Waarom luisterde ze niet naar Doris die zei dat ze het verleden moest laten rusten? 'Twee keer pech gehad, nou en. Moet jij mij zien. Ook twee missers, maar ik heb drie handenbinders. Je bent vrij. Tel je zegeningen en geniet.'

'Van de uitkering van sociale zaken?'

'Je hoeft er niets voor te doen.'

'Ik trek van de steun en die lamlul zit in een kast van een huis met drie dozijn meiden om zich heen mij uit te lachen?'

'Wie zegt dat hij lacht.'

Ze ging op de bank zitten en schoot overeind toen ze de lucht van verbrande melk rook. Ze zwiepte het pannetje in de gootsteen en smoorde haar vloeken met verbrande vingers die ze zo diep in haar mond stopte dat ze bijna kokhalsde.

Het was kiezen tussen iets kapot gooien of het gasstel schoonmaken. Ze verbaasde zichzelf door de verbrande melk weg te poetsen, nam een lik honing en ging terug naar de bank. Geen enkele reden om naar bed te gaan. Bij Doris sliep ze op de bank en dat was ze thuis ook steeds vaker gaan doen, ze paste er precies in de lengte op en op de bank lag ze lekkerder dan in het tweepersoonsbed dat na het vertrek van Donal nooit echt van haar alleen was geworden.

Zoals altijd kwamen de dromen meteen. Op de bank had ze de mooiste tijd van haar leven. Altijd gelukkig, altijd rijk, en Cris altijd dood. Dit keer schoot ze hem neer terwijl hij naakt op zijn eigen terras lag, zij schrijlings op hem met een pistool dat zes keer zo groot was als de Walther, twintig applaudisserende meiden om hen heen en op de achtergrond een kleine man die steeds meer haar kreeg, op handen en voeten ging lopen, een rat werd met kraalogen die heen en weer schoten en met snorharen die trilden van angst.

2

'Ze staat aan de overkant,' zei Leo.

Hij kwam omhoog, steunend op zijn ellebogen, keek naast zich, zag niemand liggen en vroeg zich af hoe dat ook weer kwam. 'Wie.'

'Je ex. Nillie. Wie anders. Ze staat aan de andere kant van de vijver en eh eh, ze kijkt.'

Hij ging zitten en wreef over zijn ogen. 'Daar is ze toch elleke nacht.'

'Elke,' zei Leo met de nadruk op het woord. 'Elke nacht, behalve in het weekeinde. Dit is voor het eerst.'

'En?'

'Ze hoort er niet te zijn.'

Hij stapte uit bed, pakte een badjas en liep naar de badkamer die grensde aan zijn slaapvertrek. 'Eerst even pissen.' Hij liet de deur open en hoorde Leo grommen. 'Heeft het zin mijn hoofd te wassen of kan ik straks doorgaan met slapen?'

'Ze hoort daar niet eh eh, te zijn.'

Zoals zo vaak ergerde hij zich aan de herhalingen. 'Waarom eh eh niet?'

'Omdat ik iets had geregeld, daarom.'

Hij ging op de rand van het bed zitten en keek naar Leo die nog steeds in de deuropening stond, onbeweeglijk, op zijn ogen na die heen en weer schoten. 'Van mij mag je je kamerjas wel dichtdoen. Wat heb je geregeld.'

'Shit,' zei Leo, terwijl hij het koord aantrok. Zijden kamerjas, gevlochten koord met tressen of hoe die dingen mochten heten, borstzakje met zakdoek. 'Ik kreeg een eh, idee. Gisteren.'

Hij knipte het licht aan. 'Idee.'

Voor het eerst bewoog Leo zich. 'Ik dacht: misschien heeft het zin om uit te zoeken of ze eh, Nillie dus, plannen heeft. Ik bedoel: ze zal daarginds toch niet voor niks elke ochtend staan, zo leuk is het niet en…' Hij hield op toen in het huis een kreet klonk, een dichtslaande deur, gerinkel van glas.

'Wie is dat?'

Leo kleurde. 'Ik denk Rachelle, die, je weet wel.'

Hij wist het. 'Ik dacht dat ze weg moest voor een afspraak.'

'Dacht ik ook.' Leo haalde zijn schouders op. 'Soms heb je geluk. Ik dacht dat haar vriendin eh eh.'

'Bij mij?'

'Rachelle was bij mij en waar zou haar vriendin anders zijn.' Hij liep de gang op, zei iets, kwam terug. 'Ze hebben elkaar gevonden en zijn nu in de eh eh, keuken. Heb je nog belangstelling?'

'Vertel maar wat voor idee je had.'

'Ik dacht: ze is iets van plan, Nillie bedoel ik, en misschien kunnen we erachter komen wat ze wil. Ik heb iemand gevraagd om met haar eh eh, aan te pappen als ze in de disco is.'

'Wie.'

'Ene Hank. Jij kent hem niet. Hij lijkt wat op de man die ik een tijdje geleden bij haar zag: groot, stevig, veel haar, brutaal. Haar type volgens mij.'

Hij wreef over zijn hoofd. Weinig haar, te veel buik. 'Haar type?'

'Beweeglijk. Kan ik er wat aan doen dat ik haar nooit heb gezien met iemand die eh, die op jou lijkt. Hij schijnt het voor elkaar te krijgen om elke keer te doen of hij voor het eerst een vrouw meeneemt. Verlegen, schichtig, het hele pakket. Hij is goed en daar is hij erg trots op, hoorde ik.'

'Hank wie.'

'Ditsz. Maak je om hem maar niet druk. Hij kent eh eh, jou niet en jij kent hem niet.'

'Maar jij kent hem wel. Godver, wat is dat nou weer. Kun je die meiden niet stilhouden? Hoe laat is het eigenlijk?'

Leo bleef een paar tellen staan, draaide zich met een ruk om, kloste de gang door met stappen die duidelijk moesten maken dat hij geen loopjongen was, riep iets, luisterde, sprak met gedempte stem, kwam terug, bijna sluipend.

'Je gelooft het niet. Hij is hier.'

'Wie.'

'Ditsz. Hij zegt dat hij kwam eh, dat hij hier naartoe is gekomen om ons te waarschuwen. Hij had Nillie opgepikt, maar ze had een revolver of zoiets. Er ging iets mis.'

'Juist,' zei hij. 'Ik had al het gevoel dat de nacht voorbij was. Praat ik met hem of doe jij het?'

'Ik,' zei Leo meteen. 'Jij kent hem niet. Hou dat maar zo. Ik weet niet waarom maar eh, ik heb een rotgevoel. Rachelle en haar vriendin zaten met hem te kletsen in de keuken, stuur ik ze naar boven of…'

Hij gaapte. 'Zie je kans ze samen in een bed te krijgen, of desgewenst in een taxi?'

Leo's ogen fonkelden. 'Dat is niet zo heel moeilijk.'

'Doe dat dan. Ik wacht hier wel op je.'

'Ze had dus een revolver,' zei Leo. 'Ze waren in een kamer in het Centrum en hij lag op bed. Ze kwam erbij en eh eh, zonder dat ik er erg in had, zei Hank, pakte ze een revolver en stak 'm in mijn mond. Hij dacht dat hij eraan ging.'

Ze zaten tegenover elkaar in zijn werkkamer met de gemakkelijke stoelen, de bijzettafels en de rijdende bar, Leo in zijn kamerjas, hij in een spijkerbroek en ruimzittende trui, allebei benen gestrekt, handen voor de buik, kin op de borst, of ze na een zware maaltijd zaten bij te komen.

'Wat deed hij toen?'

Leo spreidde zijn handen. 'Daarover was-ie vaag. Het valt niet mee om iets uit hem te eh, krijgen. Hij praat niet in zinnen, maar in woorden met eh eh, pauzes. Ik heb nog nooit zoiets gehoord. Ik geloof dat hij stil bleef liggen en dat zij toen wegging.'

'Zomaar.'

Leo glimlacht. 'Hank zei dat hij geen eh, condooms bij zich had en dat ze afstapte. Hij zei afstappen. Ze ging weg, kwam terug en vroeg om zijn autosleutels, maar die gaf hij niet. Hij keek heel tevreden toen hij dat zei. Hij is haar gevolgd, zegt-ie. Ze liep naar de disco, stapte in haar auto en reed naar het park. Hij is gekomen om ons te eh, hij noemt het inlichten.'

'Heeft ze hem gezien?'

'Hij zegt dat hij achterom is gelopen, langs de bomen. Daarom maakte Rachelle zoveel lawaai. Ze hoorde iemand bij de achterdeur.'

'Waar is ze nu, Rachelle?'

'In een van de logeerkamers, samen met eh, haar vriendin.'

'Heeft die een naam?'

'Die vriendin? Ja, hoor. Ze wilden weg, maar het leek me beter ze even hier te houden.'

Hij zag dat Leo's ogen helder waren, alert, allesziend. Hij zuchtte. 'Vertel maar.'

'Iets zegt me dat Vinnie straks komt.'

Hij was wakker genoeg om de combinatie te maken. 'Ga je me vertellen dat je Hank via Vinnie had?'

'Vinnie wil in films. Hij wil ook eh, adviezen, dus ik zei dat ie daarvoor bij jou moet zijn. Hij zou voor de komende week een afspraak maken. Als Hank hem heeft gebeld dan is hij er morgen, eh straks, over een paar uur. Vinnie houdt niet van uitstel.'

Als hij de naam Vinnie hoorde kreeg hij rillingen, hij wist niet waarom. Misschien door de manier waarop Leo over hem sprak. Met angst, ontzag. 'Waarom hoor ik die naam de laatste tijd zo vaak? Vinnie. Het lijkt wel of je bang voor hem bent.'

'We hebben hem eh eh, ik heb hem nodig. Wij dus. Laat nou maar, we hebben het er nog wel over.'

Daar kon hij op rekenen. 'Waar is Hank nu?' Hij keek naar boven. 'Daar?'

Leo keek of hij daar helaas niet aan had gedacht. 'Hij is naar huis. Hou je hoofd naar beneden, zei ik, laat je niet zien aan eh eh.' Hij wees in de verte. 'Ze is er nog steeds. We moeten echt iets doen.'

'Via Vinnie?'

'Met een beetje geluk kunnen we het zo regelen dat hij ons een eh, een gunst schuldig is. Ga daar maar eens over nadenken.'

Dat had hij al gedaan. 'Ik had haar gewoon moeten betalen. Vijfhonderd in de maand, wat is het nog.'

Leo's gezicht betrok. 'Na een inflatiecorrectie is het minstens duizend. We hebben nee gezegd, jij eh, jij hebt nee gezegd. Je zag hoe ze keek toen ze wegging.'

'We hebben haar bijna de trap afgedonderd. Jij had haar bij haar kont.'

'Strak kontje,' zei Leo. 'Sorry. Het was jouw eh eh, jouw beslissing. Ga nooit terug, wie hoor ik dat drie keer per dag zeggen?'

Hij gaapte, tilde een bil op voor een wind, maar zakte terug toen hij Leo's gezicht zag. 'Heeft het zin om nog naar bed te gaan?'

'Hangt van Hank af,' zei Leo. 'En van wat Vinnie uit zijn losse woorden opmaakt. Als ik jou was kleedde ik me aan, Vinnie is een eh, als ik "doorpakker" zeg dan druk ik me zwak uit.'

Hij was er voor achten, Vinnie – kleine dertiger, donkerblauw pak, bijpassende das, gepoetste schoenen, fonkelende ringen, geschoren of hij nooit haar had gehad, grotere ogen dan Leo, maar even beweeglijk.

'Wat is dat voor gedonder,' zei hij voor hij zat. Terzake komen, noemde hij die aanpak. Geen tijd verliezen. Hij zei soms dat tijd geld was, maar dan je kon zien dat hij loog. Tijd was niks. Papier met een rijksstempel, dat was geld en hoe meer hij ervan had hoe beter. 'Hank kwam langs. Bij mij. Aan de deur, je gelooft het toch zeker niet. Toinette heeft de hele dag de kelere in, reken daar maar op, zo is ze als ze op zondag wakker wordt gebeld.'

'Hij is eh, hier geweest,' zei Leo.

Vinnie keek naar Cris die achter zijn bureau was gaan zitten en die er probeerde uit te zien of hij de situatie beheerste. 'Alles wat hij moest doen was jouw vrouw kezen. Naar de disco, vrouw op sleeptouw, mee naar huis en naar bed, wat kan daar moeilijk aan zijn.'

'Ex.'

'Wat dan ook. Niemand heeft me verteld dat ze een revolver meesleept als ze uitgaat.' Vinnie bewoog zijn handen. 'Zo groot, zei Hank. Ik zei: als dat ding echt zo groot was dan moet ze scheef hebben gelopen; waarom zag niemand dat?'

Leo boog zich voorover. Ook geschoren en gekleed of hij naar een conferentie moest. 'Wij wisten eh, niks van een revolver of eh eh, een pistool.'

Vinnie vertrok zijn mond of hij wilde spugen. 'Waarom praat je altijd alsof je voor de radio werkt.'

'Praat hoe?'

'Met dat eh eh eh, dat doen ze op de radio als ze niks te zeggen hebben, maar toch willen doorlullen. Denken terwijl je praat heb ik het wel eens horen noemen. Er zijn er ook, nou moet je opletten, want ik. Geef een voorbeeld opeens gaan ze zinnen. Maken waar verkeerde punten in zitten ze halen. Adem op plaatsen waar je het niet verwacht de interviewer kan. Dan moeilijker een vraag stellen waardoor ze. Langer aan het woord kunnen blijven ik heb. Dat een tijdje geoefend je wordt. Er doodziek van weet je dat?' Hij hijgde een beetje toen hij was uitgesproken, nam een teug lucht, vroeg: 'Waarom wisten jullie niks. Van dat pistool. Of die revolver. Van dat ding. Leg eens uit hoe het zit met die griet.'

Leo vouwde zijn handen tegen elkaar, vingertoppen tegen zijn kin. 'Ze doet rare dingen, de laatste tijd. Ze eh, sorry ik doe het niet met opzet, gewoonte, ik probeer eraan te denken, ze eh, shit, ze is een jaar of vijf geleden hertrouwd. Hij ging er een tijdje geleden vandoor. Naar Zuid-Amerika voorzover we weten, samen met zijn kinderen.' Hij knikte richting Cris. 'Ze kwam vragen om alimentatie. We hebben nee gezegd, eh, Cris heeft nee gezegd. Ze was kwaad. Ze zou hem, ons, wel krijgen. Sinds die tijd zit ze soms uren in haar auto aan de andere kant van de vijver.'

'Wat te doen.'

'Kijken. Zitten. Geen idee.'

'Shit,' zei Vinnie. 'Maken jullie je daar druk om?'

'Cris kent haar. Ze zit ergens op te broeden en bij haar weet je nooit wat eh, wat er dan van komt. Onberekenbaar. Volgens Cris leeft ze in een fantasiewereld.'

'En je had Hank nodig om wat realiteitszin in haar te neuken, is het dat?'

'We dachten, eh, ik dacht, Cris wist niet dat ik je over haar heb gebeld, dat Hank erachter zou kunnen komen wat ze van plan was. Als ze eh, al wat van plan was. We hebben geen idee.'

Vinnie legde zijn hoofd in de nek en lachte naar het plafond. 'Dat had je dan beter eerst duidelijk uit kunnen leggen, makker. Ik dacht dat je wilde dat die griet een nachtje onder de pannen zou zijn. Daar is Hank geschikt voor, vrouwen. Als het om praten gaat dan kun je beter … Tjezis. Hank en praten. Wat doen we nu?'

Dat kon zelfs Leo niet bijsloffen. 'Doen we nu?'

'Hank scheet bagger, geloof dat maar. Nog zoiets en ik kan hem niet meer gebruiken als het om vrouwen gaat, dat zit me niet lekker.'

'Dat gaan we helemaal goedmaken,' zei Leo vlot. 'Je moest eens weten hoe goed. We hebben boven twee kandidaten voor het soort fotosessie waar jij in wilt eh participeren. Ik denk wel dat ze bereid zijn je te laten zien wat hun sterke eh eh, punten zijn.'

'Eh eh, punten,' herhaalde Vinnie. 'Dat lijkt me wel wat, sterke punten. Ik heb de hele dag de tijd en thuis hoef ik me voorlopig niet te laten zien. Heb ik al gezegd dat Toinette er de pest aan heeft als ze op zondag wakker wordt gebeld?' Hij gaf de knipoog van 'wij, toffe jongens begrijpen elkaar'. 'Zonder bellen had ze ook de pest in gehad, maar nu had ze een reden, dat maakt het zeuren makkelijker.'

3

Het begin van de dag was altijd prettig. Net niet wakker zijn en doorgaan waar je gebleven was voor je in slaap viel. Daar was-ie weer, Cris met zijn uitgezakte lichaam, drie jaar ouder dan zij, maar met de groeven van een gevorderde vijftiger, met slappe spieren en de navel waar altijd pluis in zat. Dat pluis kon ze goed zien nu ze op hem zat, voorovergebogen, loop van het pistool in zijn mond. De rat op de achtergrond piepte en schoot heen en weer. Zal ik het doen, vroeg ze. Nee, zei Cris, niet doen, je krijgt alles wat je wilt, niet doen. Ze schoot zes keer, maar zag geen bloed. Doe nou niet, zei Cris, schiet maar op hem. De rat vluchtte onder het bed. Cris huilde.

Ik schiet niet, zei ze. Ik heb iets anders bedacht. Waar heb je het geld?

Geld, daar draaide het om. Cris had geld, zij had niets. Dacht ze dat nou of droomde ze?

Ze draaide zich om, wist zeker dat ze de bank hoorde kraken, zakte weg, duim in de mond, vinger tegen een oogbol, werd kleiner tot ze de grootte had van haar oude pluchen hond waar ze mee kon praten, zat in de klas, voorovergebogen over een schrift, haar haren als een waterval om haar heen waardoor ze alleen was. Over het schrift liepen waterdruppels die vroegen of ze wilde praten. Ja, zei ze, maar met wie, niemand op school praat met me. Ik wel, zei een druppel, ik ben een praatdruppel, die daar zijn glijdruppels, maar ik ben een praatdruppel. O, zei ze, leuk, maar ik mag niet praten in de klas. Fluister dan maar, zei de druppel, ik ben niet doof, mensen schreeuwen altijd zo, wat ben je aan het doen. Rekenen, zei ze, sommen, heel moeilijk. Onzin, zei de druppel, die daar, dat zijn teldruppels, kijk maar. Ze zag er vier onder elkaar en vlak ernaast drie. Dat zijn er dus zeven, zei de praatdruppel, schrijf maar gauw op, zeven.

Ze schreef, puntje van haar tong tussen haar lippen, heel langzaam: 7. Nu daar, zei de praatdruppel, de rij daar bovenaan, dat zijn er acht en er-

onder, hoeveel denk je? Drie, zei ze, ik kan heus wel tot drie tellen. Samen elf, zei de praatdruppel, schrijf nou maar op en fluister nog zachter, dat gebrul is niks. Ze schreef: 11. En daarna 9, 13, 8.

Alle sommen goed, zei de meester, alles goed Nillie, je krijgt een tien.

Ze zag zijn hand, de harige pols, de pen die hij altijd tussen zijn ring- en middelvinger hield geklemd, de punt ging naar haar schrift, boog af naar haar gezicht, naar haar keel die zich dicht leek te schroeven waardoor ze geen adem kon krijgen.

Ze bleef op haar rug liggen tot haar ademhaling in orde was, grote ogen gericht op het plafond, hand tegen haar keel gedrukt, voorhoofd nat van het zweet.

Als ze droomde over haar jeugd ging het altijd goed, tot ze de beloning kreeg. Dan viel ze, of werd ze gewurgd, of hield haar hart op met kloppen. Altijd ging het mis.

Ze liet zich van de bank rollen, sjokte naar de keuken en hield haar hoofd onder de kraan. Altijd ging alles mis, al haar plannen, maar wat maakte het uit, ze had niets te verliezen.

Ze zette koffie, maakte een boterham en pakte twee halters. Als ze toch moest zweten dan liever door inspanning. Toen ze onder de douche stond ging de telefoon.

'Wakker?' vroeg Doris.

'Nat,' zei ze. 'Ik stond te douchen.'

'Ik wilde weten of alles goed was met je.'

'Waarom niet?'

'Omdat je in het Centrum was, vannacht, daarom.'

'Hoe weet jij…'

Doris lachte. 'Ik zit in dat wereldje, ik weet alles. Kom maar langs vanmiddag, dan zal ik je vertellen met wie je daar was.'

'Hank Ditsz.'

'Precies, zus, Hank Ditsz, hoe dom kun je zijn.'

Ze kreeg het koud en zei dat ze stond te rillen.

'Zou ik ook doen als ik met Hank Ditsz op stap was geweest,' zei Doris. 'Kom maar om een uur of zes, halfzeven, kun je meteen mee-eten.'

Op zondag was de sportschool alleen toegankelijk voor de vaste klanten, portiers, uitsmijters, bodybuilders, dealers die te groot waren geworden voor de straat maar toch in conditie wilden blijven. Weinig vrouwen. Thera die bij de deur van een nachtclub stond, Gila die alles wist van spierversterkende middelen, Rebecca die meekwam omdat ze Bern niet vertrouwde die kamers verhuurde per dagdeel.

Ze knikte toen ze binnenkwam en liep naar de kleedkamer.

Niels stond te wachten, blik op haar tas, frons op zijn het voorhoofd. 'Heb je 'm bij je?'

'Heb ik wat.'

Hij maakte een gebaar met duim en wijsvinger. 'Dat.'

'Natuurlijk niet, dacht je dat ik hier met een revolver ging lopen zwaaien.'

Zijn ogen schoten heen en weer. 'Sst. De Walther is een pistool, geen revolver. Een pistool heeft een plat magazijn in de greep, het handvat. Een revolver heeft…'

Ze wist het weer. 'Zo'n draaiend ding waar je de kogels in moet stoppen. Wat maakt het nou uit hoe ze heten.'

'Ik wil 'm terug, meteen. Ik had 'm nooit moeten geven. Ik voelde me niet lekker, vannacht. Ik zag het ineens voor me, jij met een pistool, zwaaiend.'

'Een klein dingetje zonder kogels. Er zat toch zeker niks in?'

'Alsof jij geen kans ziet aan kogels te komen.'

Ze duwde hem opzij en ging de kleedkamer in. Met haar rug naar hem toe begon ze zich te verkleden, niet snel, niet langzaam, gewoon, of het haar niet kon schelen dat hij in de deuropening stond.

'Een meisje wil veiligheid,' zei ze toen ze haar sportbeha aandeed. 'Dacht je dat ik iemand wilde doodschieten.'

Hij sloeg zijn ogen niet neer toen ze over een schouder keek. Mooie man, veel haar, strak shirt, korte broek met bruine benen, helemaal de gezonde, getrainde instructeur.

'Ik snap gewoon niet dat ik de Walther aan je heb gegeven,' zei hij, maar hij klonk niet of hij het echt niet begreep.

Ze liep naar hem toe, schoot een glimlach af en streek langs zijn wang. 'Je snapt het best. Ik voel me niet zo fijn, de laatste tijd. Soms ben ik bang.'

Hij bleef kijken, slikte, zei: 'Als je uitgaat.'

'Ook thuis. Ik weet niet. Altijd alleen. In die flat. Ik krijg het soms bijna op mijn zenuwen.'

'Bijna?'

'Heus niet genoeg om te schieten, maar als ik naar huis loop, in die buurt, je weet wel, dan denk ik wel eens: ik wou dat ik iets bij me had.' Nu maakte zij het gebaar: duim omhoog, wijsvinger gestrekt. 'Eigenlijk wil ik een grotere, eentje waardoor ze bang worden als ze hem zien, niet zo'n pokkendingetje dat eruitziet of het uit de speelgoedwinkel komt.'

'Je zei dat je werd bedreigd.'

Ze bukte zich om haar trainingsbroek te pakken. 'Ik zei dat ik het gevoel had. Gisteren ben ik naar de disco geweest, weet je dat ze je vreemd aankijken als je ouder bent dan dertig en naar binnen wilt?'

'Niemand ziet dat jij ouder bent dan dertig.'

Ze zag dat hij naar haar achterwerk keek. 'Daar ben ik twintig. Mijn hoofd is vijftig.'

Niels keek of hij haar gezicht voor het eerst zag. 'Nee,' zei hij. 'Geen vijftig.'

'Zestig?'

'Apart. Vreemd.' Hij keek of hij naar een woord zocht dat haar plezier zou doen zonder dat het er te dik op lag. 'Boeiend.'

'Maar toch kijk je liever naar mijn benen,' zei ze. 'Vertel mij maar niks. Ik was vannacht blij met je pistool.'

Grappig zoals hij een wenkbrauw op kon trekken.

'Er was iemand. Hij wilde me een biertje geven enne,' ze wist precies hoe ze beschaamd moest kijken, 'van het een kwam, je weet wel.'

Knikje, gezicht van: vertel het maar, elk geheim is veilig.

'Nou, ja, hij wilde dingen die ik niet wilde. Als ik je pistool niet had gehad dan eh…'

'Wat gebeurde er?'

'Toen hij geloofde dat het pistool echt was gebeurde er niks, maar ik dacht wel: aan een grote heb ik meer. Ik ben weggegaan. Helemaal lopend terug naar mijn auto. Midden in de nacht. Ik hoop dat ik hem een keer terug zie met mensen in de buurt, dan zal ik hem luid uitleggen wat ik van hem vind.'

Niels keek of hij moed verzamelde en ze wist dat hij wilde vragen met wie ze was meegegaan.

'Wil je vertellen wie…'

'In de disco noemde hij een naam die ik niet verstond, later noemde hij zich Jens, maar ik heb in zijn portefeuille gekeken.' Blik van: je hebt geen idee hoe ondeugend ik kan zijn. 'Ik heb een visitekaartje gezien, eentje met een gouden randje. Hank Ditsz.'

'Echt?'

'Hoezo?'

'Jezus. Hank Ditsz.' Niels kwam de kleedkamer binnen en drukte de deur met zijn billen dicht. 'Weet je voor wie hij werkt.'

Nu stelde zij de vraag met een wenkbrauw, ze had het voor de spiegel geoefend, als ze haar best deed ging het buitenste stuk van haar wenkbrauwstreep schuin omhoog.

'Vinnie,' zei Niels. 'Vinnie Zarelli, meestal zegt hij Zarel. Jezus, Nillie, als je met Vinnie te maken krijgt.'

De naam zei haar niks. 'Vertel 'ns?'

Niels spreidde zijn armen, handpalmen naar haar toe. 'Drugs, vrouwen, gestolen auto's. Vinnie heeft de zuidkant van de stad. Zeggen ze.'

'En Ditsz?'

'Doet werkjes voor hem.'

'Als wat. Op het kaartje stond dat hij engineer is.'

'Hij zorgt voor de verwarmingsinstallaties van een stel flats. In jouw buurt. Misschien kent hij jou daar wel van. Hij is handig met machines.' Pauze. Taxerende blik. 'En met vrouwen, zeggen ze.'

'Hij leek anders nog het meest op een beginneling.'

'Daar is hij goed in. In doen alsof.'

Ze was erin gelopen, ze zag het aan de manier waarop Niels haar bekeek. Opgepikt door een routinier die zich kon gedragen als een amateur. Opnieuw belazerd door een vent, ze leerde het nooit. 'Hoe weet jij dat? Dat hij zo goed is?'

'Had je hem door, ja of nee.'

Het was nee. Gebrek aan ervaring, zolang was ze ook weer niet alleen op pad, eigenlijk was ze bezig een soort oefenperiode af te ronden, kijken of er sleet zat op haar techniek. Hanks angst was authentiek geweest, daar was geen twijfel over mogelijk. En kwaad was hij evenmin toen ze wegging, maar misschien moest ze dat toch even checken.

Niels tikte tegen haar schouder. 'Ja of nee.'

Nooit zou ze het toegeven. 'Het duurde even, maar ik durf te wedden dat hij blij kijkt als ik hem opzoek.'

'Dat zou ik maar laten. Hoe minder iemand je ziet met een mannetje van Vinnie, hoe beter.'

Het werd tijd van onderwerp te veranderen. 'Als er straks iemand deze kleedkamer binnen wil en ons ziet dan denkt ze misschien dat jij ook handig bent met vrouwen. Hoe weet je dat allemaal, van Ditsz en van Vinnie?'

Niels werd rood, zei: 'Sorry', opende de deur, wees met zijn hoofd. 'Van Allan.'

'Bello? Kent die Hank Ditsz?'

'Hij kent Vinnie. Waarom denk je dat ze zo voorzichtig met Allan omspringen?'

Omdat hij honderddertig kilo weegt, waarvan negentig kilo spier, daarom. 'Om die Vinnie?'

'Als je dat maar weet. Blijf uit zijn buurt.'

Dat had hij gedacht. 'Denk je dat ik bang voor hem ben.'

'Je zou het moeten zijn. Je hebt Ditsz dus het pistool laten zien.'

'Eventjes maar. Een glimp.'

'Geef het toch maar terug. Zo snel mogelijk.'

Ze maakte haar schoenen vast, liep naar de deur, drukte zich even tegen hem aan, bijna per ongeluk. 'Toch wil ik iets hebben om me te kunnen verdedigen. Ik weet zeker dat jij je rot voelt als mij iets overkomt omdat je mij niet wilde helpen.'

'Ja,' zei hij. 'Wat denk je van pepperspray?'

Ze sloeg een arm om zijn middel en streek met een wang langs zijn borst. 'Weet je wat ik dacht vannacht? Ik dacht: ik wou dat ik wist hoe ik met dat ding moet schieten. Mag ik een keer met je mee naar de schietbaan?'

Voor hij kon antwoorden zei ze: 'Vanmiddag nog? Ik heb gedroomd dat ze achter me aan zaten.' Grote ogen, smekende blik. 'Ik heb bijna niet geslapen. Sinds ik alleen ben… Als jij me niet helpt dan moet ik iemand anders vragen.'

Ze liet haar arm zakken en liep naar de zaal. Het antwoord van Niels hoefde ze niet te horen. Over een paar uur zou ze op de schietbaan staan.

Ze keek naar Allan die op een drukbank lag en een halter opduwde. Tien keer, vijftien. Bij achttien hield hij op, zacht grommend. Toen hij zijn hoofd bewoog zag ze zweetdruppels in het rond vliegen. Een hond die zich uitschudt. Bello.

Wel een grote hond, bijna twee meter, helemaal kaal, ringen in de oren. Ook goud, ze kende Allan al jaren van gezicht, maar het viel haar nu pas op.

Ze liep in zijn richting en knikte vriendelijk. 'Dag?'

'Dag,' zei Allan. Hij klonk verbaasd, ze waren nooit dik genoeg geweest voor 'dag' en 'tot morgen'.

Ze ging op de bank naast hem zitten. 'Ken jij Hank Ditsz?'

'Hoezo?'

'Zomaar. Ik dacht dat jij hem kende. Hij doet iets met verwarmingen zeggen ze. In flats. Een tijdje geleden ben ik verhuisd, of weet je dat niet.'

Alle vaste bezoekers van de sportschool wisten het. Ze was niet het type dat zelf op een bakfiets door de stad wenste te fietsen en ze had op ruime schaal vrijwilligers geworven.

'Uhuh.'

Uhuh? Ze dacht aan het taalgevoel van Ditsz. 'Bedoel je ja?'

'Ja.' Allan ging erbij zitten. 'Wat wil je nou eigenlijk?'

Dat was tenminste een zin, niet iedereen die voor Vinnie werkte deed in goud en losse woorden. 'Een van mijn radiatoren lekt en ik hoorde dat Ditsz er wat aan zou kunnen doen, maar ik wil niet iedereen binnenlaten en toen ik hoorde dat jij hem kent…'

Allans ogen zwierven door de zaal. 'Van wie?'

Ze moest zich beheersen om niet naar Niels te kijken die tegen de wand stond en haar via een spiegel in de gaten hield. 'Weet ik niet meer. Iemand. Een poosje geleden. Wat maakt het uit. Ditsz schijnt iets met vrouwen te hebb…'

De geluiden die Allan uitstootte zaten tussen lachen en blaffen. 'Iets met vrouwen. Kijk maar uit met Hank Ditsz.'

Ze bekeek hem of ze hem voor het eerst zag. 'Ben jij ook technisch?'

'Ik?'

Niet de grootste der denkers, Allan. 'Kun jij me helpen als het te gek wordt. Met die radiator bedoel ik.'

Het duurde even en ze had drie glimlachjes nodig en twee keer nadrukkelijk strijken over haar heupen, maar toen zei hij: 'O, dat. Zeg het maar als je me nodig hebt.'

'Stom,' zei Niels. 'Ik had het kunnen weten. Ik zeg: kijk uit met Allan en meteen gaat ze erop af. Wat had je nou eigenlijk.'

'Niks,' zei ze. 'Ik ken Bello al zo lang, maar ik had nooit met hem gepraat. Volgens mij is hij niet dol op Ditsz.'

Niels remde voor een stoplicht. 'Niemand is dol op Ditsz. Niemand van de mannen, bedoel ik. Weet je zeker dat je weet wat je aan het doen bent?'

Ze had geen idee. 'Ben ik iets aan het doen?'

'Ja,' zei hij. 'Je bent iets aan het doen, maar je hebt geen idee wat. Volgens mij moet jij…' Hij beet op zijn onderlip. 'Sorry.'

Een grote beurt hebben, ze zag het aan de manier waarop hij recht voor zich uit keek, rood tot in zijn nek.

'Ik ben bang de laatste tijd. Ik ben kwaad. Ik ben alleen.'

Hij pikte er het woord uit waarmee hij uit de voeten kon. 'Kwaad. Op wie.'

'Op iedereen, bijna iedereen. Op mannen, kun je het een beetje voorstellen? Op Donal in Zuid-Amerika en op Cris in zijn grote huis met dat mannetje dat meiden fotografeert of wat hij ook precies doet. Weet je dat ik van de steun trek, tegenwoordig?'

'Nee,' zei hij. 'Ja. Ik hoorde zoiets. Wat maakt het uit.'

Veel, maar hoe moest ze dat nou duidelijk maken.

'Eigenlijk mag ik niemand meenemen,' zei Niels schutterig.

Ze stonden voor een klein stenen gebouw zonder ramen en met een ijzeren deur. Nergens een bord of aanduiding. Drie auto's op de parkeerplaats, middenklassers, niks patserigs. 'Als iemand iets vraagt moet je zeggen dat je eh…'

Hij werd weer rood, het was bijna aandoenlijk. 'Vriendinnetje? Verloofde?'

'Vriendinnetje,' zei Niels meteen. 'Als je verloofde zegt dan is het einde zoek, geloof me maar.'

Ze pakte zijn arm. 'Heb je er zoveel van. Verloofdes.'

Niels toetste een code in en de deur ging open. 'Kom nou maar. Waarschijnlijk vragen ze niks, maar je weet nooit.'

Twee mannen staarden hen aan en zeiden 'Niels' bij wijze van groet.

'Even een paar rondjes,' zei Niels. 'Ik. Wij.'

De mannen knikten. 'Jim is bezig,' zei een van hen. 'Hij heeft een van zijn chagrijnige dagen, ik zeg het maar.'

'De secretaris,' fluisterde Niels. 'Ik zet je straks een soort koptelefoon op. Geluiddempers eigenlijk. Ze lijken op koptelefoons. Doe maar of je niks hoort.' Hij trok haar mee naar een loket waarachter een man stond die haar lang aankeek. 'Hoeveel?' vroeg hij aan Niels.

'Twee als het kan. Mijn eigen en dat oefending van vorige week.'

'Jim is chagrijnig,' zei de man. 'Ruzie thuis. Die dochters van hem. Het is maar dat je het weet.'

Toen de man naar haar keek fluisterde ze: 'Gezellig hier, wat gebeurt er als je lacht?'

'Schieten ze je neer,' zei de man. 'Grapje. Ik geef je alleen je eigen Jericho, Niels. Wie ermee schiet kan ik vanaf hier niet zien. Oké?'

Niels knikte. Hij zweette toen ze achter een man langs liepen die wijdbeens tegen een schot stond, rechterarm gestrekt, linkerhand onder zijn rechterpols.

'Jim,' zei Niels. 'Kom nou maar.'

'Word je minder bang als we eerst Jim neerschieten?' vroeg ze.

Niels keek kwaad, toen grimmig, ontspande zich, grijnsde. 'Flauwekul, al die drukte. Iedereen fokt iedereen op. Er was een keer een lid dat iemand meenam die een week later een overval pleegde. Met een revolver. Hij zei dat hij bij ons schieten had geleerd. Dat maakt je voorzichtig. Zet dit ding op en kijk wat ik doe.' Hij pakte een patroonhouder, liet haar de glimmende patronen zien, duwde de houder in het magazijn. 'Ik schiet hier met mijn Jericho 941F, maar ze weten dat ik thuis een Walther heb.'

Net als met auto's. Geen Ford, maar een Ford XFRsuperplus7K of wat het ook was, geen Jericho, maar een Jericho 941F. 'Laat me eens raden: je hebt erover lopen opscheppen.'

'Eén keer laten zien, dat is alles, maar als je ermee had lopen zwaaien dan was de politie zo bij me geweest, iedereen weet waar jij je workout doet en dat ik daar werk.' Hij keek naar haar gezicht en schudde zijn hoofd. 'Ik sta genoteerd als lid van de schietclub. Ik snap nog steeds niet dat ik… Laat maar. Ik wil 'm terug, dat is alles. Het pistool dat ik je gaf was van mezelf, niet van de club, het is dat je het weet. Let op. Er kunnen zestien patronen in deze Jericho, zestien kogels in de houder. Ik zal vier keer schieten, daarna jij vier keer. Als je dan nog zin hebt…'

Na twee keer had ze het wel gezien. Niet veel aan, schieten. Gezoem in je oren, rukken aan je pols, een tranend oog van het turen. Ze wist nu hoe ze een wapen vast moest houden, hoe ze moest ontgrendelen, waar de patroonhouder hoorde, dat je na het schieten niet stoer met de loop langs je wang moest strijken. Dat was genoeg.

Dat ze een chagrijnig bestuurslid rustig kon krijgen door te glimlachen, schuldbewust te kijken en op de goede momenten een gezicht te trekken of ze van haar gezond niet wist, dat was een techniek die ze al jaren beheerste.

'Dat viel mee,' zei Niels toen ze buiten stonden.

Hij bedoelde de reactie van de leden, niet de resultaten.

'Ja,' zei ze. 'Geef toch maar een busje peper.'

Hij had er al een voor haar klaar. 'Richten en daarop drukken. Is net zo effectief als een pistool, maar je krijgt geen last van je pols. O, ja, wel letten op de wind. Het schijnt dat ze bij de politie een cursus van een week krijgen.'

'In peperspray schieten?'

'Stop maar gauw in je tas,' zei hij. 'En geef me nu mijn pistool, ik weet zeker dat je het bij je hebt.'

Ze was te vroeg voor Doris en opgewonden genoeg om bezig te willen zijn. Nu ze haar pols niet meer voelde wenste ze dat ze vaker had geschoten. Mikken op het hoofd van die kartonnen man: hoe langer ze erover dacht, hoe meer het haar deed. De hartstreek zei haar niets, maar de ogen. Tussen de ogen moesten ze, of in de mond. Eén kogel

was raak geweest en nu ze er aan terugdacht kreeg ze zin in een vreug-
desprongetje. Misschien had ze zich op de schietbaan wel zo rustig
(cool, dacht ze, cool) gehouden door Niels die naar haar keek of hij de
zaak niet vertrouwde, zijn handen voortdurend op schouderhoogte,
als ze het pistool op hem of haarzelf zou richten kon hij meteen ingrij-
pen.

Ze reed naar haar flat en wachtte tot ze iemand zag die ze een keer
had gesproken, een oudere man die een naam had gemompeld waarvan ze alleen de i's had verstaan. 'Menkiwiecsz' zag ze later op het bordje boven de brievenbus.

Ze zei 'Dag' en hij keek of hij haar voor het eerst zag. 'Kennik u?'

'Nillie Pender. Ik heb u gesproken toen ik aan het verhuizen was,
weet u nog wel?'

Hij wist het niet meer, ze zag het aan zijn blik. 'De nieuwe,' zei hij na
lang stilzwijgen waarin hij haar bestudeerde of ze iets was dat aan de
muur van een museum had moeten hangen. Hij stak zijn hand uit.
'Me..i..ie..sss aangenaam.'

Ze keek stralend. 'Aangenaam, meneer Menkiwiecsz. Weet u waar ik
de man kan vinden die voor de centrale verwarming zorgt?'

'De wie?'

'Hank heet hij. Hank Ditsz.'

'Kennik niet,' zei de man. 'Woont hij hier?'

'Dat vraag ik u juist. Woont Ditsz in de flat?'

'Niet dattik weet. Ik ken alleen Pim, die lange homo.'

Daar was ze even stil van. Je vroeg naar hetero Hank en je kreeg
homo Pim. 'Doet Pim in verwarmingen?'

'In afval.' De man wees naar twee containers. 'Elke vrijdag. Soms
ook dinsdag als het veel is. Je mag je vuil nergens anders neerzetten dan
daar.' Hij wees en keek streng.

'Goed,' zei ze meteen. 'Doe ik. Elke vrijdag. Kent u iemand die Hank
kent?'

'Ikke niet.'

'Fijn,' zei ze. 'Dank u voor de moeite.' Ze wilde weglopen, maar hij
pakte haar bij een arm. 'Wacht u maar even.' Hij liep de flat in en kwam
een paar minuten later terug met een vrouw die ook niets wist, maar

iemand kende die iemand kende. Vijf personen later had ze het adres van Ditsz, twee straten verderop, in de rij doorzonwoningen bij het plantsoen met dat beeld waarvan ze altijd de dinges rood schilderden, ze wist wel welke dinges, tweede huis van links.

De dinges was een piemel met een vijgenblad en een meniekleur. Het huis was een doorzonwoning met de grote ramen op het noorden. Aan de deur kwam een vrouw met een huilende baby op de arm.

'Ja?'

'Ik zoek Hank.'

'O ja?'

'Ik woon daar.' Ze wees achter zich. 'In die flats. Een radiator lekt en ze zeiden dat Hank daar goed in is.'

'Hank?'

'Dat zeiden ze: Hank. Kan ik er wat aan doen dat ze Hank zeiden. Hank. Bent u zijn vrouw?'

De vrouw nam de baby op haar andere arm en wachtte tot er een pauze viel in de huilbui. 'Hij doet geen radiatoren.'

'Maar ze zeiden…'

De vrouw bestudeerde haar gezicht, schudde bijna onmerkbaar met haar hoofd en diepte een speen op uit de zak van haar schort. 'Zuig maar,' zei ze. 'Ze zeggen zoveel, mevrouw…'

'Pender. Nillie Pender. Ik woon pas in de flat. Ik weet niet…' Glimlachjes hielpen niet bij vrouwen, maar met zinnen die je niet afmaakte en die getuigden van hulpeloosheid kwam je er soms ook.

De vrouw bekeek haar gezicht opnieuw. 'Ik zou ze niet recht laten,' zei ze.

'Pardon?'

'Die wenkbrauwen. Uitdunnen en aan de uiteinden van boven bijknippen tot het een beetje rond loopt. Ik heb daarvoor gestudeerd. Visagie en zo. Tot hij kwam.' Ze bewoog haar arm en de baby schoot een paar centimeter omhoog. 'Nou zit ik thuis en… Hij wil niet…'

Ook onafgemaakte zinnen, maar bij haar was het berusting. 'Hank komt straks… Of over een paar uur… Je weet het nooit. Zal ik u doorgeven?'

'Hoeft niet,' zei ze snel. 'Laat u maar. Dank voor de moeite.' Ze overwoog of ze iets tegen de baby zou zeggen, maar zag ervan af toen ze de kwijlsliert zag die langs de speen op zijn truitje liep.

'Net op tijd,' zei Doris. 'Een minuut later en ik was alleen begonnen.'

Alleen. Terwijl de drie kinderen al aan tafel zaten, rechtop en stil, Doris had de wind er goed onder. 'Ga zitten dan schep ik op.'

Het was precies halfzeven, de uiterste tijd van binnenkomst, als Doris eenmaal aan tafel zat deed ze de voordeur niet meer open.

Ze aten in stilte. De kinderen zeiden geen woord, maar keken uit hun ooghoeken met gezichten of ze onheil verwachtten.

Direct na het eten ging ze naar de keuken, afwassen. Doris bracht de kinderen naar bed en nam er de tijd voor.

Allemaal stilte voor de storm.

'Vertel nou maar es,' zei Doris. Ze keek over het koffiekopje, zoals ze naar de kinderen keek als die in de stront hadden getrapt.

'Nou zeg, doe even gewoon.'

'Ik was nog maar net wakker,' zei Doris tussen twee slokjes door, 'toen ze belden van hotel Centrum.'

'Wie belde.'

'De nachtmanager.'

'Dat grietje van vijftien?'

'Die man van zestig, eenenzestig, hij praat al jaren over zijn pensioen. Dat meisje waar jij het over hebt is een stagiaire, ze is minstens achttien anders zou ze geen nachtdienst doen. Hij belde dus en hij zei: met wie denk je dat ik je zus heb gezien?'

'Hoezo gezien. Er was niemand in de lobby.'

'Glas,' zei Doris. 'Je weet toch in wat voor kantoor ik zit in het Seaview. In Centrum hebben ze dat glas ook. Iedereen wordt gezien, geloof dat maar. Ik zei: nou met wie dan, en hij zei: met Hank Ditsz.'

Nooit meteen toegeven, zeker niet tegenover een familielid. 'Wat is daar gek aan?'

'Weet je voor wie hij werkt, Hank Ditsz. Voor Vinnie Zarelli.'

'Wat zou dat?'

Doris zette haar kopje weg, boog zich voorover, tikte tegen de zijkant van haar hoofd. 'Hallo, zus, wakker worden. Terugkomen op aarde. Waar ben je geweest de afgelopen jaren. Een verre ster?'

Bij Donal, met zijn kinderen, oppas en huisvrouw tegelijk. 'Hoe moet ik nou ene Vinnie Zarelli kennen.'

'Door de krant te lezen, bijvoorbeeld. Hij wordt gemiddeld twee keer per kwartaal opgepakt voor ondervraging. Of voor het verstrekken van informatie. Zo zei zijn advocaat het een tijdje geleden op de televisie. Kijk je daar ook niet meer naar.'

Naar films, shows, soms een spelletje. 'Je ziet zoveel lui op de tv, als je die mensen niet kent wat moet je dan met ze.'

'Hij is getrouwd met iemand die nog bij ons op school heeft gezeten.'

'Hoezo, bij ons. Bij jou of bij mij.'

'Ons. Onze school. Wanneer weet ik niet. Een dochter van Blatti, de gangster die in de gevangenis is overleden.'

'Zegt me niks, Blatti. Ik ken niemand die Blatti heet, nooit gekend ook, ik weet het zeker.'

Doris liet zich terugzakken. 'Hank Ditsz ken je nou wel en als je zo doorgaat dan leer je Vinnie Zarelli ook kennen. Hij noemt zich tegenwoordig Zarel, geloof ik, dat vindt hij mooier.'

'Als ik hoe doorga.'

Doris zuchtte, keek alsof ze voor de zoveelste keer haar zus die elf jaar ouder was, maar vaak eigenlijk minstens tien jaar jonger, moest redden, voor de laatste keer hoor, volgende keer steek ik geen vinger voor je uit. 'Ik wou dat ik wist wat er met jou aan de hand is de laatste tijd. Sinds je verhuisd bent lijk je losgeslagen. Elk weekeinde naar een disco en nou op pad met Hank Ditsz. Ditsz. Ik hoorde dat hij getrouwd is en een kind heeft.'

Ze wilde niet knikken, maar deed het toch.

'Dat weet je dus, maar je ging wel met hem naar hotel Centrum. Val je op gouden kettingen, tegenwoordig.'

Op gouden piercings, maar dat kon ze beter niet zeggen. 'Het kwam zo uit. Toeval. Hij was de enige die ouder was dan twaalf, in de hele discotheek, ik werd er een beetje beroerd van.'

'Heb je gevraagd waarom hij er was?'

Die vraag verraste haar. 'Hoezo?'

'Omdat Vinnie Zarel in vrouwen schijnt te doen, in meisjes. Ik heb

Hank wel eens in het Seaview gezien. Twee meisjes op sleeptouw.'

'Wat heb je gedaan, hem weggestuurd.'

Doris keek een moment of ze zich schaamde. 'Je stuurt iemand van Vinnie niet weg. Je geeft hem een kamer en…'

De zin bleef zweven tot ze hem aanvulde. 'Hoopt er het beste van?'

'Zoiets. Je moest eens weten wat ik meemaak 's nachts.'

'Je moest eens weten wat ík meemaak 's nachts. Eerst leg ik Sander in bed die Xander genoemd wil worden omdat Zarah een hekel heeft aan haar naam en de Z heeft geruild voor een X. Als Zarah Xarah wordt dan moet Sander Xander worden. En zeg niet dat dat niks uitmaakt, want Xavier heeft bedacht of gehoord dat je Ksssavier moet zeggen, met veel s'en. Dus zeg ik elke avond: Naar bed Ksssander, naar bed Ksssarah, naar bed Ksssavier. Triple-X noem ik ze sinds ik de film heb gezien.'

'Beter dan vorige maand,' zei Doris. 'Toen noemde je ze Kwik, Kwek en Kwak, vertelde Xavier.'

'Ik was kwaad omdat ze niet opschoten. Triple-X begrijpen ze niet, maar ze vinden het leuk. Als ze in bed liggen kijk ik televisie. Films ja, en shows, geen nieuws, barst maar met je nieuws. Het laatste grote nieuws dat ik heb gehoord kwam van Donal. Hij ging naar Zuid-Amerika, zei hij en nee, ik hoefde niet mee. Hóéfde niet mee. Misschien zou hij een kaartje sturen. Verdomd als ik niet dacht aan een vliegkaartje, maar hij bedoelde briefkaartje. Weet je dat ik er een heb gekregen? Niet van Donal Duck, niet lachen, zo noemde ik hem de laatste tijd. Van zijn kinderen. Groeten, stond eronder. Ze hadden 'm naar het oude huis gestuurd, het huis waar ik uit moest omdat ik geen geld meer had, weet je nog. Mag ik dan misschien…,' tikjes op de stoelleuning, fonkelende ogen, '…heel misschien, één keer in de week even iets anders? Even onder de mensen? Beetje dansen. Beetje drinken.'

'Beetje neuken,' zei Doris.

Ze was op slag stil, dat soort woorden zei Doris nooit. 'Wát zei je?'

'Je hoorde het best. Weet je nog hoe ik aan de kinderen ben gekomen? Door tegen de wind in te plassen?' ('Gatver,' zei ze. 'Sorry,' zei Doris.) 'Eerst Xavier van Dezi. Mooie namen, wat kon de familie er om lachen vooral in de tijd dat Lucille Ball herhaald werd. Dezi die tegen een trein liep. Een tréín. Niet springen. Lópen. Anderhalf jaar later Zarah van

Paul, weer anderhalf jaar later Sander, ook van Paul, ik weet wat ze zeiden, maar het was Paul. Hij was zo blij, Paul. Hij rééd onder de trein, rechtstreeks vanaf het gemeentehuis, in één ruk door. Ik hoor ze al meer dan vijf jaar fluisteren: daar heb je Doris van de treinen. Tussen twee haakjes, toen jij Donal opduikelde zat ik met een baby en twee kleintjes, hoe vaak heb je me ook weer opgezocht? Elk weekeinde omdat je vond dat ik er eens uit moest? Dacht het niet.'

'Omdat je niet wilde.'

'Omdat je niks vroeg. In het begin tenminste. Jij had Donal en die had er al twee, dus ik begrijp het best, maar kom niet zeuren over eruit willen in het weekeinde. Jij kunt doen en laten wat je wilt.'

'Behalve dan dat ik door de week hier zit.'

'De rest van de tijd zit je in de sportschool, wil je beweren dat je daar geen aanspraak hebt.'

'Daar doe ik oefeningen.'

'In wat. Mannen? Sorry, zus. Jaloers, dat is het. Ook toen je met de kinderen van Donal zat had je tijd voor je oefeningen.'

'Je had mee kunnen gaan, ik heb het gevraagd.'

Doris spreidde haar handen, balde ze, bewoog de vuisten of ze wilde slaan, gaf niet wat, zuchtte diep. 'Eén keer, in al die jaren. Waar het om gaat is dat jij met de verkeerde vent op pad bent geweest, dat je niet voorzichtig bent, het lijkt wel of je jezelf wilt vernielen. Hoe heet dat: destructie. Jij bent een dromer, altijd geweest, zolang ik je ken, verdomme. Dromen en fantaseren, maar nu sla je op hol.' Ernstig; blik naar beneden. 'Weet je waar ik vaak bang voor ben geweest? Dat je schizofreen zou worden, zou zijn. Dromen en dan ineens uithalen, net twee personen. Je naam is ook schizofreen, als je het zo mag noemen.'

Ze wist wat er ging komen, al had ze het nooit van Doris gehoord.

'Pappa wilde je Millie noemen en mamma Nell, Nellie. Het werd Nillie.'

'Dat is toch niet schizofreen, dat is stabiel. Niet links, niet rechts, ertussenin.'

'Weet je nog hoe ze je noemden, vroeger?'

Scheefgezicht, tweegezicht, geschift gezicht, scheve, ze wist het precies, maar kon het niet over haar lippen krijgen. 'Nee.'

'Jawel. Mamma heeft vaak verteld hoe kwaad je dan werd. Schreeuwen, gillen, schoppen. Ze stuurde je naar bed, om uit te razen. Als ze dan thee kwam brengen was het of je een ander kind was. Dat zei ze, ander kind, ik zie nog haar gezicht als ze over je vertelde. Toen droomde je al verhalen, zei ze. Over, hoe heten ze, Splints in het Platte Bos en over het Lawaaiwaterhok met figuren die je Rodo's noemde en Smorgs. Ik heb heel lang gedacht dat Nillie verknipt was, zei mamma dan. Verknipt, wat scheelt het met schizofreen.'

'Een kind van uitersten, dat zei pappa als er bezoek was. Het klonk wel leuk.'

'Hij dacht dat je schrijver zou worden. Ik dacht af en toe dat je bij de psychiater zou belanden, dat zeg ik eerlijk. Zo stil als je was toen je zeventien, achttien was. En zo fanatiek toen je Cris kende en ging werken om hem te laten studeren. Toen hij wegging heb je alle kleren weggegooid die hij had gegeven.'

'Dat was nadat ik hem met jeweetwel had gezien, even lang als hij, precies de vrouw die hij altijd wilde.'

'Ik zie nog je gezicht toen je hoorde dat ze hem had laten zitten. Maar toen was je wel bijna al je kleren kwijt.'

'Mag ik? Hij had ze bovendien niet gegeven, waar had hij dat van moeten doen. Ik had ze gekocht van mijn eigen geld.'

'Je hebt ze weggegooid omdat ze je aan hem deden denken. Een paar weken geleden heb ik in je flat in de kasten gekeken. Bijna geen jurk te vinden. Wedden dat je ze weer doormidden hebt staan scheuren?'

Naar het Leger des Heils gebracht, maar waarom zou ze het zeggen. 'Ik wilde die Donal-dingen niet meer.'

'En waarom is je flat zo kaal?'

'Zus, ik trek van de steun.'

'Donal verdiende goed. Cris toen niet, maar Donal wel. Hij is een Houten Klaas zei je altijd, maar centen zat, waar is dat geld gebleven?'

In de winkels, nooit had ze gedacht aan sparen. 'Het was minder dan je dacht.'

'Dat is dan je eigen schuld. Je had geld kunnen hebben.'

'Ik wil geld van Cris. Elke maand.'

Doris keek haar aan en langzaam zag ze bij haar zus de gedachten opborrelen. 'Weet je waar je mee bezig bent, Nillie?'

'Nee,' zei ze naar waarheid. 'Niet precies, maar dat gaat komen. Ik laat me niet door iedere vent in de luren leggen, denk dat maar niet. Cris gaat bloeden.'

'Ik hoor je denken: of anders…'

Dat was precies wat ze dacht, maar ze zei niets en na een poosje zette Doris de televisie aan.

'Ik ga het bedrag verdubbelen,' zei de presentatrice van een spelprogramma. 'De inzet is niet langer tienduizend, maar vijftienduizend, als dat geen reden is om meteen te bellen.'

Ze keken elkaar aan en schoten tegelijk in de lach. Harder dan nodig was, maar met dezelfde bijbedoeling: vrede, rust, zelfs geen routineruzietje meer.

'Ja, zus,' zei ze toen Doris melk had opgewarmd. 'Zo gaat het nu eenmaal.'

Nog voor middernacht was ze weg, vroeg voor haar doen, maar ze waren opnieuw begonnen over vroeger en er zat opeens, zonder dat ze erop uit leken te zijn, ruzie in de lucht.

Ze nam afscheid met een dubbele zoen en een strak gezicht, toeterde niet, maar stak een hand op en gaf meer gas dan nodig was. Schizofreen, geschift, verknipt, zo kon-ie wel weer voor een zondagavond.

Ze parkeerde bij de flat en liep naar de straat met het plantsoen. Het huis van Ditsz was donker. Voor de deur stond een donkerblauwe auto. De kleur klopte, de grootte ook. Ze keek naar het nummer en liep terug. Ze zat al in de auto toen ze bedacht dat ze naar het merk had moeten kijken. Waarom? Zomaar, omdat iedereen altijd naar merken keek in boeken en in films, maar wat dan nog, wat zei een merknaam haar nou, een auto was groot of hij was klein, meer hoefde je niet te weten.

Bij de vijver parkeerde ze op haar vaste plek. Twee lichten aan in het grote huis, geen kleren over de stoelen bij het zwembad. Misschien was het nog te vroeg.

Dat was het natuurlijk, het was te vroeg.

Maar zij had alle tijd, niemand die op haar wachtte.

Lamzakken, mannen, allemaal, al was ze geneigd een uitzondering te maken voor Niels.

4

'Mooi, dit huis,' zei Vinnie. 'Vooral dat zwembad en zo.'

Cris zag aan zijn gezicht dat het mooie vooral in het 'en zo' zat. 'Trek je volgende keer wel een zwembroek aan?'

Vinnie legde door de badjas die hij had gepakt een hand tegen zijn kruis. 'Jaloers?'

Cris wees naar een punt aan de andere kant van de vijver. 'Ik wil niet dat er klachten komen.'

'Jaloers,' zei Vinnie. 'Dat is het. Ik heb Rachelle niet horen klagen, en dat andere mokkeltje evenmin. Heeft ze een naam?'

'Ja,' zei Cris.

Waarna er een stilte viel die ermee eindigde dat Vinnie de kamer uit-liep.

'Hoe hou je het uit met die vogel,' vroeg Vinnie.

Leo viste een vel papier uit een bak en gooide het op een stapel oude kranten. 'Dit is een doka,' zei hij stijf.

'Alsof ik dat niet ruik,' zei Vinnie. 'Het is verrekte donker ook.'

'Een doka kun je beter niet eh, zomaar binnenlopen.'

'Was je bezig?' Vinnie tastte langs de spijl naast de deur en knipte het licht aan. 'Dus daar komen die meiden voor.'

Aan lijntjes hingen foto's te drogen, vergrotingen waren met punaises tegen platen board geprikt. Vinnie bekeek ze uitvoerig. 'Kleren zijn geen kostenpost,' zei hij vol bewondering. 'Hoe krijg je ze zo ver dat ze zo gaan zitten?'

'Vragen,' zei Leo. 'Beleefd zijn en vriendelijk, ik dacht dat jij, hoe zal ik het noemen, veel met vrouwen te eh eh, maken had.'

'Andere vrouwen,' zei Vinnie. 'Breek me de bek er niet over open. Dit is klasse. Wat ik heb is derde keus. Restantenwerk. Het grote voordeel is dat ik de meesten niet kan verstaan, dat scheelt. Hoe kom je aan die grieten?'

'Via bureaus.'

Vinnie keek hem aan of hij zijn oren niet geloofde. 'Verrek, bureaus. Je belt en je zegt: doe mij maar vier meiden met tieten tot in de eeuwigheid en dan zeggen zij: komen eraan. Werkt het zo? Ik bedoel: bij officiële bureaus? Of zijn het scharrelaars?'

Hij klonk gretig en Leo wist wat hij bedoelde. 'Niks scharrelaars. Officiële bureaus en het werkt eh eh, anders. Ik vertel wel een keer hoe het zit. Ik ben eigenlijk druk bezig.'

'Op zondag.'

Leo trok een wenkbrauw op. 'En?'

'Terwijl je bezoek hebt.' De toon was niet lekker meer. Ga me niet staan jennen, zo klonk het. De ogen van Vinnie voegden er iets aan toe: als je oud wilt worden moet je heel voorzichtig zijn.

Leo knipte de lamp van de vergroter uit en schoof de dozen met fotopapier in een la. 'Jij was bezig met Rachelle. Ik dacht: laat hem maar, hij eh, vermaakt zich prima.'

'Ze is weg,' zei Vinnie. 'Ze zei dat ze moe was. Dat mokkeltje dat bij haar was zei hetzelfde. Zijn die twee…' Hij tikte op de rug van een hand.

Leo haalde zijn schouders op. 'Wat kan het je schelen. Over een poosje komen er heus wel eh, nieuwe.'

'Zeker weten?'

'Nee,' zei Leo, 'maar wie wil die kan hier terecht, er zijn er een heleboel die dat weten.'

Vinnie deed een stap achteruit en bekeek Leo of hij hem niet eerder had gezien. 'Hoe krijgt zo'n onderdeurtje als jij dat voor elkaar? Is er iets wat je voor me verborgen houdt of zo.'

'Niks,' zei Leo meteen. 'Niks Vinnie. Ik zit hier al jaren en de meisjes weten dat er altijd een eh eh, bed klaarstaat. De koelkast is vol en als ze willen kunnen ze zwemmen. Het kan mij, ons,' hij wees naar beneden, 'niet schelen waarom eh, waarom ze komen.'

'Nou, op dit ogenblik is er niemand. Behalve die vetzak. Hij zei dat ik niet met mijn blote reet in het zwembad mocht. Ik zei dat ik die meiden anders niet had horen klagen.' Hij deed de badjas open en keek naar beneden. 'Zou je denken dat hij jaloers is.'

Leo keek langs hem heen. 'Hij houdt er niet van als iemand zijn eh eh, spullen leent.'

Vinnie negeerde de hint. 'Is er iets waar hij wel van houdt?'

'Rust,' zei Leo. 'Enne …' Hij wees naar de foto's. 'Daarvan.'

'Dan hebben we tenminste iets gemeen.' Vinnies ogen maakten weer een rondje langs de modellen. 'Godsamme, wat een vak. Weet hij al dat we samen gaan werken?'

'Nee,' zei Leo. 'Ja. Een beetje. Hij weet dat jij eh eh, dat jij iets met film wilt gaan doen.'

'Juist,' zei Vinnie. 'Als ik het niet dacht. Hij denkt zeker nog dat dit huis van hem is.'

Leo keek naar een lens en bleef kijken.

Vinnie tikte hem tegen een schouder, niet hard, maar beslist niet zacht. 'Twee dingen,' zei hij. 'Twee belangrijke dingen. Als je met me praat dan kijk je me aan. En als je antwoord geeft dan geef je antwoord. Oké. Dan wil ik zinnen en niet dat verdomde gehakkel. Ik word gek van dat ge-eh, dat heb ik al eens gezegd. Als je adem wilt halen dan doe je dat met je bek dicht. Oké?' Hij gooide een stapel foto's van een stoel en ging zitten. 'Vertel me nou maar eens precies hoe het zit tussen jou en die papzak.'

'Cris had geen geld,' zei Leo. Hij zat tegenover Vinnie op een houten lattenstoel die in zijn magere billen sneed, voorovergebogen, kin op geballe vuisten, ellebogen op zijn knieën, ogen die heen en weer schoten, want hoe hij het ook probeerde, het lukte hem niet ze op het gezicht van Vinnie gevestigd te houden. 'Te weinig geld in elk geval. Ik had wat geërfd, ik kende een paar vrienden met geld. Vrienden uit de…,' hij slikte de eh's in toen hij Vinnies gezicht zag betrekken, '…de modellenwereld, fotowereld. Wij kennen elkaar in dat vak, vroeger meer dan… dan nu. Ik was gek van dit huis. Groot, ruim, statig. Huis van… stand, zeiden ze toen Cris het kocht.'

'Waarom kocht jij het niet?'

'Hij had een optie. Hij was de gestudeerde man. Ik weet niet. Hij… hij wist veel. Alles, dacht ik toen. Hij kwam met een contract, als hem wat zou overkomen dan was… het huis, alles van mij. Het was dus niet zo dat hij helemaal niks had, maar hij had ook nog een… vrouw. Nillie dus. Je zei dat je alles precies wilde weten, maar zelf… ik zou het na moeten kijken. Ik had een studio in de stad. Na een poosje trok ik hier ook in en het werkte. Cris had zijn… organisatie, ik de modellen. Cris keek vaak als ik werkte en eh… Sorry. Nou… Hij…'

'Kreeg ze van jou aangereikt?'

'Zoiets. Hij deed of hij de directeur was. Dat… zei ik ook, dat hij de baas was.' Dun lachje. 'Financiële brein. In het begin verdiende hij goed. Beter dan ik. De laatste tijd is het… minder. Te weinig.'

'Waardoor jij bij mij kwam.' Vinnie klonk tevreden. 'Niet dat je dat wist, maar dat is een andere zaak.' Hij deed een greep in de zak van de kamerjas en keek op het venstertje van zijn mobiel. 'Stond op trillen,' legde hij uit. 'Telefoonvibrator zeg ik altijd, je snapt niet dat ze niet populairder zijn bij vrouwen, je zou meer reclame moeten maken bij die grieten van je, kunnen ze doen wie het eerst klaar is, zij of het gesprek. Ogenblik.' Hij liep de doka uit en sloot de deur achter zich.

Leo veegde zijn voorhoofd af, pakte een paar kranten en legde die op de stoel, vroeg zich af waarom hij geld had geleend van een bedrijf dat eigendom van Vinnie bleek. Waarom hij had staan opscheppen over zijn werk. Waarom hij gezegd had dat hij bezig was met het maken van films. Waarom hij zijn kaartje had gegeven aan de telefoniste en waarom hij had gezegd dat ze eens langs moest komen, beslist doen, jij bent geknipt om te worden geknipt. Zo had hij het gezegd: 'Geknipt om te eh eh, worden geknipt.' Met een knipoog en de belofte dat ze foto's zou krijgen, gratis.

'Derde keer,' zei Vinnie. 'Het is verdomme zondag, maar denk je verdomme dat ze je verdomme met rust laten? Jullie hadden geld nodig en jij kwam bij mij. Als wij,' beweging met een vinger, van borst naar borst, 'die papzak er eens uitdonderden en samen in films gingen? Hoe lijkt je dat?'

'Het huis staat op zijn naam.'

Vinnie stond op. 'Ik krijg een houten kont op deze stoel. We gaan naar beneden.'

Leo maakte een beweging naar de fotobakken.

'Naar beneden,' zei Vinnie. 'Het huis is dus van hem. Waarom zou dat een probleem zijn?'

'Vertel 'ns,' zei Vinnie tegen Cris. 'Over wat je nou precies doet als je niet naar de meiden van Leo kijkt.'

Ze zaten op het terras, Vinnie nat in de tweede badjas van Cris, Leo in zijn zwembroek met een baddoek over zijn schouders onder een struik die nageurde van de zomer, Cris in wat hij zijn vrijetijdskleding noemde, ruimvallende corduroy broek, wijde trui, honkbalpet van de San Diego Padres zo ver over zijn voorhoofd dat hij Vinnie pas zag vanaf de nek. 'Adviezen,' zei hij.

'Adviezen,' zei Vinnie. 'Weet je wat ik een uurtje geleden tegen Leo zei? Twee dingen, zei ik. Als je met me praat dan kijk je me aan en als je antwoord geeft dan geef je antwoord. Haal dat verdomde petje van je kop.'

Cris schoof de Padres een halve decimeter naar achteren, trotseerde Vinnies ogen, haalde adem tot hij wist dat hij zijn stem onder controle had. 'Als je eens naar huis ging?'

Vinnie keek naar Leo. 'Hoor ik dat goed?'

'Hij is mijn eh eh, gast,' zei Leo snel. 'Hij wil een fotosessie bijwonen. Over een uurtje komen Elyna en Annlee.'

'Zo is dat,' zei Vinnie. 'We gaan in films doen.'

'We.'

'We. Adviezen. Dat zei je. Wat voor adviezen.'

'Bedrijven,' zei Cris. Hij keek naar Leo tot die verder naar achteren schoof, vroeg zich af wat er aan de hand was, voelde zijn nek prikken. 'Ik ben bedrijfsadviseur. Ik begeleid processen, bezuinigingsoperaties, die dingen.'

'Je dondert er dus mensen uit.'

'Ik adviseer, ik beslis niet.'

'Mooi vak,' zei Vinnie. 'Ik heb heel wat bedrijven waarover ik advies wil. Misschien kun je wat voor me betekenen. Heb je een kantoor in de stad?'

Cris wees achter zich. 'Ik werk vanuit mijn huis.'

Vinnie schudde zijn hoofd. 'Vanuit jouw huis. Jullie huis, dacht ik.

Laat maar. Je moet in het centrum zitten als je iets wilt betekenen. Wat doe je als er een klant komt, ruk je dan een model van Leo uit de studio om secretaresse te spelen?'

Cris wilde uitleggen dat hij zo niet werkte, dat hij gebeld werd en naar bedrijven ging, dat... Hij hield het bij zuchten.

'Ik heb een kantoor,' zei Vinnie. 'Heel officieel. In die bedrijvenflat die ze Trade Center noemen. Tegenover me zit een advocaat en naast me een accountant. Alledrie hebben we een secretaresse die een meester is in het vijlen van haar nagels. Alledrie hebben we werk elders. Buitenshuis zogezegd, maar de belasting wil nou eenmaal dat we een kantoor hebben. Zal ik jou eens adviseren? Neem een kantoor in de stad, je moest eens weten wat je kunt aftrekken. Als we films gaan maken, Leo en ik, dan wordt het hier misschien te druk voor je.'

'Hè?' zei Cris.

'We hebben het er nog wel over,' zei Vinnie. 'Leo, hoe laat zei je dat die meiden kwamen?'

'Beneden,' zei Leo. 'Hij is in de studio. Hij helpt bij het eh eh, uitzoeken van de kleding voor Elyna en Annlee. Over een paar minuten moet ik er naartoe, voor eh, hij denkt dat hij maar raak kan grijpen, als je hoort gillen... Waar maak jij je nou druk over?'

'Wat denk je.' Cris stond in volle lengte, had de neiging met zijn armen te zwaaien en Leo door de kamer te zwiepen. 'Jij hebt je ingelaten met die vent. Hij komt, hij verdomt het te vertrekken en intussen zegt hij in alle rust zo ongeveer dat ik het huis moet verlaten. Mijn huis.'

'Ons huis.'

'Sterf met je ons huis. Mijn huis. Op papier. Met de handtekening van een notaris eronder.'

'Gekocht van mijn geld,' zei Leo. 'Geld dat op is, bijna op is, denk je dat ik het leuk vind om eh, een vent als Vinnie... Hij sterft van de centen en hij investeert, dat heb ik je verteld. Laat hem.'

'Film. Hoe zit dat met die filmplannen? Wat voor films denk je dat een vent als Vinnie wil maken. De nieuwe Ingmar Bergman?'

'Hij wil meiden zien.'

'Daar doet hij toch zelf in? Of heb ik je verkeerd begrepen?'

'Een ander soort eh, vrouwen,' zei Leo. 'Hij heeft restanten, zei hij. Wij hebben klasse. Zei hij dus. Denkt hij. Laat hem nou. Ik maak eh eh, opnamen, scènes. Ik zorg ervoor dat hij erop staat, hij weet niets van het vak. Misschien kunnen we er eh, weet ik veel, iets mee doen, ik bedenk maar wat. Hij is tenslotte getrouwd.'

Cris zag het voor zich. 'Chantage? Iemand als Vinnie? De vent is een gangster. Denk je dat ik een gangster ga chanteren?'

'Ik zei: iets mee doen. Ik zei niet: chanteren. Voorlopig heeft hij ons bij de eh, ballen. Speel het spel nou in godsnaam mee. We bedenken wel wat. Ik moet naar beneden anders gaat het gegarandeerd mis.'

Cris hield hem tegen. 'Ben jij bezig mij te belazeren?'

'Nee,' zei Leo.

'Waarom beef je dan?'

'Omdat je knijpt,' zei Leo. 'Ik zit klem. Ik heb geld geleend voor eh eh, ons, dit huis. Bij de verkeerde, dat geef ik toe. Help me nou verdomme een handje, als we ruzie gaan maken dan…'

'Dan wat.'

Leo haalde zijn schouders op. 'Weet ik het. Kom straks maar kijken. Annlee vroeg naar je. Ze zei dat ze nog steeds onder de eh, indruk van je is.'

'Indruk.'

'Ze houdt van groot, zei ze. Toen ik eh zei: groot wat, zei ze: buik. Kom nou maar, waarom zou Vinnie al de pret hebben?'

'Kom nou toch kijken,' zei Leo, 'je lacht je gek. Annlee valt op Vinnie, of ze doet alsof, maar hij eh, loopt erin.'

'Vinnie heeft geen buik.'

Het duurde even voor Leo 'm vatte. 'O, dat. Kom nou maar.'

'Ik ga werken.'

'Op zondag?'

'Ik heb morgen een afspraak met een klant en aangezien we blijkbaar te weinig geld hebben…'

'Sarcasme,' zei Leo. 'Is het zo laat. De bokkenpruik, zei mijn moeder altijd. Je eh, gaat je gang maar.'

'Je gelooft het niet,' zei Vinnie. Hij keek naar zijn mobiel of hij het apparaat niet vertrouwde. 'Ze was bij het huis van Hank.'

'Welke zij?' vroeg Leo en de vrouw die aan een arm van Vinnie hing vroeg: 'Welke zij, Vin. Een vriendinnetje?'

Vinnie schudde Annlee af. 'Nillie. Die griet van hem daar, waar is-ie eigenlijk.'

'Cris is… iets aan het voorbereiden. Een afspraak. Annlee ga je eh eh, aankleden, sorry Vinnie, ik had het tegen haar, en eh eh, Elyna; nog een paar foto's. We zijn zo klaar. Waarom was ze daar? Bij Hank?'

'Ik zou het verdomd niet weten,' zei Vinnie. 'Ze zei dat er iets met de verwarming van haar flat was, maar dat gelooft niemand.' Hij schudde zijn hoofd. 'Die griet laat zich door Hank meenemen naar een hotelkamer, duwt hem een pistool in zijn mond, loopt het hotel uit en gaat een dag later naar hem op zoek.' Hij tikte tegen de zijkant van zijn hoofd. 'Zit er iets los bij haar?'

'Pistool?' zei Annlee met schitterogen. 'Wat spannend. Auw. Blijf van mijn kont af.'

'Wegwezen,' zei Vinnie. 'Nu even niet.' Hij keek Leo aan. 'Is er iets over die griet dat ik moet weten?'

Leo haalde zijn schouders op. 'Volgens mij niet. Haar tweede man is wegge… lopen. Ze kan in de… war zijn.'

'In de war,' zei Vinnie. 'In de war. Ik zal haar in de war helpen als ze zo doorgaat. Ik krijg daarover een paar mooie ideeën.'

'Ik denk dat ik maar naar huis ga,' zei Vinnie. 'Hoe laat is het?'

Leo keek naar het grauwe gezicht met de vermoeide ogen. 'Na middernacht, je hebt je… best wel gedaan vandaag. Eerst Rachelle en daarna Annlee.'

'Vergeet dat mokkeltje niet dat bij Rachelle was. Hoe heet ze eigenlijk. Ik ben bekaf. Een goedbestede zondag, zo mag je het noemen. We moeten echt meer doen in film, wij samen.'

'Ja,' zei Leo.

'Maar nu ga ik naar moeders. Vanmorgen had Toinette de pest in omdat ze werd gebeld. Het zal er in de loop van de dag niet beter op zijn geworden. Ik ga maar eens. Ik denk wel dat je morgen van me hoort.'

'Ja,' zei Leo.

'Doe me een lol en haal wat meer worst in huis. Leverworst. Je hebt eten zat, maar geen worst. Waar is Cris. Even gedag zeggen.'

'Buiten,' zei Leo. 'Ik dacht dat ik hem daar… hoorde.'

'Ze is er weer,' zei Cris.

Vinnie volgde zijn blik. 'Die auto?'

'Gisteren en nu weer. Voor het eerst in een weekeinde. Ik wou dat ik wist wat ze van plan was.'

'Als je het eens ging vragen?'

Cris rilde, maakte een afwerend gebaar, zuchtte.

'Misschien doe ik het wel,' zei Vinnie. 'Het is dat ik een beetje moe ben, maar anders.'

5

Ze zag een kleine man het terras oplopen, zich uitkleden en in het zwembad springen. Ze zag twee vrouwen. Ze zonk weg, wist zeker dat ze deel uitmaakte van een feest waar iedereen naakt was en elkaar met champagne besprenkelde, vocht zich omhoog, zag Cris bij een stoel staan, mompelde: 'Stuk ongeluk,' zakte weer weg.

'Naar Spanje is linksaf,' riep Drever. 'Links,' zei Wonder, 'wat wonderlijk, Spanje is omhoog, kijk maar.' Ze keek naar boven, langs de opstijgende waterdruppels en zag land dat Spanje moest zijn want er liep een stier met een cape en scherpe stokken die hij in zijn rug prikte. 'Zie je wel, Nillie,' zei Hoos, 'Wonder liegt nooit, dat kan-ie niet eens.' 'Welles,' zei Wonder, 'ik doe alleen mijn best niet, dat zegt mamma: je doet je best niet Wonder, je kunt het wel.' 'Je weet nooit wat je kunt,' mompelde Glimmenmaker, 'je weet nooit wat je doet, dat is het probleem.' Hij zweeg toen de vogel met de zes vleugels waterdruppels verzamelde en erop ging zitten. 'Dag Vliegmeester,' zei Glimmenmaker, 'ben je uitgevlogen?' 'Dat is geheim,' zei de vogel met de zes vleugels, 'daar mag ik niet over praten zolang ik niet alle druppels heb verzameld.'

Ze werd met een ruk wakker, veegde vocht uit haar ooghoeken, keek naar het grote huis dat langzaam scherper werd.

Ze stelde de kijker in en zag Cris. Leo kwam het terras op gevolgd door de man die ze eerder had gezien. 'Lamlul,' mompelde ze en ze dacht dat ze Cris bedoelde, maar zeker was ze niet.

De mannen verdwenen en ze rekte zich uit. Waarom was ze hier, waarom was ze niet thuis. Omdat ze daar niets beters te doen had, daarom. Omdat het hier makkelijker was om kwaad te zijn. Hij in dat huis, zij in de kale flat, het klopte niet, ze zou hem krijgen.

Ze zag een auto wegrijden, maar was te laat met de kijker. Het geluid stierf weg, het terras was leeg, het zwembadlicht ging uit.

Ze deed haar ogen dicht en wilde haar droom terug. Soms lukte het.

Ze was er niet zeker van of ze een motor had gehoord of gedroomd, maar ze wist dat er een auto vlak achter haar stond. Zonder haar hoofd te bewegen keek ze in de zijspiegel. Een zwarte vlek was alles wat ze zag. Als er een auto stond dan was het een donkere die vrijwel onzichtbaar was onder de grote bomen. Ze bleef kijken uit haar ooghoeken en tastte zonder haar bovenlichaam te bewegen naar de portieren. Had ze ze op slot gedaan? Het rechterportier niet, voelde ze en ze duwde de greep naar achteren. Voorzichtig draaide ze het linkerraampje op een kier. Niks te horen, bijna niks te zien. Een vlammetje, heel even. Iemand die een sigaret opstak of op zijn horloge keek, misschien op het venstertje van zijn mobiel.

Ze pakte haar tas. Bang was ze niet, maar ze wilde toch het busje met peperspray klaar hebben. Had ze het pistool nog maar. Ze moest beslist een nieuwe hebben, een grote, niet om te schieten, maar om te kunnen laten zien, een heel grote, zodat ze bang werden.

Ze legde de peperspray in haar schoot en bleef onbeweeglijk zitten, stijve nekspieren, tranende ogen.

Ik heb de tijd, dacht ze na vijf minuten. Wat is dat voor een idioot, dacht ze na een kwartier. Zo moet het verdomme geen uren blijven, dacht ze na twintig minuten. Het is Cris, dacht ze na een halfuur. Hij weet dat ik naar hem kijk en nou komt hij naar mij kijken.

Langzaam zakte ze onderuit tot haar achterhoofd niet meer boven de stoelleuning uitstak en voorzichtig draaide ze zich om. Een grotere auto, dat moest ze ook. Iedereen had een grotere auto. Cris, al de bezoekers van het grote huis, iedereen.

Ze keek langs de rand van de stoel naar de schaduw achter haar en raakte ervan overtuigd dat Cris daar stond. De afmetingen van de auto leken te kloppen en wie kon het anders zijn. Iemand die ook naar het grote huis keek? Een stelletje dat wilde vrijen? Onzin. Cris. Hij zat haar bang te maken. Ze zou laten zien hoe bang ze was.

Ze ging rechtop zitten en draaide het contactsleuteltje om. De motor sloeg aan en ze verstijfde, wat een lawaai. Ze draaide het raampje verder open en luisterde. Achter haar bleef het stil en dat kwam goed uit, want ze had een plan. Geen groot plan, maar wel een mooi, ze moest er nu al om glimlachen.

Ze reed een eindje vooruit, zag achter zich geen beweging en stuurde naar links. Ze was hier vaak genoeg geweest om een draai te kunnen maken zonder dat ze haar lichten aan hoefde te doen.

Voorzichtig maakte ze een cirkel en daarna reed ze naar de andere auto. Toen ze er pal naast stond tikte ze met de bus peperspray tegen de rand van haar portier. 'Cris.'

Na drie keer roepen hoorde ze het geluid van een automotor die was aangezet en stationair liep. Even later zoefde een raampje naar beneden. Zoefde. Zij moest aan een handel draaien, hij kon op een knopje drukken en het raam laten zoeven.

'Hier, lul, dit is voor jou.'

Ze strekte haar arm, drukte veel harder dan nodig was op de hendel van de bus peperspray en genoot van het gesis. En van de schreeuw die volgde.

Gegil, gejammer.

Maar niet van Cris. Ze wist hoe hij schreeuwde. Anders.

Ze trok haar arm zo snel naar binnen dat ze met de elleboog tegen het portier sloeg, riep: 'Auw, godver,' hijgde toen ze een vleugje spray inademde, zette haar volle gewicht op het gaspedaal.

Ze hobbelde zonder lichten tussen de laatste rij bomen door, hijgend en niezend, wapperend met een hand, vroeg zich af wie in de auto had gezeten.

Schoot in de lach.

Wat had die zak daar ook te zoeken, vlak achter haar, in het donker, zonder te bewegen.

Ze was al bijna bij de flat toen ze begon te rillen.

De eerste keer miste ze het knopje van de telefoonbeantwoorder. Ze keek naar haar hand, concentreerde zich en probeerde het opnieuw.

De stem van Doris. 'Ik wou weten of je thuis was, zomaar eigenlijk. Bel even terug als je dit hoort.'

Nog een keer Doris. 'Het is nu bijna twee uur. Over een kwartiertje ga ik echt naar bed. Als je voor die tijd thuis bent, bel dan.'

Nummer drie was een onbekende. 'Kutwijf.'

Doris was ongerust, dat had ze na de eerste zin al geweten. Ongerust en had last van een schuldgevoel. Spijt van een paar dingen die ze had gezegd, zo was Doris.

Ze luisterde het bandje nog een keer af en voelde een spier in haar hals bewegen toen ze de onbekende stem hoorde. Eén woord maar en meteen trillende vingers.

Ze wilde naar bed, maar wist dat ze niet zou kunnen slapen.

Het kwartier van Doris was verstreken, maar ze belde toch.

'Ja.'

'Met mij.'

'Hoe laat is het.'

'Sliep je.'

'Gatver. Nillie, wat een vraag. Waar ben je.'

'Thuis, ik hoorde dat je had gebeld enne…'

'Hoe laat is het.'

'Laat. Sorry. Er stond iemand op de band en daar schrok ik van.'

'Wie was het?'

'Weet ik niet. Geen idee, echt niet.'

'Wat zei hij?'

'Kutwijf, dat zei hij.'

Het duurde even voor Doris iets zei. 'Weet je wat ik dacht toen de telefoon ging?'

'Was je kwaad?'

'Ik dacht: dat is Nillie en toen dacht ik…'

'Kutwijf.'

'Ja,' zei Doris. 'Ik weet niet waarom, maar dat dacht ik. Nou ben je boos.'

Ze moest lachen, niet voluit, een beetje. 'Ik ben niet boos, het ene kutwijf is het andere niet.'

'Als je dat maar weet. Was je weer bij het huis?'

'Nee.'

'Zeker weten?'

'Nee.'

'Zie je wel,' zei Doris. 'Ik weet niet wat het met je is, maar als ik jou was ging ik naar de dokter. Kun je slapen?'

'Ik denk van niet.'

'Dan liggen we nu allebei wakker. Fijne zusters, wij. Wil je hier slapen?'

Dat was wat ze wilde. 'Morgen ben ik er ook alweer...'

'Nou en.'

'Dank je voor het aanbod. Ik wil wel, maar ik heb geen zin de deur uit te gaan.'

'Sluit je goed af?'

'Ja,' zei ze. 'Reken maar. Welterusten.'

Ze werd wakker met een hoofd dat bonkte. Te vast geslapen, niets gedroomd, in elk geval niets wat ze zich herinnerde, maar wel wakker met een doorzweet shirt en vochtige haren.

Ze trok haar T-shirt uit, douchte en bekeek de wallen onder haar ogen. De ene wal zat lager dan de andere, zelfs haar moeheid was niet in evenwicht.

Koffie, boterham, nog een koffie. Op de radio legde een meneer uit hoe het zat met leverziektes in relatie tot drank. Bij de buren was ruzie. Harde stemmen op maandagochtend kwart over elf, een gil, gebonk. De eerste keer had ze de politie willen bellen, maar de buurvrouw aan de andere kant had haar verteld dat ze er beter aan kon wennen. 'Zo gaat het al jaren, ik ben blij dat ik niet zo'n vent heb. Daar denk ik aan als ze weer eens lawaai maken.'

Ze zette de stofzuiger aan. Maandag was- en schoonmaakdag, zo was het altijd gebleven. Met Cris, met Donal, nu. Het grote verschil was dat ze nu in een uurtje klaar was. Wat viel er stof te zuigen in deze flat en wat maakte ze nou nog smerig aan kleren. Shirts, sportbroekjes, beenwarmers, ondergoed, dat was het zo'n beetje.

Terwijl ze wachtte tot de wasmachine uitgedraaid was deed ze halteroefeningen. Nadat ze de was in de droger had gedaan drukte ze zich vijfentwintig keer op en deed ze buikoefeningen. Aan haar conditie lag het niet dat ze geen goede vent had. Of kon krijgen.

Kutwijf. Waarom ze daar verdomme de hele tijd aan moest denken...

Een pistool moest ze hebben, de eerste die haar dwarszat zou het weten. Ze dacht aan wat ze allemaal met mannen wilde doen, eerst met Cris, daarna met de man die het bandje had ingesproken, hield op toen het leuke eraf was, dacht aan wat ze de afgelopen nacht had weten weg te drukken. De stem was vast van de man die ze met pepergas had besproeid, wie zou het anders kunnen zijn, maar hoe wist die haar nummer? Omdat hij gestuurd was door Cris?

Dat was het natuurlijk.

Cris had genoeg van haar aanwezigheid bij de vijver. Cris sloeg terug. Nou, ze zou hem iets laten zien. Hij zou nog opkijken.

Om twee uur ging ze naar de sportschool. Voor ze in haar auto stapte keek ze uitvoerig om zich heen en toen ze zat was ze kwaad op zichzelf. Niks te zien, natuurlijk niet, allemaal aanstellerij.

Ze herkende de auto meteen. Niet aan het nummerbord, maar aan de vorm en de kleur, groot en donkerblauw. Hij stond buiten het hek van de sportschool hoewel er op de parkeerplaats achter het hek om deze tijd van de dag altijd ruimte was. Ze remde en reed de smalle weg naar het fabrieksterrein op waar ooit banden waren gemaakt, maar waar nu een paar honderd bejaarden woonden in piepkleine behuizingen. Hergebruik heette dat. Laat de buitenmuren staan, handhaaf de betonnen vloeren en maak zoveel vliesdunne tussenwandjes als je mensen durft aan te doen.

In de auto zat Hank, of anders was hij in de sportschool. Nooit eerder had ze hem daar gezien. Dus.

Dus had hij gehoord dat ze bij zijn huis was geweest en kwam hij vragen waarom ze hem wilde spreken.

Dus was hij gestuurd door zijn baas Vinnie Zarelli en kwam haar in diens opdracht halen.

Er waren meer mogelijkheden, maar ze beperkte zich tot de uitersten.

Na een poosje kwam ze terecht bij de vraag of zij Hank wilde spreken.

Waarom niet eigenlijk, en de sportschool waar iedereen haar kende was daar geen slechte plaats voor.

Ze draaide, reed terug en zag kans niet opzij te kijken toen ze langs de auto van Ditsz reed. Ze parkeerde op de plaats waar ze meestal stond en pakte haar sporttas. Niet omkijken. Gewoon doen. Verrast kijken als je hem ziet. Doe of je blij bent.

'Hé, Hank,' zei ze toen ze hem zag staan, leunend tegen de boom vlak bij de entree. 'Goh, wat leuk. Wat doe jij nou hier?'

'Zocht... me,' zei Hank.

Dat was de onschuldige variant. Hij was gewoon nieuwsgierig. Ze haalde opgelucht adem en hoopte dat hij het niet zag. 'Gisteren. Ik ben bij je thuis geweest.'

'Radiator.'

'Natuurlijk niet, dat zei ik zomaar, wat moest ik anders. Ik kon moeilijk zeggen: gossie mevrouw, is Hank er ook, we waren vannacht in hotel Centrum en toen had hij helaas geen condooms bij zich en daarom ben ik weggegaan.' Ze wilde hem een tikje tegen een wang geven, klein tikje, in de geest van: jochie doe niet zo dom. 'Ik was bang dat je kwaad op me was omdat ik wegging.'

'Kwaad.'

Hij keek of er achter zijn ogen een moeizaam proces aan de gang was, alsof feiten die geordend moesten worden met elkaar bleven botsen.

Langzamer praten, dacht ze, ik ga echt te snel.

'Dat ik terugkwam en de sleutel van je auto vroeg, dat was, nou ja, lullig. Dat had ik niet moeten doen, je had groot gelijk dat je kwaad werd. Was je hier al lang?'

Geen twee onderwerpen vlak achter elkaar, zag ze. Een was moeilijk genoeg.

'Lang?'

Ze keek naar zijn ringen, zijn halsketting, het borsthaar dat krulde, zou Hank ooit een shirt dichtdoen, hoe liep hij erbij als het winter was, waarom keek hij of ze hem had geslagen? Ze kon drie gedachten uitwerken in de tijd dat hij een woord had gevormd.

'Hoelang sta je hier al?'

Hij keek op zijn horloge. 'Poosje.'

Ze vuurde een glimlach af, zag dat die doel trof en pakte hem bij een arm. 'Zin in koffie?'

Door de manier waarop hij achter haar aan liep begreep ze waarom hij succes had bij vrouwen. Een schoothond, dat was hij, een zwartharige schoothond vol goud, met zachte ogen, bijna dromerig, die keken alsof dit hun eerste dag in de grotemensenwereld was.

Ze liep naar de bakker die een deel van zijn zaak had ingericht als lunchroom en ging zitten aan het achterste tafeltje. Hank keek naar de kleine stoeltjes met hun ranke poten en fronste zijn wenkbrauwen.

'Het houdt wel. Als je niet te veel beweegt dan gebeurt er niets.'

'Ja,' zei Hank. Het klonk als: O, ja?

'Koffie?'

Hij knikte en ze bestelde. 'Geef hem er maar een gebakje bij. Met slagroom.'

Hank keek ongelukkig om zich heen, een groot kind dat verdwaald was. Zaterdag had ze gedacht dat zijn gedrag en manier van praten beïnvloed waren door drank en pillen, maar nu was ze er niet zo zeker meer van. Hij was zoals hij was en nu zij hem goed bekeek leek hij minder afstotend dan een paar dagen geleden. Een shirt met knoopjes tot aan zijn kin, minder goud en het verwijderen van piercings zouden van hem misschien iemand maken met wie ze het zou kunnen vinden. Dacht ze, tot het moment waarop hij met een vinger de slagroom van het gebakje schepte en een deel van de klodder over zijn onderlip liet stulpen. 'Huis,' zei hij. 'Jij.'

Alsof hij dat niet eerder had gevraagd en zij daar geen antwoord op had gegeven. Voor alle zekerheid legde ze het nog een keer uit. 'Het zat me niet lekker, zaterdag. Ik liep zomaar weg. In hotel Centrum, bedoel ik. Ik was bang dat je kwaad op me zou zijn en daarom dacht ik: ik loop even langs zijn huis om het uit te leggen.'

'Kwaad.'

De kern wist hij te vinden, zo slim was hij wel.

'Kwaad. Boos. Ik hou niet van ruzie.' Ze wachtte tot hij was uitgeslurpt en legde een vinger tegen de rug van zijn hand, even, bijna strelen. Glimlach erachteraan, iets moois met haar ogen, hoofd opzij zodat hij maar een kant van haar gezicht kon zien. 'Misschien kunnen we het een keer…'

Ze hield op toen ze het gegrom hoorde en volgde met haar ogen de stukken gebak die over de vloer zeilden. Echte bakkers maken harde bodems waar je niet te nonchalant in moet prikken, ze had Hank moeten waarschuwen.

Tot haar verbazing vloekte hij niet. Hij zuchtte, keek verontschuldigend, spreidde zijn armen, zei: 'Weg. Naar huis.'

'Goed,' zei ze toen ze zag dat hij niet tegen te houden was. Ze betaalde en liep achter hem aan. Net buiten de winkel stond Niels. 'Alles goed?'

'Wat doe jij hier?'

'Ik zag jullie. Ik dacht dat er iets was.'

'Aardig van je. Sorry, ik moet hem nog iets vragen.' Ze liep door, haalde Hank in vlak voor hij bij zijn auto was en greep zijn arm. 'Wat is er nou ineens.'

Ze zag dat hij minstens drie pittige zinnen in gedachten had die ergens in zijn hoofd in de war raakten. 'Kutgebak.'

'Sorry,' zei ze. 'Ik had je moeten waarschuwen, wist ik veel, ik bedoel, ach wat, je hebt toch zeker wel eerder gebak gehad. Kijk niet zo boos.'

Zijn ogen kregen weer de zachtheid die ze eerder had gezien. Zacht en leeg. Met een beetje geluk…

Op een afstandje zag ze Niels naar hen kijken. Hij maakte een gebaar in de richting van de sportschool. Met een hand maakte ze een afwerende beweging. 'Zei je iets, Hank?'

'Auto. Kom maar.' Hank opende het portier, boog zich naar binnen en duwde het portier aan de andere kant open. 'Huis.'

Ze zag de vrouw voor zich met de baby op de arm. Ze zag Niels die somber keek. Ze zag Hank die nu rechtop stond, naar haar staarde.

'Ik ben hier voor mijn oefeningen.'

Hank liet zijn horloge zien. 'Straks. Halfuur.'

Wat kon haar gebeuren in een halfuur, in een doorzonwoning met een vrouw en een baby.

Veel, zoveel fantasie had ze wel. Maar Niels stond paraat, zag ze en ze had een paar ideeën waar Hank in paste.

Ze liep om de auto heen, maakte een gebaar naar Niels, ademde opgelucht toen ze hem zag knikken en stapte in. 'Een halfuur? Uit en thuis?'

Hank reed weg terwijl hij knikte of zijn hoofd los zat.

Ze zag Niels op een holletje naar zijn auto lopen. 'Als je me beduvelt dan zal ik je krijgen.' Ze klopte op haar sporttas. Waar haar schoudertas inzat, met het vakje waarin de pepperspray zat, onder de tissues tegen het rammelen. Als Hank iets wilde wat haar niet beviel en ze kreeg drie volle minuten de tijd dan zou ze vast wel kans zien de spray te pakken en hem de volle laag te geven.

Hank keek zo lang naar de tas dat ze bang was dat hij een trottoir op zou rijden. 'Kijk je een beetje uit?'

Een ruk aan het stuur. 'Pistool?'

Ze wist niet wat ze daarop moest antwoorden. 'Let jij maar op de weg. Als je bang wordt dan zet je me er maar uit.'

Het leek of zijn nek iets dikker werd en roder, maar hij zei niets en reed rechtstreeks in de richting van de wijk waar ze allebei woonden. Vlak voor ze bij de straat aan het plantsoen waren draaide hij de auto naar links.

'Wat doe je nu?'

'Huis,' zei Hank. 'Daar.' Hij wees naar de rij flats, stopte voor de laatste en zette de motor af.

'Volgens mij woon je daarginds,' zei ze stijf. Ze draaide zich half om, wees in de richting van de doorzonwoningen en keek naar de rode auto van Niels. 'Je kunt daar toch zeker ook parkeren?'

'Huis,' zei Hank. Hij stapte uit en liep naar de flat. Zonder verklaring. Zonder naar haar te kijken. Alsof hij genoeg had van het gezeur.

Ze stapte pas uit toen hij de hal inliep, keek naar het verbaasde gezicht van Niels en wees van haar horloge naar de flat terwijl ze vijf vingers opstak, haar hand sloot en opnieuw opende. Tien minuten zou ze Hank geven om uit te leggen wat ze hier deden.

Niels maakte een 'ik wacht wel'-gebaar en ze smeet het portier dicht. Hank stond bij de trap en wees naar beneden.

'De kelder? Maak het nou een beetje. Wat denk je eigenlijk dat je aan het doen bent. Me meenemen naar een kelder in een flat, zomaar midden op de dag?'

'Woon ik,' zei Hank. 'Echt. Eerlijk.' Hij wees op haar sporttas. 'Pistool. Pak maar.'

Hij liep de trap af en zij volgde. Het enige dat ze erbij dacht was: dit ga ik nooit aan Doris vertellen.

Gang door langs de berghokken, zijgang in met ijzeren deuren.

'Huis,' zei Hank. Hij pakte een sleutel, deed een van de ijzeren deuren open en liep naar binnen. Ze volgde hem tot ze in de deuropening stond, zag grote ijzeren buizen, een gevaarte dat een verwarmingsketel leek, wanden volgeplakt met afbeeldingen van vrouwen, gekleed, halfbloot en bloot, houten tafeltje in een hoek, bureaustoel met doorgesleten zitting, matras op de grond.

'Woon jij hier?' Ze hield zich vast aan de stijlen van de deur, klaar om weg te rennen.

Hank ging op het matras zitten, wees naar de stoel. 'Doe niks. Kom.'

Ze liet de deur open, liep tot halverwege de stoel. 'Wat doen we hier.'

'Praten,' zei Hank.

Daar had ze niet van terug. 'Praten? Wij? Jij? Ik bedoel: hoezo praten. Over wat.'

'Vinnie,' zei Hank.

'Jouw baas.' Ze flapte het eruit zonder te denken en had meteen spijt. Mocht Hank weten, dat zij wist, dat hij…

'Boos,' zei Hank. 'Vinnie.'

Ze haalde opgelucht adem. Versprekingen waren aan Hank niet besteed. 'Is Vinnie boos op mij?'

Weer fout. De goede vraag was: 'Wie is Vinnie.' Ze begon flink de pest in te krijgen. Ze kon toch wel een keer nadenken?

Hank wees naar zijn borst. 'Mij. Vinnie wil pistool.'

'Wie is Vinnie,' vroeg ze eindelijk. 'Waarom is Vinnie boos op jou. Welk pistool.'

Haar pistool, dat was het eerste wat Hank duidelijk maakte en toen ze vroeg waarom zei hij: 'Baas. Vinnie.'

Daarom dus, omdat Vinnie de baas was.

De samenhang ontging haar, maar niet het gezicht van Hank. Dat drukte uit dat hij het ook niet kon helpen, dat hij alleen deed wat hem was opgedragen.

Ze maakte haar sporttas open en haalde er haar schoudertas uit. 'Kijk maar mee, Hank. Ik heb geen pistool. Dat van zaterdag was een nepding, heb ik je dat niet verteld?' Ze liet de handboeien zien. 'Deze zijn van plastic. Voor de aardigheid.' Ze hield haar hoofd scheef. Welke aardigheid. Stond ze verdomme in een verwarmingskelder vol blote vrouwen tegen een vent die zich gedroeg of hij te vaak op zijn hoofd was gevallen te kletsen over handboeien en waarom ze die bij zich had. Ze pakte snel de peperspray. 'Dit is echt. Het pistool niet. Het was een spelletje zaterdag, snapte je dat niet?'

'Vinnie wil pistool,' zei Hank.

Langzaam begon de boodschap tot haar door te dringen. Niet door wat hij zei, maar door de manier waarop hij erbij keek, de blik in zijn ogen. 'Probeer je me te waarschuwen?'

Hank zei niets, knikte kort, maakte de beweging met zijn armen die ze begon te kennen: ik kan er niets aan doen, zo zit de wereld nu eenmaal in elkaar.

'Dank je,' zei ze. 'Lief van je.'

Ze was er nog niet helemaal achter hoe de processen onder de schedel van Hank verliepen, maar een woord als 'lief' maakte blijkbaar iets anders los dan ze bedoelde. Hank rommelde onder het matras en liet een pakje zien. 'Condooms.'

Ze gaf geen krimp en was daar heel tevreden over. Geef een gil, was de boodschap die ze zichzelf gaf. Vertel de vent dat hij niet goed bij zijn hoofd is, draai je om, ren weg. 'Voor ons? Nu? Kom nou.'

'Zaterdag,' zei Hank.

Zaterdag was ver weg. 'Misschien.' En ze had nu eenmaal die ideetjes. 'Waarschijnlijk.' Ze kon altijd zien hoe ver ze daarmee kwam. 'Wil jij wat voor me doen?' Hij zag eruit of hij uit haar hand wilde eten. 'Ik ben bang.' Zag het gezicht van Hank veranderen, net of er leven in kwam, of ze was overgeschakeld op een onderwerp waar hij greep op had. 'Cris. Mijn ex-man. Hij bedreigt me. Ik ben bang dat hij me iets aan wil doen.' Klopje op de schoudertas. 'Daarom heb ik die peperspray bij me. Wat ik zoek is...' iemand die hem in elkaar slaat, gewoon omdat ik wraak wil, omdat ik de pest in heb, omdat hij het verdomt om me geld te geven, omdat hij me het huis heeft uitgegooid, samen met de kleine rat die me bij mijn kont pakte, '...iemand die hem slaat voor hij mij iets doet.' Ze dacht aan blauwe plekken, een deuk in zijn auto, een paar flinke duwen. Om te beginnen.

'Goed,' zei Hank.

Geen: hoe zit het precies. Geen: wie is Cris. Gewoon: Goed.

'Goed?'

'Wanneer,' vroeg Hank.

Een ogenblik dacht ze dat hij ergens een bandrecorder had verstopt. Dat hem gevraagd was haar aan de praat te krijgen en dat ze in een val was getrapt. Maar dat was niet meer dan een ogenblik. Hank was niet iemand voor vallen, of voor zijwegen. Hank was iemand van de eenvoud en waarom zou ze hulp afslaan?

Ze legde voor alle zekerheid uit wie Cris was, waar hij woonde en wat de bedoeling was. 'Hij komt niet zo vaak zijn huis uit, niet dat ik weet, maar elke dinsdagmiddag gaat hij naar de damclub. Die is in de Twenty Stones. Ken je dat?'

'Goed,' zei Hank.

Ze wilde nog twintig vragen stellen. Of hij Cris zou opwachten. Of hij echt wist waar de Twenty Stones was. Wat hij van plan was te doen. Waarom hij hulp bood. Of … Ze schrok. 'Moet je me soms helpen van Vinnie?'

'Vinnie?'

Hij sprak de naam uit of hij nooit van een Vinnie had gehoord en ze liet het zitten. 'Zie maar,' zei ze. 'Morgenmiddag. Dank je voor je hulp. Tot zaterdag. Of zo. Ik bedoel.' Ze wist niet meer wat ze bedoelde, propte haar schoudertas in de sporttas en liep naar Hank toe, de tas als een buffer tegen haar buik. 'Dank je,' zei ze terwijl ze zich bukte en Hank een zoen op zijn voorhoofd gaf dat nat was van het zweet. 'Dank je wel. Blijf maar zitten. Ik loop naar mijn huis. Mijn flat. Mijn auto haal ik later wel op. Daag.'

'Twaalf minuten,' zei Niels. 'Ik stond op het punt om je te hulp te schieten.'

Ze stapte in zijn auto. 'Schiet op,' zei ze. 'Straks komt hij achter me aan. Hij woont in een kelder, maar hij heeft verderop een huis. Snap je dat nou?'

Het kwam vooral door de manier waarop Niels naar haar keek dat ze het kort hield in de sportschool. Ze deed haar basisoefeningen, weerhield zich ervan een praatje te maken met Allan en schoot de kleedkamer in toen ze dacht dat Niels op de wc was.

Hij stond in de gang toen ze naar buiten kwam met een gezicht van:

wat een toeval, ik ben hier net. 'Weet je wat je aan het doen bent?'

'Hoezo, Niels.'

'Hank werkt voor Vinnie. Vinnie deugt niet. Volkomen onvoorspel-baar, zeggen ze.'

'Zeggen wie.'

'Ze. Iedereen. Weet ik veel, ga maar vragen in Zuid. Daar is hij de baas.'

'Van wie.'

'Jezus, Nillie, stel niet van die vragen. Geef nou maar antwoord. Weet je wat je aan het doen bent.'

Dat wist ze niet. Niet precies. Maar wel een stukje beter dan gisteren en veel beter dan eergisteren. Ze had iets in gang gezet. Met zichzelf en met Hank. Misschien met Niels, maar daar wilde ze niet te veel aan den-ken. 'Natuurlijk weet ik dat.'

'Ik hoop het voor je.'

'En als het niet zo is, help je me dan?'

'Met wat.'

Daar had je het weer. Nooit kon een vent eens zeggen: Ja, natuurlijk Nil, je kunt op me rekenen. Hank was in de buurt gekomen. Misschien had hij de zin zelfs wel gedacht. Hank was een doener. Ze keek naar Niels. Niels was een hijger, hondje met tong uit de bek. Waakhond. Mis-schien had ze hem nog nodig. 'Met alles, Niels. Ik vertel het wel een keer. Goed?'

'Goed.'

Ze had Niels willen vragen waar Vinnie woonde, maar had ervan afge-zien omdat de sfeer er niet naar was. Niels was weer bezorgd gaan doen, of had meegewild, had beslist opnieuw gevraagd wat ze van plan was en dat wist ze niet.

Een telefoonboek was minder lastig dan een man, dat was zeker.

Ze reed naar het postkantoor en vroeg om een boek. 'Waarom?' vroeg de man van de klantenservice.

'Om te slaan,' zei ze.

'Slaan?'

'Alle mannen die domme vragen stellen.' Ze glimlachte, keek of ze geen mug zou kunnen raken, kreeg een grimas terug. 'Haha, mevrouw, slaan. Ik vroeg het omdat niemand meer een telefoonboek gebruikt, tegenwoordig. Alles gaat per computer, dat werkt sneller.'

'Geef dan maar een computer.'

Ze kreeg een boek en vond Zarel Company, gevestigd in het Trade Center.

Er stond één Zarel in het boek en dat verbaasde haar. Of Zarel Company van Vinnie was viel uit te zoeken, maar ze geloofde nooit dat de man daar woonde. Waar dan wel. Ze zag een kelder voor zich met een tafeltje, een stoel en een matras. Aan de wand foto's en een bordje met de naam Zarel. Rijen flats en in elk gebouw een kelder met een matras. Hank in de ene kelder, Vinnie in de andere, Bello Allan in de derde, overal een man die niet deugde.

'Als u klaar bent,' zei de man van de klantenservice.

'Sorry. Ja, klaar.'

'Ik dacht al, mevrouw staat te dromen.'

'Van geluk,' zei ze. 'Ik heb hem gevonden.'

'Ik hoop dat hij bevalt,' zei de man.

Het Trade Center was de trots van de stad, tweeëntwintig verdiepingen rechttoe rechtane lelijkheid omringd door parkeerplaatsen waar je alleen met een pasje toegang toe had.

Ze parkeerde in een van de nauwe straten van de wijk die grensde aan het Trade Center-gebied en liep een kleine halve kilometer naar de entree die werd bewaakt door twee mannen in een uniform dat aan die van de politie deed denken, allebei kaalgeschoren, allebei een ringetje in een oor. Quizvraag: hoe herken je simpele zielen. Antwoord: kijk naar hun oren.

'Mevrouw?'

'Ik moet naar Zarel Company.'

'U hebt een afspraak?'

Niet schoppen, niet schreeuwen, vleien, vriendelijk zijn. 'Natuurlijk, meneer, wat dacht u dan.'

'We dachten van niet,' zei de jongste, net twintig en nog niet rijp voor een vrouw van in de veertig. 'We zagen u aan komen lopen. Mensen die

worden verwacht krijgen een parkeerkaart van de collega's daarginds.'
Hij wees naar de rand van het terrein. 'Daar. Ziet u? U bent erlangs gelopen.'

Ze draaide haar rug naar hem toe en richtte zich op de oudste. 'Ik moet naar Vinnie.' Angst in de stem. 'Als ik niet op tijd ben, krijg ik, krijg ik, nou, u weet wel.'

Hij wist het of hij deed alsof, wenkte en liep naar een balie. 'Schrijf hier uw naam maar op, mevrouw. Iedereen moet worden geregistreerd.'

Ze schreef mevrouw N. Bender en was tevreden met zichzelf. De man naast haar had gereageerd op de naam Vinnie, dus Zarel Company moest van hem zijn. En Bender leek op Pender, als de naam werd gecontroleerd kon ze zeggen dat ze zich had verschreven, het zou niet de eerste keer zijn.

'Kunt u zich legitimeren?'

Ze liet haar rijbewijs zien en de man knikte. Zie je wel, Bender of Pender, als het maar leek.

'U weet waar u moet zijn?'

Ze keek naar de liften. 'Ja, natuurlijk.'

'Zevende,' zei de man, 'maar dat wist u dus.'

Ze liep door gangen die er allemaal hetzelfde uitzagen, met glazen wanden waarachter dezelfde stoelen stonden rond dezelfde tafels, wachtruimtes voor advocaten, makelaars, bedrijven met namen die haar niets zeiden, maar die blijkbaar een wachtruimte nodig hadden, een notaris, een bewakingsbureau. Zarel Company bevond zich dicht bij de centrale ruimte waar alle gangen op uitkwamen. In het midden van een wachtruimte stond een bureau waarachter een vrouw zat die vijf jaar ouder leek bij elke meter die ze dichterbij kwam. Minstens zeventig, stelde ze vast toen ze met de deurkruk in haar hand stond en door de reep glas ernaast naar de vrouw loerde. Minstens zeventig, maar opgelapt tot vijftig voor wie slordig keek.

Binnen zat niemand. Achter haar was de wachtruimte van een advocaat. Ook met een bureau, maar zonder bezetting. In de kamer zaten negen personen. In de hoop dat ze niet te veel op zou vallen ging ze erbij zitten. Twee gezinnen met kinderen, zag ze. Gezinnen die elkaar kenden en die haar met verbazing bekeken. Als ze meer had willen opvallen had ze zich in de lobby uit moeten kleden en bestrijken met pek.

'Moe,' zei ze snel. 'Ik ben verdwaald in dit rare gebouw. Dit is toch de negende?'

'Zeven,' zei een man.

'O,' zei ze. 'Wat stom.' Ze trok een gymschoen uit en masseerde haar voet. 'Even zitten.'

Minutenlang gebeurde er niets. Ze zat, maakte zich klein, vroeg zich af waarom ze hier naar toe was gegaan. Omdat ze Vinnie wilde zien, daarom. Maar stel dat iemand bij Zarel Company naar binnen ging, hoe moest ze dan weten wie het was. En al zou ze het wel weten, al zag ze Vinnie, wat dan nog. Ze had geen idee.

Toen de stilte gênant werd draaide ze zich langzaam om, gezicht naar de gang, helemaal iemand die op het punt stond om weg te wandelen.

Een vrouw in mantelpakje op schoenen met hoge hakken liep bij Zarel naar binnen, zei iets tegen de oude vrouw, lachte het besmuikte lachje van: als niemand het maar ziet, pakte iets aan, zei iets waar ze plezier aan leek te beleven.

'Daar hebben ze nog eens lol,' zei een van de vrouwen achter haar rug. 'Ik wou dat wij iets te lachen hadden, hoe lang zitten we hier al niet.'

Een man gaf antwoord. 'Dat is de zoveelste die daar naar binnengaat en begint te ginnegappen. Er is blijkbaar iets leuks gebeurd.'

'Ik heb iemand horen praten over een vent die had gejankt,' zei de vrouw. 'Alsof dat iets bijzonders is.'

'Niet waar de kinderen bij zijn,' zei de man.

Ze kreeg een wee gevoel in haar maag en schoot de gang op. Ze wilde weg, maar aarzelde toen ze de vrouw in het mantelpakje naar de deur zag lopen.

'Ik wou echt dat ik hem had gezien,' zei de vrouw die breeduit in de deuropening bleef staan. 'Vinnie die heeft gehuild, zoiets zie je niet vaak, iedereen heeft het erover.'

De oudere vrouw legde een vinger tegen haar lippen, zei iets dat niet was te verstaan.

De vrouw in het mantelpakje lachte hardop. 'Rode traanogen, maar niet gehuild? Kom nou.'

Weer dat weeë gevoel, koud, warm, zweet in de nek, ze trilde. Ze wou dat ze wist hoe Vinnie eruitzag. In wat voor auto hij reed. Hoe het klonk als hij door de telefoon 'Kutwijf' zei. Maar bovenal wou ze dat ze buiten stond, hoe verder af van Zarel Company, hoe beter.

Ze was ruim op tijd bij Doris, zei dat alles goed was, en, nee, ze was niet kwaad meer, waarom zou ze.

Tegen de ochtend zag ze Leo die huilde terwijl hij in een rat veranderde die over een berg vlees liep die de vorm had van een buik waarop blauwe plekken zaten. De buik huilde ook, er sprongen tranen uit die als rode straaltjes over foto's liepen die op een matras lagen. De rat likte eraan, maar sprong weg toen klodders slagroom op hem vielen, een sneeuwbui van slagroom die alles bedekte, behalve het zweet dat naar boven liep, een rood fonteintje op een wit veld.

'Nachtmerrie?' vroeg Doris.

'Ja,' zei ze. 'Eng.' De droom had een lang naijleffect, als ze het geweten had dan was ze niet op de bank gaan liggen. 'Heb je melk?'

'Vertel maar,' zei Doris.

Ze vertelde over Hank en zijn kelder met foto's. 'Vannacht bedacht ik me ineens dat er foto's van Leo bij waren. Je weet wel, van toen hij allerlei reportages maakte voor bladen waarin ze mode hadden met halfblote modellen.'

'Ik wist wel dat je de foto's van Leo kende,' zei Doris. 'Je hebt hem en Cris altijd gevolgd.'

'Een beetje maar. Ik weet dat hij in het begin linksonder altijd een L liet drukken.'

'Van lul,' zei Doris. 'Sorry. Dat heb je een keer verteld, weet je niet meer?'

'Wanneer dan?'

'Ooit,' zei Doris. 'Het was hartstikke stom dat je met die vent een kelder bent ingegaan. Hij had je ik weet niet wat kunnen doen.'

'Niels was er,' zei ze. 'In de buurt.'

'Juist,' zei Doris. 'Ben jij niet de vrouw die de pest heeft aan mannen? Hoorde ik je dat een tijdje geleden niet zeggen. Dat ze niet deugden, geen van allen? Ik bedoel maar.'

Ze had over het Trade Center willen vertellen, over peperspray, over een man met rode ogen die niet had gehuild en vooral over toeval, maar ze had geen zin meer.

Bij de deur zei ze: 'De dingen gaan zoals ze gaan.'

'Ja,' zei Doris. 'Vooral als je niet nadenkt. Dag, zus, bedankt voor de oppas.'

6

Als Cris ergens goed in was dan was het in denken. Hij deed het graag en hij deed het vaak. In zijn werkkamer zitten, voeten op een bankje, staren naar het water van de vijver, de ganzen, eenden, wat was er nou prettiger. Kijken als Leo aan het werk was misschien. Tot voor kort in elk geval, de laatste tijd niet en dat baarde hem zorgen.

De aspiraties van Leo om glamourfotograaf te worden duurden een paar jaar. De eerste maanden liep het voortreffelijk in het grote huis. Hij had zijn eigen slaapkamer en werkkamer, Leo had zijn slaapkamer, doka en fotostudio. De rest was gemeenschappelijk en dat had voordelen, want Leo had vaak gasten en die waren het aanzien waard. Het grootste contract, dat met een internationaal modeblad, werd opgezegd nadat een model Leo ervan had beschuldigd dat hij aan haar had gezeten. Zo zei ze het tegen haar vriend, moderedacteur van het blad, 'aan me had gezeten', en de vriend had ogenblikkelijk orgieën voor zich gezien. Er waren meer problemen geweest, maar Leo had het toch jaren volgehouden als fotograaf die goed werk deed voor bladen die mode koppelden aan bloot, daarna voor bladen die bloot koppelden aan mode, daarna ook voor bladen die met mode niets te maken wilden hebben.

Artistiek gezien was het geen verbetering, maar de sfeer in huis werd er niet slechter op. Het aantal modellen dat bleef logeren nam toe, vooral toen bekend werd dat het huis van Leo (van Leo en hem, voegde hij er in gedachten altijd aan toe, eigenlijk het huis van hem en Leo) een vrijplaats was voor modellen die even geen onderdak hadden.

Een probleem was dat de inkomsten van Leo terugliepen. Die van hem ook, maar dat was een kwestie van conjunctuur, de economie hoefde maar even in te zakken en de bedrijven zouden weer schreeuwen om organisatiedeskundigen. Bij Leo was het structureel, daar wist hij alles van. Hij kende de combinatie van het kluisje in Leo's slaapkamer, las alle post en bekeek de bankafschriften. Informatienoodzaak noemde hij dat. Kennis was de basis van het werk van een organisatiedeskundige.

De laatste ontwikkelingen zaten hem niet lekker. Leo kocht filmcamera's, volgde een cursus cameratechniek, bestelde stapels vakbladen op het gebied van cameravoering en montage, kreeg mensen over de vloer die niet leken te passen in de wereld van fotografie. Mensen zoals Vinnie, die steeds vaker kwam, de laatste tijd bijna elke dag. Vinnie die met Leo smoesde. Die hem kon aankijken of hij iets was dat aan de ganzen gevoerd moest worden. Die bij elke fotosessie aanwezig wilde zijn en die met modellen die hem aanspraken gesprekjes voerde die eindigden met het overhandigen van biljetten en veel lawaai in een logeerkamer.

Dit kon niet goed gaan, dat was zeker. Er zou een bom barsten, maar wat voor bom en wie zou er worden getroffen.

Ik, dacht hij. Als er iemand wordt getroffen dan ben ik dat.

Daar kon hij lang over denken, in zijn werkkamer, voeten op het bankje, blik op de vijver.

Over Leo en Vinnie. En over die verdomde Nillie die bijna elke ochtend, en soms ook 's avonds aan de andere kant van de vijver stond en naar hem keek door een verrekijker. Hij had er ook een en keek terug. Ze was iets van plan. Iedereen was iets van plan. Hij ook, hij wist alleen niet wat. Dat probleem hield hem al dagen bezig.

'Had jij vanmorgen geen afspraak?' vroeg Leo.

Uitgesteld, maar wat ging dat verdomme Leo aan. 'Nee.'

'O, ik dacht eh, of stoor ik.'

En geen beetje ook. 'Zeg het nou maar.'

Leo liep naar en raam, maakte een hopsje en wurmde een bil op de vensterbank. 'Moet je horen. Vinnie.'

'Weet je wat ik prettig zou vinden? Als ik honderdzestig weken lang de naam Vinnie niet meer zou horen. Dat zou ik verdomde prettig vinden.'

'Heb je pech,' zei Leo. 'We hebben een eh eh, afspraak, Vinnie en ik.'

'Waarover.'

Leo wapperde met een handje. 'Van alles, luister nou, hij belde, Vinnie. Hij had er al moeten zijn, maar hij eh, was verhinderd, zei hij. Nillie heeft pepperspray in zijn ogen gespoten.'

'Nillie?'

'Nillie.'

Hij streek over zijn gezicht, keek langs Leo naar het water, dat was het voordeel van kleine mannetjes, ze namen weinig licht weg. 'Waar kent Nillie Vinnie van?'

'Ze kent hem niet, geloof ik. Vinnie vertelde dat hij gisteren, eh eh, vannacht naar huis ging, zich bedacht en bij de vijver ging kijken. Naar Nillie.'

'Meer dan kijken waarschijnlijk.'

Leo's kraalogen vlogen heen en weer, zijn gezicht vertrok, alleen wie hem kende wist dat het grijnslachen was. 'Vinnie zei letterlijk: "Ik stond daar met mijn wagen achter die kar van dat kutwijf. Begint ze te rijden. Ze maakt een rondje, stopt naast me, tikt tot ik mijn raam laat zakken en eh eh, spuit me godverdomme zo een kwak pepergas in mijn kop." Zo zei hij het.'

'En nu?'

Het duurde even voor Leo op gelijke hoogte was. 'O, nu. Vinnie heeft de pest in. Hij is zijn hoofd gaan spoelen in de eh eh, vijver. Kop onder water tot de pijn weg was. Nillie was verdwenen toen hij weer lucht had. Hij is naar huis gegaan en eh, gaan slapen. Dat zei hij, maar hij kan ook wakker hebben gelegen en je weet nooit wat iemand als Vinnie dan ligt te bedenken.'

Iemand als Vinnie. Daar wilde hij het nou precies over hebben.

'Iemand als Vinnie zou hier geen poot over de drempel moeten zetten, weet je dat?'

Leo streek met zijn duim over zijn wijsvinger. 'Weet je hoeveel er binnenkomt, de laatste tijd.'

'Genoeg om van te eten.'

Leo keek hem aan en streek over zijn buik. 'Voor mij wel, maar dat lijf van jou… Met film is meer te verdienen dan met eh eh,' hij wees naar beneden, 'je weet wel.'

'Zegt Vinnie?'

'Zeg ik. Ik heb de markt, hoe eh, noem jij dat in jouw vak, verkend. Ze vragen om films, smeken.'

Hij dacht aan de bioscopen die hij kende en zag geen exploitant voor zich die Leo zou smeken om een film. 'Wat voor films?'

Leo liet zich van de vensterbank zakken, liet zijn ogen door de kamer flitsen, ging wijdbeens staan, keek of er ruimte genoeg was om met zijn armen te zwaaien. 'Zoals die films van David Hamilton, een jaar of dertig geleden, ook een fotograaf. Hij maakte *Laura*, *Premiers Désirs*, *Tendres Cousines*, ik weet zeker dat je er een paar van kent, *Tendres Cousines* hebben we samen gezien. *Bilitis*, die naam ken je zeker. "Billetjes", zei iedereen en dat klopte wel, maar wat een succes. Hamilton verdiende bakken met geld, kocht overal huizen. Als het met films niet direct wil lukken, speelfilms dus, dan maak ik korte. Zoals die dingen van Zalman King, *Red Shoes Diaries*, je hebt ze op de televisie kunnen zien. Erotiek, dus. Geen porno, voor het geval je daaraan denkt. Erotiek met smaak. Die Zalman King, die heeft nog meegewerkt aan *Nine 1/2 Weeks* met die mafkees die zich later in de ring in elkaar liet timmeren omdat hij zo nodig bokser moest worden, Mickey Rourke. Hij speelde samen met Kim Basinger. Dan heb je het toch over smaak, zou ik zeggen.'

'Stop maar,' zei hij. 'Ik begrijp wat je bedoelt.' Leo had tekst opgezegd die hij uit het hoofd had geleerd, hij wist dat al na twee zinnen. Als Leo geen adempauzes nodig had dan had hij gerepeteerd. 'Erotiek. Die Hamilton, was dat niet de vent die steeds per ongeluk een bos bloemen voor de lens kreeg als een blote actrice de kamer binnenkwam? Of een kamerscherm?'

'Dat was dertig jaar geleden.'

Leo had weer het heilige vuur van vroeger, zag hij en iets van de bewondering die hij voor de kleine fotograaf had gekoesterd toen hij zijn intrek in het huis had genomen kwam terug. 'Je meent het echt, hè.'

Het gewapper met de armen was ineens afgelopen. Leo verstarde, kreeg iets verbetens. 'Denk je dat ik je eh eh, dat ik je… Ben jij nou belazerd.'

'Denk je echt dat je erotische films kunt maken als iemand als Vinnie over je schouder meekijkt?'

'Vrijheid,' zei Leo meteen. 'Ik heb artistieke vrijheid ge-eh-eist.'

'Wedden dat hij ja zei.'

'Reken maar dat hij ja zei. Ik kan doen wat ik eh, shit, waarom sta ik dit uit te leggen. Je kent me.'

Dat was het precies. Hij kende Leo. Van een internationaal modeblad terechtgekomen in de wereld van Vinnie, op de glijbaan, hard naar beneden, blaren op zijn kont van de wrijving, maar niet in de gaten dat de glijbaan onder de grond doorging. 'Zonder Vinnie zou het je misschien lukken. Misschien. Met Vinnie maak je geen schijn van kans. Voor je het weet sta je barre porno te filmen, wil je dat?'

'Nee,' zei Leo, maar de overtuiging ontbrak. 'Ik heb hem eh eh, laten zien wat ik had gemaakt enne…'

Hij schoot overeind. 'Gemaakt? Klaar? Hier? Zonder dat je een bek open hebt gedaan?'

'Geen film,' zei Leo. 'Scènes. Om te eh, proberen, testen, zien wat ik ervan terecht bracht. Mooi geworden, precies wat ik wilde.' Hij keek dromerig. 'Ik wist niet dat ik het zo kon.'

'Maar ik mocht het niet zien.'

Leo maakte een verontschuldigend gebaar. 'Ik wilde er eerst met je over praten. Zoals eh, nu. Natuurlijk mag je het zien. Graag. Loop maar mee.'

'Vinnie heeft het wel gezien.'

Knikje.

'Wat zei hij?'

'Mooi. Dat zei hij. Kom nou maar kijken.'

Dat verdomde hij. Leo moest zich niet verbeelden dat hij zich door wie dan ook liet haasten, niet als hij zat te denken.

'Straks.'

'Die griet van jou, daar moet je verdomme wat aan doen. En snel ook.'

Vinnie had niet gevraagd of hij stoorde. Vinnie was binnen komen lopen, had de deur dichtgesmeten en was neergeploft op de tweezitsbank voor de kast met studieboeken en vakliteratuur.

Hij keek naar Vinnies rode ogen, de onderkaak die vooruit leek te staan zoals bij een hond die klaar is om te bijten, de das die scheef zat, het puntje van de overhemdkraag dat naar voren stak. 'Als je Nillie bedoelt, dat is mijn griet niet.'

'Dat kreng spoot pepergas in mijn ogen. Moet je zien.' Vinnie boog zich een paar centimeter naar voren. 'Ik heb minutenlang met mijn kop in die vijver daar gelegen. Ik dacht dat ik stikte ook nog. Die griet is hart-stikke gek.'

Daar was hij het mee eens. 'Wat kan ik eraan doen? Ik heb al, hoe lang is het, al jaren geen contact met haar.'

Vinnie wees naar de vijver. 'Ik zou dat toch maar wel contact noemen, dat geloer vanaf de overkant. Je hebt haar een poos geleden het huis uit gegooid. Dat noem ik contact.'

Wij hebben haar het huis uit gegooid, Leo en ik, moest hij dat nou elke keer uitleggen? 'Ze wilde geld. Alimentatie.'

'Daar had jij geen zin in.'

'Ze is getrouwd geweest met een vent die is weggelopen naar Zuid-Amerika, wat heb ik daarmee te maken. Laat ze hem om geld vragen.'

'Hij zit te ver weg en nou gaat ze jou zitten...,' Vinnie zocht een woord, '...beloeren, bekijken, jennen van een afstand, wat is ze eigenlijk aan het doen?'

'Ik zou het niet weten. Wat mij betreft, ze gaat haar gang maar.'

Vinnie maakte een geluid dat op een wind leek. 'Maar even zo vrolijk laat je Leo met mij bellen om te vragen of ik iemand heb die erachter kan komen...'

'Wist ik niks van, dat Leo belde.'

'...wat die griet van plan is. Hij versiert haar in een disco, neemt haar mee naar een hotel en laat zich een revolver in zijn mond douwen. Is dat gek of is dat gek.'

'Gek,' zei hij.

'Dacht ik ook. Dacht ik verdomme ook. Ga ik kijken waarom die griet bij de vijver staat, gewoon kijken, niks doen, motor uit, beetje staan, maakt die griet een draai, wacht tot ik het raampje heb laten zakken, spuit me vol troep. Hoe vind je dat. Gek of...'

'Gek,' zei hij.

'...hoe heet dat, suïcidaal. Die griet vraagt erom om met haar kop on-der water geduwd te worden. Net als ik vannacht, maar dan langer. Hoe-veel wilde ze van je hebben? Kijk niet zo debiel. Toen ze hier was en geld vroeg.'

'Duizend,' zei hij.

'In de week?'

'Maand.'

Vinnie keek verbijsterd. 'De máánd. Duizend in de máánd? En dat verdom je? Daarom staat die griet daar elke dag en daarom spuit ze mijn kop vol peper? Gaat het hier van de armen of zo.'

Spijker op de kop, langzamerhand. 'Ik ben niet meer verantwoordelijk voor haar.'

'Dan vind je het zeker niet erg als ze per ongeluk verdwijnt.'

Hij voelde zich verstarren. 'Wat bedoel je.'

Vinnie keek snel de kamer rond. 'Ik bedoel natuurlijk niks. Ik vroeg wat. Of je haar zou missen.'

Geen moment, maar hij wist dat hij dat niet kon zeggen. 'Ik wil niet dat haar iets overkomt.'

'Wat zou haar overkomen,' zei Vinnie. 'Dat ze een vrachtauto niet ziet aankomen? Shit, ik heb koppijn. Op kantoor stonden ze me uit te lachen. Mijn secretaresse vroeg of ik had gehuild. Ze kent Toinette, ik zag aan haar gezicht dat ze aan Toinette dacht. Ik zei: nee, maar wie gelooft dat, dus zei ik: peperspray. Daarna ben ik weggegaan. Als ze morgen nog lachen dan gebeuren er verdomme ongelukken. Ik denk niet dat ik dit over mijn kant kan laten gaan.'

'Wat bedoel je?'

Vinnie stond met een ruk op. 'Ik ga die opnames van Leo nog eens bekijken. Hij heeft het er met jou over gehad. Of je meekwam, vroeg hij. Ik zei: ik ben verdomme geen boodschappenjongen, maar jij zit nou zo debiel te kijken dat ik het toch maar zeg. Loop maar mee.'

'Straks,' zei hij.

'Nu,' zei Vinnie en het klonk als: bek dicht, meekomen. Dus stond hij op, sjokte achter Vinnie aan. In zijn eigen huis, alsof hij niets meer te vertellen had, dit moest niet zo door blijven gaan.

'Mooi,' zei Vinnie. 'Mooie meiden, ik kan niet anders zeggen. Beter dan wat ik het land binnenhaal, eerlijk is eerlijk. Alleen: dat beeld, waarom is dat zo vaag. Vorige keer dacht ik dat je de camera niet scherp had kunnen krijgen. Onwennigheid zogezegd. Maar nu ik het terugzie, hoe zit het met dat vage?'

Leo keek ongelukkig. 'Dat is expres. Voor het effect. David Hamilton smeerde vaseline op zijn lenzen.'

'Hamilton,' zei Vinnie. Het klonk onheilspellend.

'Beroemd,' zei Leo snel. 'Dertig jaar geleden. Hij eh, sorry, …hij was ook fotograaf, verdiende geld als water.'

Vinnie liet zich niet van de wijs brengen. 'Vaseline smeer je op je kont.' Hij liet zijn ogen flitsen, van Leo naar Cris. 'In het begin dacht ik dat jullie, laat maar. Lenzen stel je scherp, zoveel weet ik er wel van, ga me nou niet vertellen dat het kunst is, die beelden waar je pijn van in je kop krijgt.' Hij wreef over zijn hoofd. 'Ik heb zo al last genoeg. Ik wil kunnen zien wat er te zien valt. Wat heb je aan mooie meiden als je ze niet goed kunt bekijken.'

Leo deed een poging. 'Het is erotisch, Vinnie. Je denkt dat je het ziet, maar je ziet het niet, dat heet … erotisch.'

'Wat zie je niet,' vroeg Vinnie. Hij maakte een gebaar met zijn handen. 'Kom maar, wat zie je niet. Pruim? Doos? Nou hou ik het beschaafd. Denk jij dat er iemand op een doos zit te wachten die je niet kunt zien omdat er vaseline op de verkeerde plek is gesmeerd? Laat naar je kijken. In welke eeuw leef jij.'

'Zalman King,' zei Leo. 'Gregory Hippolyte…' Hij keek verslagen naar Cris die deed of hij er niet was. 'Zeg jij dan eens iets, jij weet precies wat ik wil.'

'Laat hij zich maar druk maken om dat gekke wijf met haar pepergas,' zei Vinnie. 'Wij doen de films. Samen. Daar hebben we niemand bij nodig. Ik zal je vertellen waar ik vannacht met die kop vol pijn aan heb liggen denken.'

'Tot onze spijt zullen we onze relatie moeten verbreken, meneer…,' blik op een vel papier, '…Noland. We zien helaas geen andere oplossing.'

Hij had niet moeten gaan, dat wist hij al toen hij nog thuis was. Hij was door Vinnie bijna de kamer uitgebonjourd, had rondgelopen door het huis alsof hij zijn ei niet kwijt kon, was naar het centrum gereden met een snelheid die hem minstens één bekeuring zou opleveren, had koffie gedronken omdat hij niet naar drank wilde ruiken, had drie keer het voorstel gerepeteerd dat hij de directie van Burks IT-Solutions wilde doen, zat nu verstard in zijn stoel. 'Pardon?'

Burks ging zitten achter het bureau met midden op het bordje met

'A.F.Th. Burks directeur', verschoof papieren, bewoog zijn kaken of hij zinnen voorkauwde. 'Ik zou het onderwerp verder liever laten rusten. Als er nog kosten zijn dan kunt u ze declareren. Natuurlijk, logisch. Daarna scheiden zich onze wegen.' Hand omhoog, naar beneden, plat op het bureau. 'Het spijt ons.'

Hij zocht tussen de papieren in zijn koffertje, trok een vel te voorschijn. 'Ik heb de kostenbesparing uitgewerkt waar u om vroeg.'

'Het werk zullen we vergoeden, dat zei ik al.'

'U zit midden in een reorganisatie die ik begeleid.'

'Het zal niet meevallen, maar we zullen ons erdoorheen slaan.'

'Ik. Waarom?'

Burks keek of hij het ook niet kon helpen. Zuchtte. Hand omhoog, naar beneden, klap. 'Het is ons ter ore gekomen.' Hij zweeg, knikte naar Cris Noland of hij hem aanmoedigde hem in de rede te vallen, ging door na een stilte van vele seconden. 'Het huis dat u bewoont. Met uw partner die…'

'Geen partner. Medebewoner. We hebben geen enkele relatie. Geen enkele vorm van een relatie.'

'…vrouwen fotografeert.' Burks zweeg, keek naar de deur, wees. 'Hebt u mijn secretaresse gezien?'

Elke keer als hij op bezoek kwam. Twintig keer, dertig. 'Natuurlijk.'

'Ze heeft een zuster. De mooiste van ons tweeën, heeft ze me wel eens verteld.' Korte glimlach. 'Als mijn secretaresse de lelijkste van de twee is, nou… Afijn, die zuster is model. Wilt u dat ik verder ga?'

Hij moest wel. 'Ja.'

'Die zuster is gefotografeerd door…,' nieuwe blik op het papier, '…meneer Leonard?'

'Zo heet hij. Voornaam en werknaam. Leonard.'

Burks knikte, bestudeerde het papier. 'Bij de sessie was een man aanwezig die meer deed dan toekijken, een man die een niet zo beste reputatie heeft. Ik zal niet zeggen wat hier staat, het betreft meneer Leonard, niet u. De zuster van mijn secretaresse heeft zich beklaagd bij haar baas, die ik ken, en bij haar zuster. Wij, ons bedrijf, willen niet genoemd worden, kunnen ons niet veroorloven genoemd te worden in verband met situaties waar u niet direct bij betrokken bent, schijnt te zijn, maar die op u af zouden kunnen stralen.'

Hij probeerde het nog drie keer, zag dat Burks geen krimp gaf en stond op. 'Jammer.'

'Insgelijks meneer Noland, insgelijks. Het spijt ons dat wij op deze manier afscheid van u moeten nemen.'

'Zo liggen de zaken,' zei hij tegen Leo. 'Ik ben daar uitgedonderd omdat Vinnie aan het kloten was toen jij de zus van Burks' secretaresse fotografeerde.'

'Weet ik niks van,' zei Leo. 'Hoezo eh, kloten.'

Hij had geen idee. 'Bij de sessie was een man aanwezig die meer deed dan toekeek, een man die een niet zo beste reputatie heeft. Zo zei Burks het. Ik vat dat samen met kloten, oké?'

'Sorry,' zei Leo. Hij keek of hij het meende. 'Zal ik je vertellen wat voor ideeën Vinnie had over filmen?'

Hij wilde niets meer weten over Vinnie, over filmen, over de toekomst. 'Nee.'

'Goed,' zei Leo. 'Eén ding nog. Vinnie zei dat hij een en ander eh, had geregeld met betrekking tot Nillie.'

Hij voelde zich koud worden. 'Geregeld.'

Leo stak bezwerend zijn handen op. 'Niks ergs. Ik heb het gevraagd. Niks drastisch. Hij zou haar in de gaten laten houden, zei hij. Om te voorkomen dat ze op een nacht hier naartoe komt om onze koppen vol peper te spuiten. Precies zo zei hij het.'

Hij smoorde zes vloeken. 'Ik ga naar bed. Wie er ook komt, zorg dat ze geen geluid maakt. Oké?'

'Ja,' zei Leo. 'Oké.'

Omdat het slapen niet wilde lukken ging hij naar zijn werkkamer, zitten, voeten op het bankje, staren naar het donkere vlak van de vijver, denken. Aan Nillie die onberekenbaar was, die misschien, mogelijk, waarschijnlijk aan de overkant stond, het was dat hij niet op wilde staan anders zou hij zwaaien. Aan Vinnie die steeds vaker kwam en bleef komen, die hem zijn eigen huis uit wilde sturen, die Leo inpakte en bezig was de zaken over te nemen. Aan Leo die films wilde maken, die zich in een avontuur aan het storten was waar hij de grens niet van kon zien. Als hij te kiezen had zou Vinnie moeten verdwijnen, maakte niet uit op wat voor manier, maar Vinnie, die kleine opdonder met zijn donkerblauwe pak, zijn fonkelringen, zijn vulgaire kop, was te machtig. Te veel mensen die deden wat hij beval. Vinnie was onaantastbaar, maar Leo was dat niet. Als Leo verdween bleef het huis van hem en zou Vinnie op termijn als vanzelf verdwijnen. Peperspray. Nillie spoot met peperspray. Nillie stak mannen een pistool tussen de kaken, Hank had het Leo verteld die erom had moeten lachen. Scène voor een film, had hij gezegd. Zou een mens het overleven als iemand een bus peperspray tussen zijn kaken duwde en spoot? Zou een mannetje als Leo het overleven? Hij had er ooit iets over gelezen. Je keel trok dicht, dat wist hij nog. Hij zou het opzoeken op internet, maar hij wist bijna zeker dat het zou werken. Nillie aan de overkant van de vijver, een stalker zonder alibi, Leo aan de rand van het zwembad, een bus peperspray in zijn mond, twee vliegen in één klap. Vinnie die de begrafenis van Leo zou bijwonen en daarna zou verdwijnen, hij zag het voor zich. Drie vliegen. In één klap. Hij was geniaal. In het denken. Met de praktijk wilde hij zich nog niet bezighouden, maar van de theorie kikkerde hij geweldig op.

7

Als ze een duim in haar mond stak, zich op haar buik draaide en haar gezicht in het kussen drukte dan wilde het nog wel eens lukken, soezen, wegzinken, dromen. Maar dan moest ze eerst zien dat ze het beeld kwijtraakte van een man met rode ogen vol peperspray, van Hank met zijn gouden ketting, zijn zachte ogen en zijn blik van: alles komt goed en wanneer mag ik er nou op. Van Cris met een buik die steeds dikker werd, een ballon met een navel als een krater waar ze in afdaalde tot ze bij de warmte was en bij bomen die roken naar dennen, maar eruitzagen als verkoolde staketsels van iets dat ze niet thuis kon brengen, wezens die verbrand waren, versteend.

'Spruws,' zei een stem. 'Dat zijn spruws, snap niet dat je dat niet ziet.'

Ze maakte een sprongetje, trok een gezicht toen ze op iets stapte dat knapte en waar rook uitkwam. 'Wie ben jij?'

'Ben Papmonster, mijn hemel, weet je niets? Dat zijn spruws en ben Papmonster. Kom nou maar mee, het is hier te warm, als te lang blijf dan verdampt mijn pap.'

'Ik snap je niet,' zei ze. 'Wat een rare zinnen.'

'Zie je wel,' zei Papmonster. 'Jij lacht mij ook al uit. Net als iedereen. Alleen omdat het woord niet kan zeggen.'

'Welk woord.'

'Het woord.' Papmonster slikte. 'Dat woord.' Hij wees op zichzelf met een vinger als een tak waar iets stroperigs uitdroop.

Ze dacht aan wat Papmonster had gezegd. 'Ik?'

'Dat woord,' zei papmonster. 'Neem een hap pap.' Hij stak zijn arm uit. Ze huiverde, maar kwam toch dichterbij.

'Toe maar,' zei Papmonster. 'Zel lust het ook en ook. Iedereen, zelfs Gel.'

'Wie zijn dat, Gel en Zel?' vroeg ze, maar Papmonster gaf geen ant-

woord. Hij schudde zijn arm en ze zag een dikke stroom gele pap. Roze pap.
Rode pap. De pap werd dunner en op de grond vormde zich een plas die de
vorm van een rat kreeg die steeds groter werd. Een rat met een dikke buik.
Leo met de buik van Cris.

'Hap,' zei Papmonster. 'Hap pap.'

Toen ze vluchtte riep de rat: 'Kutwijf.'

Om halftien had ze gegeten. Om tien uur was ze terug van de supermarkt, om halfelf zat ze naar de wekker te kijken die dienst deed als klok.

Ze wilde naar de Twenty Stones, kijken of Hank er was, en Cris.

Om halftwee was ze in de binnenstad, tien minuten later stond ze voor The Four Crowns, het complex van zalen die allemaal een naam hadden met een getal: Twenty Stones voor de zaal waarin de damclub bijeenkwam, Sixteen Pawns voor de schaakclub, Four Aces voor de bridgers, Three Balls voor de biljarters. De schaakclub was verdwenen, maar de zaal had haar naam behouden. De zaal voor de biljarters werd in de volksmond De Korte Keu genoemd, naar een schandaal jaren geleden waarbij de vrouw van de beheerder was betrokken.

Ze bleef aan de overkant staan en keek van het oude, verveloze gebouw naar de lucht die steeds donkerder werd, naar de fietsers die zich langs de auto's slingerden, de voetgangers van wie de meesten een paraplu bij zich hadden. Iedereen had een doel, zo leek het. Behalve zij, tenzij hopen dat Hank woord zou houden een doel was. Ze huiverde en keek om zich heen. Waarom voelde ze zich rot. Door de droom waaruit ze transpirerend wakker was geworden? Door het vooruitzicht dat Cris zijn portie kreeg? Cris was het niet, dat wist ze zeker, er was iets anders, ze had iets van onheil gevoeld toen ze naar de supermarkt reed, en toen ze voor de flat de boodschappen uit de achterbak had getild; ze was sneller naar binnen gelopen dan haar gewoonte was.

Toen ze de zwarte pick-up zag wist ze waarom ze stond te rillen. Ze werd gevolgd. Ze had de auto bij de supermarkt gezien, bij haar flat, en nu hier, niet meer dan drie meter van haar af, half in een parkeervak. Iemand volgde haar en het kon hem niet schelen dat zij het wist. Misschien moest ze het wel weten.

Ze deed een paar passen achteruit tot ze met haar rug tegen een ruit van het Texaanse restaurant stond die vol cactussen was geschilderd en probeerde niet naar de auto te kijken, maar deed het toch. Grote auto, zwart, getint glas waardoor ze niet naar binnen kon kijken, laadbak met een aluminium opbergkist. Ditmaal moest ze toch echt het merk onthouden, maar hoe ze ook uit haar ooghoeken keek, nergens zag ze een naam.

'Barst,' mompelde ze. 'Stik. Sterf. Alle auto's hebben een naam, of een merk, of hoe het heet, hoe kunnen die kerels er anders altijd over raaskallen.'

Het was druk genoeg op straat om om hulp te kunnen roepen als er iets gebeurde waar ze geen greep op had, en wat kon er nou gebeuren in het centrum, midden op de dag. Hier wordt Cris in elkaar geslagen, dacht ze. Als alles goed gaat tenminste.

Ze liep weg, stak over en wandelde langs de andere kant terug. De auto bewoog niet, maar ze zag aan de rook dat de motor liep. Ze liep door, stak na honderd meter opnieuw de straat over en ging terug, aarzelend, turend langs achterkant en zijkant van de auto. 'Ram' las ze. Was dat een merk? Het zei haar niets. Ze bleef staan, keek naar de zijspiegel en vroeg zich af of iemand naar haar keek.

Cris? Leo? Vinnie. Het moest Vinnie zijn. Als er iets was dat ze niet kon gebruiken dan was het Vinnie, niet op een tijdstip waarop Hank de straat in moest komen. Vinnie moest weg. Met haar welgemeende excuses. Iemand die ze peperspray in het gezicht had gespoten verdiende een nederige blik, zeker iemand die, volgens Doris en Niels, een belangrijk man was.

Ze zweette toen ze op het portier klopte, maar zag kans rechtop te blijven staan met het hoofd in de nek.

Na drie keer kloppen ging het raam een stukje naar beneden, paar centimeter, net genoeg om een deel van een gezicht te kunnen zien. Een gewoon gezicht, beetje grote lippen misschien en een beetje brede snor.

'Ben jij,' ze slikte, 'bent u meneer Vinnie?'

Het klonk belachelijk en ze bloosde. 'Meneer…,' shit, hoe was de achternaam ook weer, '…Zarelli? Zarel bedoel ik.'

Ze zag dat de mond bewoog en de lippen stulpten, maakte net op tijd een beweging en zag de fluim langs haar schieten.

'Godver,' zei ze. 'Klootzak.'

'Val dood,' zei een harde stem.

Het raampje ging dicht.

Ze huiverde en sloeg haar armen om zich heen, vergeleek de woorden 'val dood' met 'kutwijf'. Andere stem, stelde ze vast. Ze wist niet waarom ze het dacht, maar de man met de snor kon Vinnie niet zijn, het klopte gewoon niet met wat ze van Doris en Niels had gehoord.

Ze liep een paar honderd meter, sloeg een hoek om en wachtte een tijdje. Toen ze terugkwam stond de Ram op dezelfde plek. Het duurde minuten voor tot haar doordrong dat het weinig uitmaakte waar ze naartoe wandelde, ooit zou ze teruggaan naar haar auto en die stond in het zicht van de pick-up.

De eerste druppels vielen en ze liep een winkel binnen, bekeek spijkerbroeken die haar maat niet waren zonder ze te zien. Keek naar de straat en de deur, schrok als iemand binnenkwam, trilde bijna toen ze een man zag met een snor. Hij werd gevolgd door een vrouw met een kinderwagen en twee meisjes die een tweeling moesten zijn. Ze ademde opgelucht maar haar benen bleven slap aanvoelen.

Tegen drie uur was ze zo ver dat ze 'barst' durfde te fluisteren. Barst met je Ram, barst met je snor en met je Vinnie.

Ze wilde terug naar de Twenty Stones, uitkijken naar Cris en naar Hank.

Ze liep vlak langs de gevels, deed of ze huiverde door het geluid van de druppels die hard tegen de schermen boven de etalages tikten en probeerde niet naar de Ram te kijken. Dat lukte, maar denken deed ze er wel aan en dat hield pas op toen ze Cris aan de overkant zag, minder dan twintig meter van de ingang van het zalencomplex. Hank zag ze toen die vlak bij Cris was en ze herkende hem pas toen hij tegen Cris opliep. Het leek een toevallige botsing, twee mannen die hun koers hielden en niet uit wilden wijken. Ze zag Hank, zag zijn donkere muts die hij ver over zijn voorhoofd had getrokken, zag zijn handen die hij klaar hield om te grijpen, vroeg zich af wat er mis was aan het beeld. Goud, dat was er mis. Ze zag geen ketting en geen ringen, Hank was in vermomming. Ze stond op het punt in lachen uit te barsten toen ze zag dat de mannen buik tegen buik stonden. Cris liep langzaam achteruit, zijn handen op schouderhoogte, hoofd opzij of hij keek of er hulp te krijgen was, Hank met de handen gespreid. Met een vuist. Ze zag de beweging of het een film was die vertraagd werd afgedraaid. De vuist maakte een boog en trof Cris tegen de zijkant van het gezicht. Met een schok vloog zijn hoofd omhoog tot het zuiver recht stond, ze zag de ogen groot worden, de mond ging open, maar ze hoorde niets. Ze zag het niet, maar ze wist dat Cris een klap aan de andere kant kreeg, want zijn lichaam schokte opzij. Hanks been ging naar voren, voet achter een enkel van Cris, duw met beide handen, nu hoorde ze wel een kreet, combinatie van angst en woede. Cris viel alsof hij was omgehakt, kaarsrecht, het leek of zijn billen, rug en achterhoofd tegelijk op het trottoir terechtkwamen. Nog een kreet, nu van angst en pijn. Daarna alleen van pijn, harder bij elke trap die Hank gaf, het leek of de man niet wilde ophouden.

Toen ze het niet langer aan kon zien, stormde ze de straat over. 'Donder op,' riep ze, terwijl ze met een hand naar de trui van Hank hakte. 'Lazer op. Weg jij.'

'Hè,' zei Hank, maar ze wist niet of hij naar haar keek. Haar blik was gekeerd naar Cris terwijl ze Hank achteruit duwde. 'Hè?' zei hij nog een keer.

'Weg,' riep ze.

'Ja,' zei Hank.

Ze had hem nog steeds niet aangekeken, maar ze voelde dat hij achteruit liep. Een man riep iets, een kind huilde met lange halen. Iemand riep om de politie. Niemand kwam dichterbij en dat gaf haar de gelegenheid om Cris te bekijken. Hij zag eruit als een kind dat op het schoolplein door de hele klas is gemangeld, tranen over zijn gezicht, ogen gesloten. Hij jammerde, een langgerekt: 'Auauauww,' dat niet door ademen onderbroken leek te worden.

Ze ging naast hem zitten met een knie op de grond, wist niet wat ze moest doen, voelde geen triomf, maar evenmin medelijden. Zonder te weten waarom legde ze een onderarm op zijn buik en drukte met vijfentwintig jaar sportschoolkracht. Het gejammer werd iets harder, maar nog steeds deed hij zijn ogen niet open. Ze keek naar zijn gezicht waarop druppels spatten, naar zijn zwoegende borst, naar de jas die was opengevallen en het colbertje, zag de pen in de borstzak, háár pen of in elk geval een pen die er precies zo uitzag. Ze boog zich vooróver, deed of ze luisterde naar zijn ademhaling en pakte de pen. 'Cris,' zei ze toen ze de pen met haar hand had afgedekt. 'Cris.'

Nu keek hij wel, zijn ogen zwommen rond, kregen haar in het vizier, stelden scherp. 'Jij?'

'Ik zag je,' zei ze.

'Dank je,' zei hij.

Ze wilde iets rots zeggen. Iets als 'had me maar betaald' of 'grote lul', desnoods 'net goed', maar kreeg het niet over haar lippen.

'Hij moet naar het ziekenhuis,' zei een man die op een paar meter afstand was blijven staan. 'Hij moet naar het ziekenhuis, mevrouw.'

'Ja,' zei ze. 'Ik keek of hij nog leefde. Ik...' Ze deed of ze in de war was, stond op, schuifelde langzaam achteruit. Ze zag eindelijk de omstanders samendrommen, allemaal om Cris heen, twintig helpende handen nu het gevaar was geweken, geroep om een ambulance en politie, 'doe eens wat, waarom doet niemand iets'. Ze liep weg, stapte in haar auto en vroeg zich af waarom ze zich in godsnaam had laten zien. Als Hank Cris dood had geschopt, wat dan nog, was dat niet wat ze wilde? Dagenlang was het antwoord 'ja' geweest, nu wist ze het niet meer. Ja, dacht ze, maar niet zo.

Pas toen ze op de singel was zag ze in haar spiegel dat de pick-up vlak achter haar reed.

Bij het stoplicht wist ze wat er ging komen. Ze drukte haar rug tegen de stoelleuning en zette zich schrap. De tik was niet hard, maar in haar oren echode het. Haar auto was te oud om te worden aangetikt, te oud voor een serieuze reparatie, en waar moest ze een nieuwe van betalen. In de spiegel zag ze de voorkant van de Ram. De chauffeur stapte niet uit, andere weggebruikers bemoeiden zich er niet mee. Het was geen aanrijding, het was een tikje, aaitje, minimaal contact. Ze balde haar vuisten, wilde uitstappen maar durfde niet, voelde haar nek prikken, zweet op het hoofd en in de oksels.

Ze trok zo snel mogelijk op toen het groen was en zag dat ze iets uitliep op de pick-up. Die ook rechtsaf sloeg. Die ook de weg naar de flats opdraaide. Die ook stopte voor rood, alleen te laat. Ze voelde opnieuw een tik, verkrampte, werd redeloos kwaad, schoot de auto uit, holde naar de Ram, bonsde met beide vuisten op het portier. 'Kom naar buiten, rot-zak.'

Het raampje ging enkele centimeters naar beneden en weer versche-nen de snor en de dikke lippen. Wrede lippen, zag ze nu. De klodder spuug ging vlak langs haar. 'Val dood.' Het raampje ging dicht. Ze bonk-te nog een keer, stak een middelvinger op naar twee automobilisten die toeterden en het gebaar 'doorrijden' maakte, liep langzaam een paar me-ter terug, zag de Ram stijf tegen de Fiesta staan en wenste dat ze een ijze-ren staaf bij zich had. Honkbalknuppel. Pistool. Revolver. Daar was-ie weer: grote revolver, ze had er echt een nodig.

Ze reed door, sloeg af, draaide op de weg, maakte drie rondjes over de rotonde en gaf het op. Ze kon de pick-up niet afschudden. Het enige dat ze kon doen was naar het politiebureau rijden, maar wat dan. Ze wist ze-ker dat de zware wagen geen schade had en ze had geen namen van ge-tuigen. Achter iemand aanrijden was vervelend, maar niet strafbaar, bo-vendien zou de Ram waarschijnlijk wegrijden als ze voor het politiebureau stopte … om haar een eindje verder op te wachten, ze zag het voor zich.

Ze ging iets rechter op zitten toen haar een andere mogelijkheid te binnen schoot. Ze reed terug naar het centrum, ging twee keer door oranje en een keer door rood en zuchtte van opluchting toen ze een gaat-je in de rij auto's zag die in de smalle straat bij het Trade Center stonden geparkeerd. De pick-up reed een stukje door en stopte, midden op de straat, de doorgang voor al het verkeer blokkerend.

Ze liep snel in de richting van het parkeerterrein rond het Trade Cen-ter en bleef bij de entree staan. Als het toch Vinnie was die in de Ram zat dan zou hij het parkeerterrein oprijden, als het iemand was die door Vinnie was gestuurd dan ook. Ze zag de auto langs de slagboom rijden zonder te stoppen. De bewaker stak een hand op als groet. Dus toch Vin-nie, ze voelde zich beroerd worden bij de gedachte alleen al. Maar waar-om wist ze zeker dat Vinnie geen snor had? En zou een man die als een belangrijke gangster werd gezien de gewoonte hebben vrouwen te vol-gen en naar hen te spuwen? Wel als die vrouwen peperspray spoten, vreesde ze.

Ze bleef staan in de hoop dat ze de chauffeur van de pick-up zou zien, maar de auto bleef op de weg staan met draaiende motor, niemand stap-te uit.

Ze wilde terug naar de Fiesta, maar vreesde een nieuwe confrontatie met de Ram. Ze overwoog Doris te bellen, Niels, wou dat ze het tele-foonnummer van Hank uit het hoofd wist, aarzelde tot een beveiligings-beambte haar bij een arm pakte. 'Wat wilt u nou, mevrouwtje, naar bin-nen of wegwezen.'

Ze draaide zich naar de man toe, bekeek zijn kale hoofd, het oor met het ringetje en volgde zijn gestrekte arm. Achter haar gingen de deuren open en dicht, open en dicht, open…

'Als ik jou was ging ik naar binnen, hier sta je ook nog in de drup,' zei de man.

Ze keek naar boven. Regen? Het was haar niet opgevallen. Ze schud-de haar hoofd, knikte en liep naar de balie. 'Ik moet naar meneer Zarel-li. Zarel. Ik was te vroeg enne…'

'Het valt niet mee,' zei de man en nu pas zag ze dat hij dezelfde was als de beambte die haar de vorige dag naar binnen had laten gaan. 'U bent niet de enige die de beverd heeft als hij naar Zarel moe…' Hij legde een vinger tegen zijn lippen. 'Ik heb niets gezegd. Schrijf uw naam maar op, en de tijd.'

Ze schreef 'N. Bender, 15.41 uur' en mocht doorlopen.

In de lift wist ze wat ze zou doen. Wat ze zou proberen. Als ze durfde. Het was gekkenwerk, dat wist ze, maar het was ook wanhoop en mis-schien kwam ze erachter hoe Vinnie er nou eigenlijk uitzag, wie de man met de snor was, wat er gebeurde om haar heen.

Ze liep de wachtkamer van Zarel Company in, negeerde de twee man-nen die in de hoek zaten te praten en stelde zich op voor de secretaresse die er van vlakbij uitzag als een krasse oma die haar nek strak had laten trekken en haar wangen had laten opspuiten.

Geen gezicht, dacht ze voor ze vroeg: 'Is meneer Vinnie aanwezig?'

'Meneer Zarel, bedoelt u.'

'Ja,' zei ze. 'Zarel, Vinnie.' Ze deed of ze overstuur was en dat kostte weinig moeite. 'Ik moet hem iets vertellen. Nodig.'

'O, ja?' Aan de stem hing ijs.

'Gisteren. Eergisteren…,' wanneer was het nou, '…midden in de nacht. In het park. Ik heb met peperspray gespoten. Ik was bang. Er stond iemand enne…' Grote ogen, breekbare stem. 'Ik hoorde dat het Vinnie was, meneer Zarel. Spijt. Ik wilde zeggen dat… Spijt.'

Er blonk iets in de ogen van de secretaresse. 'Was ú dat.'

Ze keek naar de grond, zei bijna onhoorbaar: 'Ja', en kreeg een gevoel van voldoening. Dus het was wel degelijk Vinnie geweest die ze een lading peper had gegeven.

De vrouw bleef kijken. 'Ik ken u van iets anders. Langer geleden. Vroeger.' Ze trok een rimpel waardoor ze heel erg zeventig leek. 'Hoe oud bent u?'

'In de veertig,' zei ze. 'Hoezo?'

'Vroeger,' herhaalde de secretaresse, 'ik vergeet geen gezichten. En dat van u… Laat maar. Meneer Zarel is niet aanwezig.'

Ze keek naar de twee mannen in de hoek die deden of ze niet luisterden. 'Komt hij nog? Ik bedoel: ik wil echt zelf zeggen dat het me spijt. Ik was bang, in het park en die auto stond daar maar achter me zonder te bewegen en niemand reageerde toen ik iets zei en… nou ja, ik dacht: ik kan maar beter de eerste zijn. Dat heb ik geleerd op cursus, als je je aangevallen voelt dan moet je snel zijn. Niet dat ik werd aangevallen…' Wat zei ze toch allemaal. Ze zat vast in zinnen die ze zelf niet eens kon volgen.

'Rustig maar,' zei de secretaresse. 'Meneer Zarel is een halfuur geleden weggegaan. Hij komt terug, maar ik weet niet wanneer en deze…,' blik opzij, '…heren zitten al een tijdje te wachten. Ik zal zeggen dat u bent geweest. Hoe was uw naam?'

'Bender,' zei ze. 'Nillie Bender.'

De secretaresse schreef het op. Duidelijke B, daar was geen Pender van de maken, met de beste wil van de wereld niet. Maar ze had weer wat geleerd. De man in de Ram was Vinnie niet, dat was nu tenminste zeker. 'Als u me vertelt waar meneer Zarel woont dan ga ik vanavond, straks, naar zijn huis. Ik wil het echt zelf vertellen. Ik hoorde dat hij boos was en…'

Het was een streep te ver. Ze zag het toen de secretaresse haar ogen samenkneep en haar gezicht bestudeerde. 'U liep gisteren door de gang. Wat kwam u doen?'

Ze haalde diep adem, probeerde ontwapenend te kijken, wees naar de wachtruimte van de advocaat. 'Ik was daar. Ik durfde hier niet naar binnen en heb daar een tijdje gezeten. Bang.'

Koel knikje. 'Zie je wel.' Een nieuwe onderzoekende blik, dit keer bleven de ogen van de secretaresse langer dan nodig was gericht op haar wenkbrauwen, ze wist zeker dat ze een zuchtje van medelijden hoorde, weer iemand die blij was met zichzelf. 'Ik zou maar naar huis gaan, mevrouw Bender. Ik zal meneer Zarel vertellen dat u bent geweest en uitleggen dat de peperspray een, eh, hoe zal ik het noemen. Misverstandje?'

'Ja,' zei ze. 'Misverstandje. Als ik had geweten wie daar stond.'

'Ja,' zei de secretaresse. 'Waar was het ook weer precies, bij de vijver?'

'Tegenover het grote huis van Cris Noland en die engerd, die fotograaf, Leo.' Voor ze het wist stond ze uit te leggen waarom ze daar had gestaan.

'Het is ook wat,' zei de secretaresse toen ze uitverteld was. 'Een mens doet vreemde dingen. Als ik u was ging ik naar huis en naar bed, u ziet er nat en bezweet uit, straks wordt u ziek.'

'Ja,' zei ze. Ze had zin om over de Ram te vertellen, maar voelde zich ineens belachelijk. Wat deed ze eigenlijk hier. Wat stond ze te hakkelen en te wauwelen.

'Dag,' zei ze, terwijl ze zich omdraaide.

'Dag mevrouw Bender,' zei de secretaresse. 'Het komt allemaal goed. Vast wel.'

Ze zag de pick-up niet staan en durfde niet door de hoofdingang naar buiten te lopen. Ze durfde evenmin in de buurt te komen van haar Fiesta. Ze nam de uitgang aan de zijkant, liep naar een winkelcentrum en sloot zich op in een toilet. Toen de pijn in haar buik was weggetrokken dacht ze aan de pen. 'Liefs van Nillie' had ze laten graveren in de Waterman die ze cadeau had gegeven toen Cris was geslaagd voor zijn laatste tentamen. Een dure Waterman, ze had er lang voor gespaard. Dit was dezelfde pen. Maar met een andere inscriptie. 'Liefs van Doloris'. Met een i? Ze hield de pen omhoog, het stond er echt. Wie was Doloris, die blonde del met wie ze Cris had gezien? Als je Doloris heette dan hoorde je niet blond te zijn. Dolorissen waren zwart. De lul. Wedden dat hij van ieder liefje een pen met inscriptie had gevraagd. Hoeveel zou hij er hebben? Ze schoot in de lach toen ze aan Leo dacht. 'Liefs van Leo', wat zou ze graag weten of Cris zo'n pen had.

Toen op de deur werd getikt ('Mevrouw? Schiet u een beetje op?') stopte ze de pen weg. Ze zou hem bewaren, ze wist al waarvoor.

'Je bent laat,' zei Niels. 'Er zit niet veel regelmaat in, de laatste dagen. Zo raak je uit vorm.'

Ze had een paar kilometer gelopen, het laatste stuk bijna op een holletje, maar hijgde nauwelijks dus met de vorm viel het wel mee. 'Ik heb Vinnie met peperspray bespoten,' zei ze. 'En Cris is aangevallen, vlak voor de Four Crowns, je weet wel, met die zaal die Twenty Stones heet en waar ze dammen.'

Niels pakte haar bij een arm. 'Volgens mij moet jij even zitten.' Hij trok haar mee naar de kleine bar met tien soorten mineraalwater, twintig sapjes en, op de plank achter het gordijn, veertig soorten spierversterkende middelen. Aan de tafeltjes zaten mannen en vrouwen uit te hijgen of hun gympen aan te trekken. In de hoek zat Allan te praten met een man die even lang was, even kaal en bijna even gespierd.

'Vertel maar,' zei Niels, terwijl hij water inschonk.

Ze vertelde over Cris, maar niet over Hank, over de Ram, maar niet over de man met de snor, over haar bezoek aan het Trade Center, maar niet over haar excuses, over peperspray en uitgebreid over Vinnie.

'Daarom wil ik weten hoe hij eruitziet,' zei ze.

Niels begreep het niet. 'Wat kan het je schelen hoe iemand als Vinnie eruitziet.'

'Ik wil weten wie ik peper in zijn gezicht heb gespoten, dat is alles. Iedereen praat over Vinnie alsof hij heel belangrijk is, maar ik zou hem niet herkennen al botste ik tegen hem op.'

'Hij ís belangrijk,' zei Niels met nadruk. 'Als je in vrouwen doet, en in auto's, dan ben je in bepaalde kringen belangrijk, reken daar maar op. Pillen doet hij ook, xtc en zo. Hij werkt in Zuid, maar dat wil niet zeggen dat hij niet verderop wil. En hogerop.'

'Wat weet je van hem?'

Niels keek naar Allan en dempte zijn stem. 'Kijk uit voor Bello. Ik weet wat ze zeggen. Dat Vinnie met de dochter van Blatti is getrouwd, de man die twintig jaar kreeg voor belastingontduiking omdat ze moord niet konden bewijzen. Vier moorden waren het. Hij stierf in de gevangenis. Vinnie nam de zaken over. Als je de kranten had gevolgd en de televisie had je dat allemaal geweten.'

'Heb je een foto?'

'Ja,' zei Niels. 'In mijn portemonnee, en elke ochtend kijk ik ernaar. Ben jij gek. Een foto.'

'Ik wil weten hoe hij eruitziet,' zei ze koppig, 'en hou nou eens op met te vragen waarom.'

Niels vroeg: 'Waarom?' haalde zijn schouders op toen ze geen antwoord gaf en liep het kantoortje in. 'Kijk maar,' zei hij een paar minuten later. 'Op internet is alles te vinden.'

Op het scherm stond een krantenartikel met een foto. Kleine man, keurig pak, goedgeknipt, hand met ringen uitgestoken of hij de camera af wilde weren. Ze dacht aan de kleine man die ze op het terras van Cris en Leo had gezien en in het zwembad. 'Is dat hem?'

'Dat is 'm.'

'Ziet er niet gevaarlijk uit.'

Niels zuchtte. 'Hij niet. Hij kent mensen die er wel gevaarlijk uitzien.'

'Zoals Bello?'

'En Hank.' Niels keek zuinig. 'Verkijk je niet op Hank. Je hebt geen idee…'

Ze liep achter Niels aan naar de bar. 'Daarom wil ik een revolver. Een grote. Peperspray is leuk, maar wat kun je er nog mee?'

'Gangsters kwaad maken,' zei Niels. 'Ga daarmee door en je moet eens zien wat je bereikt.'

'Cris werd zomaar in elkaar geslagen. Ik ben gevolgd. Door een man met een snor.' Ze flapte het eruit en was tevreden met het effect. 'Een snor en dikke lippen. Harde stem. Hij spoog twee keer naar me.'

'Kakker?' Niels schreeuwde het bijna, keek geschrokken om zich heen, dempte zijn stem, fluisterde. 'Zit Kakker achter je aan?'

'Wie is Kakker?'

'DeBoor,' zei Niels. 'Zo heet hij. Hij heeft een snor. Van die dikke lippen. Hij spuugt, daar hebben ze hem al een paar keer voor aangehouden.'

'Waarom noemen ze hem Kakker?'

Niels moest grinniken of hij wilde of niet. 'Hij heeft een keer op een kruispunt zitten kakken. Precies midden op. Tegen agenten zei hij dat hij nodig moest. Hij vroeg of hij soms minder was dan een hond. "Nee," zeiden de agenten. "Nou dan," zei DeBoor, "ik heb nooit gezien dat jullie je druk maakten om een kakkende hond." Hij brak van een van de agenten de neus en schopte een andere kreupel. Hij kreeg drie maanden, maar dat deed hem niets. Hij is gek, hou daar goed rekening mee.'

'Daarom wil ik dus een pistool. Een revolver, een grote.'

'Niet van mij,' zei Niels. 'Jij bent gek genoeg om ermee te schieten.'

'Om te doen of ik schiet,' zei ze. 'Als ik er niet een van jou krijg dan wel van een ander.' Ze keek als een klein meisje, vuurde blikken af waardoor ze Niels zag smelten. 'Ik ben alleen, Niels. Ik voel me niet veilig. Ik zag wat ze met Cris deden. Hij ligt nu vast in het ziekenhuis. Ik word gevolgd door iemand die ze Kakker noemen. Ik ben bang.'

'Terecht,' zei Niels. 'Doe ik je een plezier als ik zeg dat je bij mij moet blijven?'

Ze streek langs zijn gezicht. 'Ja,' zei ze. 'Alleen kan het niet. Ik moet oppassen straks. Bij mijn zus, dat weet je toch?'

'Samen?' vroeg Niels.

'Lief,' zei ze. 'Lief bedoeld, maar ik weet wat Doris dan denkt en dan gaat ze kletsen.' Aan zijn ogen zag ze dat hij hoopte wat Doris zou denken en daarom streek ze nog maar een keer langs zijn wang.

'Laat,' zei Doris. 'Je weet dat ik daarvan baal. Weet je wat ik heb gehoord? Dat ze Vinnie met peperspray hebben bespoten. Ik dacht meteen aan jou.'

'Cris is in elkaar geslagen,' zei ze. 'Bij de Four Crowns, waar hij altijd damt. Ik zag het bij toeval.'

Het leidde af van Vinnie, maar Doris kwam erop terug, ze vergat niet snel iets.

'Weet je wat jij moet doen,' zei ze voor ze wegging. 'Jij moet op vakantie. Ver weg.'

'Van wat.'

'Van alles.'

'Wie past er dan op?'

'Geen idee,' zei Doris. 'Maar aan een dode zus heb ik ook niets en als Vinnie de pest in heeft dan weet hij binnen de kortste keren waar jij 's avonds bent en dan zijn mijn kinderen ook niet veilig. Hoe denk je dat ik me vannacht voel terwijl ik in het Seaview zit?'

Ze belde drie keer op, Doris. 'Alles goed daar?'

'Ja, hoor. Alles goed.'

'Bel je me als er iets gebeurt?'

'Wat gebeurt.'

'Iets.'

'Ja, hoor.'

Toen Doris thuis was en ze melk hadden gedronken zei Doris: 'Je blijft hier slapen.'

Het klonk als: waag het eens er iets op te zeggen en daarom zei ze: 'Ja, zus.'

8

Vinnie dacht het liefst in rechte lijnen, in zwart en in wit, en laat het grijs maar zitten. Hij had het geleerd van zijn schoonvader, dikbuik Blatti die hem had beloofd dat hij zijn opvolger zou worden als hij met Toinette trouwde. Een halfjaar later was Blatti de gevangenis ingedraaid, en was Vinnie de uitvoerder geworden van de opdrachten die Blatti vanuit zijn cel had gegeven, acht jaar lang. Daar had hij ook iets van geleerd: geduld, al moest geduld niet eindeloos duren.

Blatti was overleden in de douche en Vinnie dankte DeBoor er elke dag voor. Hij had samen met Toinette gehuild op de begrafenis en daarna lang gelachen in de flat die hij al jaren bezat, maar die op naam stond van iemand die was geëmigreerd. De secretaresse van Blatti had hij overgenomen, Doreen met haar strakgetrokken vel, haar goede geheugen en het fabelachtige vermogen om mensen af te schepen, ruzies te smoren en archieven op te bouwen waar geen mens wijs uit kon worden.

Doreen hield zich bezig met het bestieren van Zarel Company waarin niets omging en met een boekhouder die bedrijfjes bedacht die bedrijfjes hadden die uit bedrijfjes bestonden. Vinnie begreep er niets van, maar Doreen zei dat zij overzicht had en Vinnie wilde niet weten wat dat betekende.

Zijn zaken deed hij vanuit de flat. Of vanuit de varkensschuur die hij had laten uitschrobben en waarin hij een kantoor had laten bouwen met dikke wanden en een raam met pantserglas dat uitzicht gaf op een weiland waarin hij soms een koe liet lopen, of een paar schapen, één keer een paard, maar dat kreng hinnikte zo hard dat hij het binnen had kunnen horen en hij was erachter gekomen dat hij wel tegen loeien kon en tegen blaten, maar niet tegen hinniken.

Toinette was nooit in de schuur geweest, nooit in het Trade Center en van de flat wist ze niets. Toinette zat thuis dik te wezen met haar dochter, acht jaar en ook al een Blatti-pens. Háár dochter, niet hun. Vinnie wilde niet aan Anjelica denken als iets dat van hem was. Tien minuten tijd had hij aan haar conceptie gespendeerd en dat was al te veel geweest, van hem had Toinette niet zwanger hoeven worden. Ze had er nog een gewild, maar hij had gezegd dat hij liever een varken adopteerde. Dat was het einde van het gesprek over kinderen geweest, maar dat betekende niet dat hij met Toinette geen rekening diende te houden. Ze was de baas thuis en liet dat merken. Als hij over haar schreef ging dan verwees ze naar de contacten die de oude Blatti had gehad met mannen als Tiesto, Vanbrucke, Eliakas, Bareriov, Vergretta, allemaal oud en ondergebracht in een tehuis waar ze koffie slobberden, televisie keken, met hun gebitten klapperden, maar die stuk voor stuk gevaarlijker waren dan DeBoor, mannen die Toinette op schoot hadden gehad en suikergoed hadden gegeven en die precies wisten waar de telefoon hing en wie ze moesten bellen.

Dus luisterde Vinnie thuis naar Toinette, en bracht hij veel uren elders door.

Met rechtuit denken. Aan zijn zaken, maar vooral aan het maken van films, aan Leo en Cris en de laatste dagen ook aan de griet die zijn kop had volgespoten en die bij Doreen was komen uithuilen.

'Zielig,' had Doreen gezegd en hij wist dat ze er met Toinette over zou praten dus met die griet kon hij even niks. Hij had meteen DeBoor moeten sturen met een duidelijke opdracht. Niks volgen, niks beetje pesten, gewoon: weg ermee. Dit keer was geduld slecht geweest en dat zat hem dwars. Pesten, dat kon wel. En als hij de zaak goed organiseerde kon hij haar gebruiken. Daarvoor had hij Hank Ditsz nodig, of desnoods Bello, kon die in de sportschool eens iets anders doen dan zijn spieren oppompen.

Praten met Hank Ditsz was zoiets als het pissen van stroop, vond Vinnie, het kwam met horten en stoten en het duurde lang. Het was dat er in de kelder onder de flat iets te zien was dat hij de moeite waard vond anders zou hij er niet over piekeren om er binnen te gaan.

Hij stond met de handen op de rug naar de vrouwen aan de muur te kijken, terwijl hij achter zich Hank hoorde zuchten. 'Nillie… hulp.'

'Waarom,' vroeg hij. 'Jij gaf Cris een paar opdonders, maar waarom kwam ze die vetklep helpen?'

Hank haalde zijn schouders op, wachtte tot Vinnie omkeek, haalde zijn schouders opnieuw op.

'Kom ik wel achter,' zei Vinnie. 'Niemand heeft je herkend. Goed werk. Vertel nou maar waar dat pistool is waar ze jou zaterdag nerveus mee maakte.'

Hank keek ongelukkig. 'Pistool… weg… Traangas. Boeien.'

'Ga je zaterdag nou nog met haar van bil?' vroeg hij. Het was de derde keer dat hij de vraag stelde, als hij verdomme niet snel antwoord kreeg dan werd hij kwaad.

'Ja,' zei Hank. 'Weet niet.'

Vinnie draaide zich om, keek naar de ogen die nauwelijks contact leken te hebben met de rest van het hoofd, balde achter zijn rug zijn vuisten. Geduld, het was dat hij wist dat hij het had als het nodig was, maar anders… 'Niks: weet niet. Hou het op ja. Neem haar mee naar een hotel, leg haar in de watten, doe wat jullie willen doen, maar geef haar een revolver.'

'Revolver.'

'Pistool, ik weet nog niet wat het wordt.'

'Pistool.'

Hij zuchtte. Gewoon opnieuw bij het begin beginnen en langzaam naar het doel werken, als Hank de grote lijn doorhad dan kwam alles in orde, zo was hij wel.

'Knik maar als je me kunt volgen. Je mag je bek erbij houden, ik word gek van die redevoeringen van jou.' Hij zag het glimlachje van: ik snap de grap, baas. 'Jij was met die griet in een hotel.'

'Nillie.'

'Knikken,' zei hij. 'Niet lullen. Ze had een pistool. Oké?'

Knikje.

'Ik vroeg aan jou of je dat pistool wilde ophalen, maar ze had het niet meer. Oké?'

'Traangas.'

'Bek dicht en knikken, als je verdomme denkt dat ik het uit blijf leggen.'

Knikje.

'Ik wil dat ze een pistool krijgt of een revolver. Vraag je niet af waar het goed voor is, doe het. Als ze het in je mond wil stoppen zaterdag, prima, het kan me niet schelen wat ze ermee doet. Geef het haar, zeg dat ze het mag houden en laat je verwennen. Duidelijk?'

Aarzelende knik.

'Wat snap je er niet aan?'

'Zaterdag… Weet niet.'

Hij kreeg behoefte aan frisse lucht. Schoppen was een mogelijkheid, evenals gillen, maar frisse lucht was beter. 'Bedoel je dat je zaterdag niet kunt?'

'Zij.'

'Die griet?'

'Misschien.'

Hard gillen. En schoppen tegelijk. Daarna naar buiten. Rondje om de flat, ergens aanbellen en hoofd onder de kraan. Geduld.

Hij stond roerloos, keek naar de ogen van Hank, naar zijn piercings en gouden ketting, zag in dat hij te veel tegelijk wilde. Misschien was zaterdag te snel, misschien moest het een week later, zo'n haast had hij niet en het had voordelen als hij die griet nog een tijdje door DeBoor liet jennen. Als hij aan haar dacht wilde hij in zijn ogen wrijven, elke keer weer.

'Volgende week zaterdag is ook goed. Oké?'

Opluchting. Knikje.

'Laten we het zo doen. Probeer haar zaterdag te versieren. Neem haar mee. Doe aardig. Verder niets. Aardig doen. Lukt dat?'

'Ja.'

Een ferm ja. Aardig doen tegen vrouwen, dat was Hanks specialiteit. 'Geef geld uit, kan niet schelen hoeveel. Maar zorg ervoor dat je volgende week zaterdag een nieuwe afspraak maakt. Duidelijk?'

'Pistool?'

'Vergeet het,' zei Vinnie. 'Denk niet aan pistolen of aan revolvers. Neem die griet mee. Vrij haar op. Ik zorg voor de rest.'

'Rest?'

De buitenlucht was aangenamer dan hij had verwacht. Wat een geluk dat het regende. Als je je hoofd in je nek legde dan wasten de druppels de jeuk uit je ooghoeken.

Na een rondje om de flat reed hij terug naar het centrum. Op de Singel begon hij aan de procedure van het bellen met DeBoor. Als het om belangrijke zaken ging was er een strakke volgorde. Hij belde DeBoor, haalde, als er verbinding was, zijn neus op, of gromde, of blafte, maakte in elk geval een geluid. Waarna hij de gsm onder zijn hak verpletterde. Twintig minuten later zou hij bellen vanuit een telefooncel naar een cel waarvan ze de plaats dagen geleden hadden afgesproken. Hij moest er niet aan denken wat hij zou moeten als alle cellen werden gesloopt.

Het was omslachtig, maar het was beter dan DeBoor opzoeken. Bij hem ging je niet op bezoek. De enige keer dat hij het had geprobeerd was hij thuisgekomen met vlooien. Hij belde, mompelde iets, verbrak de verbinding, reed naar een telefooncel, wachtte tot de twintig minuten om waren, pakte de hoorn.

'Nieuws over die griet?'

'Zit bij haar zus. Komt het huis niet uit.'

'Dus ze weet dat je haar in de gaten houdt.'

'Zou ik wel denken. Ik heb gisteren haar kontje paar keer gekust.'

Vinnie zuchtte zacht. Ook iemand met een gebruiksaanwijzing, DeBoor. Na Hank was het een beetje veel van het goede, hij zou dit soort gesprekken niet moeten voeren, aan anderen moeten overlaten, maar aan wie. 'Kontje.'

'Die Fiesta van haar. Tien jaar oud. Bumpertje heeft paar deukjes. Ze werd er kwaad van, geloof ik. Roepen, beetje stampen met de voetjes. Gek gezicht heeft die griet, weet je dat?'

Nog niet, maar dat kwam wel. 'Deed ze nog meer dan stampen?'

'Ze ging naar het Trade Center. Naar binnen. Ik zeg het maar, ze moest naar de Company. Ze tekende met N. Bender. Ze heet Pender, wist je dat?'

Van Doreen. Zijn secretaresse had haar hebbelijkheden en het kostte hem moeite naar haar te kijken, maar ze was accuraat. 'Mmm. Zie jij kans aan twee pistolen te komen? Revolvers is ook goed. Grote.'

'Waarom twee?'

Personeel dat geen vragen stelde, daar moest hij eens serieus over nadenken. 'Twee precies dezelfde. Breng er een naar Bello. Ik zal hem bellen en vertellen wat hij moet doen.'

'Precies?'

'Niet kloten met het serienummer, het gaat erom dat ze er hetzelfde uitzien. Lukt dat?'

Nu was het DeBoors beurt voor een 'Mmm', het was er een vol overgave.

'Vandaag nog.'

'Moet ik wel even bij dit huis vandaan.'

'Als je maar terugkomt,' zei Vinnie. Hij knikte naar een motoragent die was gestopt en met gestrekte arm naar de auto wees die op het trottoir stond. 'Van jou?'

'U,' zei Vinnie.

De agent keek naar hem, werd rood, groette en reed weg.

'Rustig hier,' zei Vinnie. 'Ben je door je meiden heen?'

Leo wees naar boven. 'Cris. Hij heeft… kneuzingen. Pijnlijke ribben. Hij wil rust en ik dacht eh, sorry, dacht: laat ik hem zijn zin maar geven.'

'Voor die zak laat je je meiden schieten?'

'Modellen,' zei Leo.

'Allicht. Modellen. Het is de eerste keer dat ik hier niemand zie, je gaat ons werk toch niet verwaarlozen door een kleinigheid?'

Leo keek of hij het geen kleinigheid vond en Vinnie zag dat het tijd was voor een toelichting. 'Heb jij builen?'

'Ik? Nee, waarom.'

'Kneuzingen? Last van je ribben.'

Leo begon de richting te zien die Vinnie was ingeslagen. 'Daarom kan ik toch wel… medelijden hebben. Een beetje. Ik heb hem,' vinger naar het plafond, 'opgehaald uit het ziekenhuis. Hij zegt bijna niks. Wil niks. Ligt in zijn stoel naar buiten te… kijken. Niet eens in bed. In een stoel.'

Vinnie kreeg het gevoel dat hij iets had gemist in de relatie tussen Cris en Leo. 'Eerst dacht ik dat jullie…,' hij tikte op de rug van zijn hand, '…maar daarna, door al die meiden, heb ik het laten zitten. Nou vraag ik het voor alle zekerheid en ik wil antwoord. Aankijken en niet liegen. Zijn Cris en jij van de bruine ploeg?'

Leo's lippen vormden het woord 'bruine', sloten zich, begonnen aan 'ploeg'. 'Jezus, Vinnie, nee. Wij wonen in dit… huis, dat is nou eenmaal zo gegaan. Gewoon. Het kwam zo uit, financieel, …ruimte.'

'Meiden?'

'Modellen.'

'Modellen. Daar hoor jij mee aan het werk te zijn en wat kan een blauwe plek van Cris je verdommen. Weet je dat die griet erbij was toen Cris klappen kreeg?'

Leo knikte. 'Ze heeft Cris geholpen.' Hij keek verbaasd. 'Had ik nooit… verwacht. Dat ze zou helpen.'

'Heb je je afgevraagd waarom ze daar net op dat tijdstip was?'

'Nee,' zei Leo en Vinnie kon zien dat hij het meende.

'Echt niet? Dacht je dat die griet daar toevallig liep. Op dinsdagmiddag, de enige middag dat dikbuik naar zijn clubje gaat.' Hij stak een hand op. 'Laat maar, ik zal je helpen: zij heeft die vent gestuurd, ga daar maar vanuit.'

'Maar…'

'Maar wat. Maar niks. Ze heeft de pest aan Cris. Dat hebben we gemeen, die griet en ik. Ik heb ook de pest aan die vetpens die hier de zaak ophoudt. Hoe zit het met jou? Als jij ook de pest aan hem krijgt dan komen we ergens. Anders hebben we een probleem.'

Leo deed of hij nadacht, stapelde foto's op, borg ze weg in een la, liep de studio rond, verstelde lampen, kwam tot de kern. 'Hoezo probleem, Vinnie?'

'Wij gaan filmen. Daar hebben we meiden voor nodig, modellen, actrices, het kan me geen donder schelen hoé jij ze noemt, als ze er maar zijn. Zie ik ze? Ik zie niks. Niemand. Totale rust omdat boven iemand ligt na te hijgen van een paar tikken? Ben jij belazerd.'

'Kneuzingen. Hij had… dood kunnen gaan. Als Nillie…'

'Als die griet zich er niet mee had bemoeid dan waren we met een beetje geluk een stuk beter af geweest dan nu, heb je daaraan gedacht?'

Dat had Leo niet, maar Vinnie zag aan zijn gezicht dat hij het ging doen.

'Neem er de tijd voor,' zei hij. 'Als ik terugkom, vandaag of morgen, dan wil ik het hier in vol bedrijf zien. Dan zie ik meiden, en een paar kerels als die nodig zijn. Ik heb er wel een stel voor je.' Hij ging vlak voor Leo staan, wachtte tot die hem aankeek. 'Als je bezwaren hebt dan hoor ik het wel. Zorg er dan voor dat je het geld dat je hebt geleend klaar hebt liggen. Met rente. En rente over rente, je bent aan de late kant met je aflossingen. Begrijpen we elkaar?'

'Ja,' zei Leo. 'Goed, Vinnie.'

Leo was geen groot beschouwer. Hij was een vakman wiens wereld bij foto's en film ophield, iemand die met groot gemak een nieuw plan maakte als het oude niet bleek te werken, die het leven nam zoals het kwam, met Cris boven en wisselende vrouwen in de studio, het was zo gek nog niet en dat de opdrachten steeds minder niveau hadden maakte weinig uit, werk was werk.

Dat was het standpunt van Leo en het werkte, jaar na jaar. Tot de komst van Vinnie die zijn droom, films maken, leven inblies, maar meteen de lol van het leven, rustig werken, wist af te halen. Vinnie ging te snel, banjerde door al zijn eigen afspraken heen en liet zich niet remmen.

Het had even geduurd, maar uiteindelijk was het patroon ook voor Leo zichtbaar. Het was werken met Vinnie in een huis zonder Cris, of werken zonder Vinnie, maar dan de kans lopen zelf uit het huis te worden gezet. Gedonderd, had Vinnie gezegd. 'Ik donder je eruit zonder met mijn ogen te knipperen.' Terwijl hij het zei had hij geknipperd. Dat was Vinnie: zichzelf tegenspreken, maar daar geen last van hebben.

Na Vinnies vertrek deed Leo wat hij nooit eerder had gedaan: hij ging voor het raam staan, drukte zijn voorhoofd tegen het glas en ademde zo zwaar uit dat hij zijn weerspiegeling zag weg wasemen. Zo verdwijnt Leo, dacht Leo, even zwaar ademen en hij is onzichtbaar.

Hij bleef staan, hield een hand voor zijn mond en stuurde de lucht via zijn vingers langs zijn kin naar beneden.

Zo komt Leo terug, dacht hij, en om zichzelf te overtuigen zei hij: 'Zo komt Leo terug. Val maar dood, Vinnie, hoe eerder hoe beter.' Waarna hij snel omkeek, bang dat iemand hem had gehoord. Waarna hij water ging drinken en naar de wc ging omdat hij kramp in zijn buik kreeg. Waarna hij naar boven sjokte, omdat hij gezelschap nodig had, naar Cris die er beroerder aan toe was dan hij.

'Volgens Vinnie was die man gestuurd door Nillie,' zei Leo.

Cris staarde langs zijn voeten, kreunde toen hij zijn bovenlichaam bewoog, legde een hand tegen zijn ribben, keek zonder zijn hoofd te draaien, uit zijn ooghoeken. 'Welke man.'

'De man die jou heeft ge-eh-trapt. Geslagen. Hij kwam van Nillie.'

'Zegt Vinnie dat.'

'Dat zei Vinnie, ja. Dacht je dat die griet daar toevallig was, zei hij en ik dacht, eh.'

'Dat hij gelijk had. Hoe weet je zeker dat het niet iemand van Vinnie was?'

'Wat deed Nillie daar dan?'

Cris probeerde zich op te richten, kreunde, liet zich zakken. 'Geef dat glas even aan, ik heb dorst.'

Leo gaf het glas, wachtte tot Cris het had leeggedronken, vulde het in de badkamer. 'Hier heb je nieuw water. Wat deed eh eh, Nillie daar dan?'

'Ze hield die man tegen,' zei Cris. 'Waarom zou ze dat doen als ze hem zelf had gestuurd?'

'Geen idee,' zei Leo.

'Precies. Geen idee. Volgens mij weet Vinnie er meer van.' Cris klemde zijn tanden op elkaar, ging rechtop zitten en keek langs een gestrekte arm naar Leo. 'Wanneer gaan jullie me uit dit huis gooien?'

'Nooit,' zei Leo.

'Nooit.'

'Nee,' zei Leo. 'Je weet dat ik zo niet ben.'

'Ik weet hoe je wel bent,' zei Cris. 'Ik zie je naar de vloer kijken en rood worden. Zal ik je eens iets vertellen?'

Leo bewoog zich niet.

'Hé, Leo,' zei Cris. 'Zal ik je iets vertellen?'

Na de vierde keer keek Leo op. 'Doe maar eh, doe maar niet.'

'Ik steek de zaak nog liever in de fik dan dat ik me uit dit huis laat zetten,' zei Cris. 'En als jij er dan nog in zit dan steek ik geen poot uit om je te redden. Denk daar maar aan als je blijft aanpappen met die klootzak van een Vinnie.'

9

Als ze bij Doris sliep viel er niets te soezen. Om zeven uur sprong Sander op haar achterste. Twee minuten later deed ze paardje-hop, om kwart over zeven balanceerde Xavier op haar buik. Eén keer had ze het voorgesteld, als aardigheidje voor het slapen gaan, één keer had ze laten zien hoe stevig haar spieren waren en sinds die keer wilden ze elke dag. 'Buik, tante Nillie, buik.' Om beurten stonden ze op haar maag, zo stil als ze konden, net zo lang tot ze een duw gaf. 'Mooi geweest, eraf.'

Als ze bleef slapen moest het ook 's ochtends en als ze 'nee' zei dan kwam er aan het gezeur geen einde. Xavier, Zarah, Sander, toen ze alledrie op haar hadden gestaan met strakke gezichten van de concentratie en met ingehouden adem was ze wakker genoeg voor koffie, boterham, nog een koffie.

Om acht uur kwam de buurvrouw om de kinderen naar school te brengen.

'Goh, ik wist niet dat jij er was.'

Ze gaapte. Hoeveel slaap had ze eigenlijk gehad. 'Ik wist het ook niet van tevoren.'

'Had me maar gebeld.'

'Wanneer. Vannacht?'

'Net natuurlijk. Ik doe het graag hoor, voor Doris, maar ik heb ook mijn werk.'

De rest van het verhaal kende ze al en ze wist dat ze niet moest tegenspreken. Gapen, kreunen, gapen, over haar gezicht wrijven, zuchten, dat hielp. Ze werkte het pakket af, zag dat de buurvrouw haar schouders ophaalde en de kinderen de gang in dreef. 'Stil, mamma slaapt en tante ook, bijna. Zeg, weet jij wat die grote auto hier voor de deur doet? Ik weet niet eens of ik erlangs kan. Rustig Xavier, jij bent de oudste, let een beetje op je broertje. Die zwarte, bedoel ik, zo'n ding met een laadbak.'

'Pick-up.'

'Is-ie van jou?'

'Gisteren geruild voor mijn Fiesta. Kom nou, waar moet ik zo'n bak-beest van betalen?'

'Ik vraag maar hoor. Zarah, doe je jas dicht, zo warm is het niet.'

Geklos in de gang, een deur die dichtsloeg, het manoeuvreren van een auto, rust in de straat.

Ze keek langs het gordijn, zag dat de Ram pal voor het huis stond en huiverde. Ze had niet moeten kijken. Ze had niet moeten blijven slapen. Ze had…

Ze ging op de bank liggen, trok de deken over haar hoofd en stak een duim in haar mond.

'Twee uur,' zei Doris. 'Zo kan-ie wel weer. In de benen.'

Ze ging langzaam zitten, schudde haar hoofd tot ze wakker genoeg was. 'Hij staat voor de deur.'

'Weet ik. Ik heb de politie al gebeld.'

'Politie? Waarom?'

'Wat doet die vent daar te staan? Ik word zenuwachtig van 'm.'

'Heb je daarom de gordijnen nog dicht.'

'Jij sliep toch zeker.'

Maar Doris deed de gordijnen niet open en toen ze een auto hoorden liepen ze snel naar boven om vanachter het gordijn in de slaapkamer te kunnen kijken.

'Twee agenten,' zei Doris. 'Moet je ze zien, ze kijken rond of ze een overval van terroristen verwachten.'

'Waarom doen ze niks?'

'Ze kijken.'

'Is dat iets doen?'

Doris trok een gezicht. 'Wat weet ik nou van agenten. Die ene tikt te-gen de auto.'

'Ram,' zei ze. 'Zo heet die pick-up, geloof ik.'

'Goeie naam,' zei Doris. 'Hij ramde je toch, vertelde je.'

'Alsof dat leuk is. Wat valt er nou te lachen.'

Doris duwde haar hoofd tegen de ruit. 'Stil. Er gaat een raampje open. O, kijk nou toch, die vent spuugt. Moet je zien wat een fluim.'

'Deed hij bij mij ook.'

'Jij bent geen agent. Snap je nou waarom ze die vent niet naar buiten trekken. Volgens mij staat die agent bijna te buigen. Het raampje gaat dicht. Ja hoor, die sukkel gaat hier aanbellen, nou is tenminste voor iedereen duidelijk wie er met het bureau heeft gebeld.'

Na drie keer bellen ging Doris naar beneden. Zelf ging ze tot aan de trap en geen stap verder. Ze kon een deel van het gesprek verstaan, maar nadat Doris de deur met kracht had dichtgeslagen werden de gaten snel ingevuld.

'Weet je wat-ie zei? Weet je wat die vent zei? Hij vroeg of ik wist wie er in de auto zat. Ik zei: "Ja, dat is DeBoor." Weet u wel wie dat is, vroeg die vent. Ik zei: "Ik heb gehoord dat ze hem Kakker noemen." Zegt die agent: "Daar hebt u gelijk in, mevrouwtje." Mevrouwtje. Alsof ik een lastig, klein onderdeurtje ben of zoiets. Hij zegt: "Daar hebt u gelijk in, mevrouwtje en gelooft u me, het is het beste dat we hem daar gewoon laten staan. Het is niet verboden in een auto te zitten en hij doet niemand kwaad. Als u hem met rust laat dan gebeurt er niets en als er wel iets gebeurt dan belt u maar, dan komen we." Ik zeg: "Met hoeveel auto's?" Zegt hij: "Mevrouwtje, echt, gelooft u me, doe nou maar net of daar geen auto staat." En weg was-ie. Wat moeten we nu?'

'Niks,' zei ze. 'Eten, koffie drinken en de gordijnen dicht laten. Laat hem mooi in zijn sop gaarkoken, wij zitten hier beter dan hij daar.'

Het eerste halfuur keken ze om de paar minuten langs het gordijn, daarna alleen als ze in de buurt van het raam waren, toen de kinderen terug waren keken ze helemaal niet meer.

'Gezellig,' zei Doris toen ze in de keuken eten stonden te maken. 'Gek, met die idioot voor de deur, maar ook wel gezellig, het komt bijna nooit voor dat ik overdag niet buiten kom, dat we samen rondscharrelen, we zouden het vaker moeten doen.'

Dat vond ze ook. 'Ik zeg al een uur tegen mezelf dat er eigenlijk niks aan de hand is. Ik ben een keer met een vent mee geweest die voor Vinnie blijkt te werken, nou en. Ik heb ook een keer per ongeluk met peper gespoten, maar daar heb ik mijn excuses voor aangeboden. Wat is daar allemaal nou zo bijzonder aan dat een vent eindeloos voor de deur moet staan, ik bedoel, zo belangrijk ben ik ook weer niet. Over een poosje gaat hij wel weg.'

Doris liep naar de kamer. 'Je gelooft het niet,' zei ze. 'Hij is weg.'

Ze stonden naast elkaar naar een lege plek te kijken tot ze allebei de slappe lach kregen.

'Staan we naar een stuk wegdek te staren.'

'Of er iets bijzonders mee is.'

'Hij heeft de moed opgegeven.'

'Zie je wel, misschien is hij al een hele tijd weg. Ik zei toch dat het niet eindeloos zou duren.'

Waarna ze gingen eten. Samen de kinderen naar bed brachten. Nog even langs het gordijn keken voor Doris naar haar werk ging.

'Gotver. Hij is terug.'

'Daar word ik nou bang van.'

'Hij staat gelukkig een eind verderop.'

'Omdat de buurman zijn auto voor mijn deur heeft gezet. Weet je wat jij moet doen, zus. Jij moet Vinnie zelf zien te spreken. Leg uit dat de peper een vergissing was. Als het niet werkt zet je het maar op een huilen, daar lopen de meeste kerels in, zeker bij jou, kijk niet zo raar, dat weet je best, zoals jij naar ze kunt glimlachen. Doe je best en zorg dat DeBoor verdwijnt. Ik word hartstikke nerveus van die auto, hoe moet ik straks mijn werk nou doen.'

'Als ik geweten had waar Vinnie woont dan was ik gisteren wel naar zijn huis gegaan. Hij staat niet in het telefoonboek. Alleen Zarel Company. Daarom ben ik naar het Trade Center gegaan. Ken jij niemand?'

'Ik zal mijn best doen,' zei Doris. 'Als je maar weet dat ik door de achterdeur naar buiten ga. Ik neem wel ergens een taxi. Als die engerd achter me aan komt dan doe ik het in mijn broek.'

Blikken over en weer, bleke lachjes.

'Het komt wel goed.'

'Het is niet anders, zus.'

Ze bleef wakker tot Doris had gebeld om te zeggen dat ze het adres van Vinnie had. Beloofde dat ze morgen naar hem toe zou gaan, zo gauw ze wakker was en, ja, de auto stond er nog, heel stil, net of er niemand in zat, maar kijken ging ze niet, ze had de deur op slot gedraaid.

Toen ze op de bank ging liggen klemde ze het busje met peperspray tegen haar borst. Morgen zou ze naar Vinnie gaan. Maar eerst ging ze naar Hank, naar Bello, naar Niels – iemand zou toch zeker wel een revolver voor haar hebben? Hoe langer ze erover dacht, hoe zekerder ze wist dat ze meer nodig had dan een lullig busje waar je alleen tranen van in je ogen kreeg.

'Hij staat er nog steeds,' zei Doris toen ze terug was van haar werk, binnengekomen via de achterdeur, op haar tenen, alsof geluid de rust in de Ram zou kunnen verstoren. 'Hij doet niets, DeBoor, daar had die agent in elk geval gelijk in. Hij staat maar te staan, hoe gek moet je daarvoor zijn. Wil je melk opzetten?'

Voor ze naar bed ging zei Doris: 'O, ja, voor ik het vergeet. Cris is naar het ziekenhuis gebracht en daarna naar huis gegaan. Niets gebroken, schijnt het. Kneuzingen, blauwe plekken, pijn aan zijn ribben.'

'Als ik me er niet mee had bemoeid dan had die pick-up daar nou misschien niet gestaan.'

'Die volgde je toch al, dat zei je zelf.'

'Misschien was-ie weggegaan.' Ze haalde diep adem en dwong zich Doris aan te kijken. 'Ik denk dat Hank Cris in elkaar sloeg in opdracht van Vinnie.'

'Hank? Was het Hank Ditsz? Waarom zeg je dat nou pas?'

'Eerst wist ik het niet zeker. Hij had een muts, een pet, helemaal over zijn voorhoofd en ik zag geen goud of niks. Ik was geschrokken. Hij zei ook geen woord, die vent. Later dacht ik: het was Hank. Ik wist niet of ik het je moest vertellen.'

'Je moet niks, zus.' IJskoude stem. 'Je bespoot Vinnie met pepergas, je papt aan met Hank Ditsz. Je hebt DeBoor achter je aan zitten. Je zit uren bij de vijver. Maar moeten, dat je echt iets moet, nee hoor. Volgens mij graaf je je eigen graf, maar je hoort mij niet zeggen dat het moet. Weet je wat mij het beste lijkt?'

Ze zag aan Doris' gezicht dat ze het niet wilde horen. 'Morgen? Eerst slapen dan verder praten?'

'Nu,' zei Doris. 'Het lijkt me het beste dat ik een poosje een andere oppas zoek. Ik weet niet waar je mee bezig bent en jij weet het zelf ook niet, maar ik heb drie kinderen en als die in de buurt zijn als Vinnie het op zijn heupen krijgt…' Ze huiverde. 'Zo kan het echt niet langer, zus.'

Ze ging door de achterdeur naar buiten. Voelde de frisse ochtendlucht, huiverde, trok haar hoofd tussen de schouders. Maar niet bang. Geen angst, ze was er zelf verbaasd van.

De angst voorbij, dacht ze, als je maar lang genoeg bibbert dan raakt de bibber op.

Ervoor in de plaats was verbetenheid aan het komen, woede, een steeds dieper verlangen naar wraak, te beginnen met: Ik zal ze krijgen, die kerels, zijn ze nou helemaal belazerd. Cris, Vinnie, Leo, DeBoor, Hank, allemaal.

Hank? Terwijl ze door de straten liep – vlak langs de gevels, dat wel – dacht ze na over Hank. Hoorde hij thuis in het rijtje? Ze had het gevoel van niet, maar was niet zeker. Alles kwam door Cris, dat stond vast. Door Cris en Leo die haar het huis uit hadden gegooid. Ze had Hank zijn gang moeten laten gaan, watje dat ze was. Ze dacht aan de pen met de inscriptie en het plannetje dat ze had bedacht. Ze knapte ervan op en toen ze voor het huis van Niels stond, was ze er vrijwel zeker van dat ze zichzelf weer was.

'Jij?' zei Niels.

In haar oren klonk het als 'wat leuk' en meteen voelde ze tranen in haar ooghoeken. 'Mag ik hier een uurtje slapen, Niels. Logeren. Slapen, ik bedoel…'

Niels stak zijn armen uit en ze drukte zich tegen hem aan. 'Goed vasthouden. Eventjes. Alleen vasthouden. Goed?'

Vasthouden kon hij, en hij keek niet op een paar seconden.

'Beter?' vroeg hij, toen ze zich had losgeduwd.

Ze knikte. 'Ik wil niet naar mijn flat. Durf niet. DeBoor.' Ze legde uit hoe het zat, min of meer, losse zinnen waarvan de samenhang een beetje zoek was, veel meer gebaren dan er nodig waren. 'Daarom ben ik dus hier.'

Niels trok haar naar binnen, keek snel de straat af. 'Waar is je auto?'

Ze had even geen idee. Bij Doris? Trade Center? Daar ergens. 'In het centrum. Ik ben komen lopen.' Bleke glimlach. 'Goed voor de conditie, zo blijf ik in vorm.'

'Ga maar meteen naar boven,' zei Niels. 'Volgens mij stort jij bijna in elkaar. Links is de badkamer, daarnaast de logeerkamer.'

Hij kwam wel kijken of alles in orde was en aan zijn ogen zag ze wat hij dacht, maar hij liet zich gewillig wegsturen.

'Nou niet, Niels.'

'Nóú niet?'

'Ooit. Misschien. Moe.'

'Ja,' zei Niels. 'Welterusten.'

Op de keukentafel lag een briefje, grote, moeilijk leesbare hanenpoten, woorden die ze eerder moest fantaseren dan kon lezen: 'Ben naar sport-school. Doe of je thuis bent. Zie je straks. Niels.' Onderaan stonden drie kruisjes en daar keek ze lang naar.

Geen pick-up in de buurt van haar auto, geen DeBoor te zien, zelfs geen bekeuring onder de ruitenwisser, als dat geen voortekenen van een geluksdag waren.

Ze stapte in, hoorde de motor al bij de eerste startpoging aanslaan en keek tevreden. Absoluut een geluksdag. Goed geslapen, goed gegeten, geen Vinnie of DeBoor in de buurt, als ze nu niet zou doen wat ze van plan was dan kon ze beter naar de flat gaan en zich daar opsluiten.

Meteen naar het huis van Vinnie rijden was nog wat veel gevraagd, maar ze had een alternatief.

'Hè,' zei Hank.

Ze keek van de foto's aan de muren naar het matras. 'Sliep je?'

Hij moffelde een blaadje onder het matras. 'Lag. Moe.'

Ze keek nog een keer rond en gaf hem de kans zijn rits dicht te maken. 'Waarom ben jij nooit thuis? Je vrouw zei dat je hier was en ze keek alsof ik dat langzamerhand zou moeten weten.'

Hank stond op, keek zo schaapachtig dat ze moest glimlachen. 'Mij kan het niet schelen waar je bent. Waarom bleef je Cris schoppen, giste-ren?' Gisteren? 'Eergisteren, bedoel ik, bij de Twenty Stones. Ik dacht dat je hem dood zou trappen. Daarom…'

Ze hield op omdat Hank zijn mond had geopend, klaar voor een antwoord. 'Niet getrouwd. Zus.'

Ze schakelde terug naar het onderwerp wonen, keek naar zijn ringvinger. 'Is die witte streep niet van een trouwring?'

'Vier keer,' zei Hank. 'Vinnie.' Hij keek of hij klaar was voor een uitleg die veel van zijn krachten zou vragen en ze ging zitten. 'Doe maar rustig aan.'

Ze kreeg het er uit, al duurde het even. Hij was vier keer getrouwd. Op verzoek van Vinnie die buitenlandse vrouwen aan een vergunning wilde helpen. Hoe hij het bij de burgerlijke stand had klaargespeeld bleef een raadsel, maar ze nam aan dat alleen Vinnie dat wist. Officieel woonde hij bij zijn zuster die als het zo uitkwam voor zijn vrouw speelde. Hoe die zus aan een kind kwam bleef duister. Niet van een echtgenoot, dat begreep ze wel. Het was toeval geweest, zoiets. Echt wonen deed Hank in de kelder, samen met de cv-ketel, zijn foto's en het boekje onder het matras, als ze de kans kreeg moest ze er even naar kijken.

'Nu je toch bezig bent,' zei ze, 'kun je ook wel meteen over Cris vertellen. Waarom hield je niet op?'

Hank bewoog zijn lippen, maar geluid kwam er niet uit.

'Is er iets?'

'Jij,' perste hij er uit. 'Cris. Slaan. Wilde je.'

Er was meer, zag ze. 'Ik wilde blauwe plekken. Jij was bezig hem helemaal in elkaar te trappen. Waarom hield je niet op?' Ze dacht aan wat ze tegen Doris had gezegd en voelde zich warm worden. 'Vinnie? Heb je met Vinnie over Cris gesproken?'

Het was geen knikje, meer een beweging met de ogen.

'Zei Vinnie soms: als zij dat wil dan ga je je gang maar en als Cris voor dood het ziekenhuis ingaat dan geven we Nillie de schuld?'

Geen oogbeweging, dit keer. Starende blik die machteloosheid uitdrukte. De wil tot praten was er, maar de lef ontbrak.

'Ik geloof niet dat we zaterdag uit moeten gaan, Hank. Ik heb het beloofd, maar als je zo doet...'

Het was niet eerlijk, eigenlijk. Hij was geen partij. Hij was een sul met zachte ogen die deed wat zijn baas zei. Die haar alles wilde vertellen wat hij wist, maar die ervaring genoeg had om bang te zijn voor de gevolgen.

Na twee keer langs een wang aaien was haar duidelijk dat Vinnie alles over Hank, Cris en de Twenty Stones had geweten en toen ze vlak voor hem stond en diep inademde waardoor haar shirt strak kwam te staan stond de zaterdagafspraak ook weer op de agenda.

'Zaterdag disco,' zei hij.

Ze deed een stap achteruit toen hij zijn handen strekte. Aan omhelzen was ze niet toe. 'Misschien. Of anders volgende week. Ik weet niet of ik kan. Durf. DeBoor zit achter me aan, weet je dat?'

Het was nieuw voor hem. Zijn ogen werden harder, zijn handen vuisten. 'DeBoor. Klootzak.'

'Hij volgt me in een grote auto. Ram staat erop. Hij heeft meer dan een dag voor het huis gestaan waar ik sliep, misschien staat hij er nog. Ik wil een revolver.'

Ze had het eruit geflapt en schrok van het resultaat. Hank hief zijn handen, keek ineens wanhopig. 'Geen revolver. Vinnie. Gevaarlijk.'

Ze probeerde het vijf keer, maar een toelichting kreeg ze niet. De angst was terug en hij sloeg dicht.

'Zo heb ik niks aan je,' zei ze. Ze noemde haar adres. 'Daar woon ik. Gooi maar een briefje in de bus als je me wilt helpen.'

'Zaterdag?'

'Laten we er maar een weekje over slapen.' Ze dook onder een arm door en tilde een hoek van het matras op. Ze pakte het boekje, bekeek de voorkant en zag wat ze had verwacht te zien. 'Als ik een revolver heb dan kunnen we een spelletje doen. Ik ben veel mooier dan die daar. Dag Hank.'

Bij de deur vroeg ze. 'Ga je Vinnie vertellen dat ik ben geweest?'

Hij zei: 'Nee. Nooit', maar ze was er niet zeker van.

Niels moest invallen bij een aerobicsklas en had twintig strakke vrouwenbipsen voor zijn neus. Ze wierp hem een kushandje toe, wees naar beneden en maakte een gebaar: zie je straks.

Ze liep de trap af naar de sportzaal en zag dat Allan breeduit in de gang stond. 'Jij zocht een revolver?'

Ze maakte een beweging of ze terug wilde lopen, bleef staan toen ze Bello's gezicht zag. 'Revolver?'

'Ik hoorde jullie paar dagen geleden.' Allan keek naar boven. 'Met hem daar. In de bar. Jij vroeg een revolver. Of een pistool. Volgens mij wilde je een revolver. Groot, zei je.'

'Heb jij er een?'

'Als je wilt.'

Ze wreef met een duim over een wijsvinger. 'Ik heb geen geld als je dat soms denkt.'

Allan bekeek haar met een gezicht dat haar niet beviel. 'Lekker strak, jij,' zei hij. 'Gewoon een keertje uit. Goed.'

'Wij?'

'Eén avondje. Praten we nergens meer over. Zeg maar wanneer het je uitkomt.'

'Ik ben nu ongesteld.' Iets anders wist ze niet te bedenken.

'Heeft geen haast. Zeg ik toch. Wil je er een, ja of nee?'

'Ja,' zei ze. 'Ik word door iemand gevolgd, af en toe. Ik ben bang, soms.'

Allan maakte haar duidelijk dat hij op de hoogte was. 'Dan helpt pe perspray niet. Kijk straks maar in je sporttas.' Hij maakte een gebaar of hij haar terugduwde. 'Niet meteen. Straks. Ik weet nergens van, dat begrijp je.'

'Goed,' zei ze.

'Helemaal nergens van, vergeet dat niet. Maar dat avondje hou ik te goed. Ja?'

'Ja,' zei ze. 'Dank je. Waarom?'

Hij bekeek haar opnieuw, van top tot teen. 'Daarom,' zei hij en hij had zijn tong niet naar buiten hoeven laten flitsen, ze had hem zo wel begrepen.

Niels zei dat ze moest blijven tot hij klaar was, dat ze samen konden gaan eten, dat zijn huis altijd voor haar open stond.

Ze beloofde dat ze langs zou komen, als ze klaar was met wat ze allemaal nog moest doen, gaf hem een zoen op een wang, fluisterde dat ze dankbaar was en ging er als de bliksem vandoor.

Buiten de stad, op een parkeerplaats, opende ze de sporttas. Onderin lag een revolver, groot en glanzend. Ze keek ernaar zonder hem aan te raken, duwde na een tijdje met de punt van een wijsvinger tegen de loop, voelde de koelte van het metaal en schrok. Colt Anaconda stond aan de zijkant van de loop. Ze tilde de sporttas op, bedacht opnieuw dat die een paar kilo zwaarder was dan een uur geleden, pakte eindelijk het wapen vast, prutste net zolang tot de cilinder wegschoof en ze zes gaten zag. Zes kogels konden erin. Patronen, ze wist nog wat Niels had gezegd. In een handdoek gevouwen vond ze een doosje met kogels. Ze pakte er een, duwde hem in de cilinder, haalde hem er met trillende vingers weer uit. Geen kogels erin, zo ver was ze nog niet. Misschien eentje, ooit, maar niet nu. Ze vroeg zich af of ze ermee zou durven schieten, had geen idee of ze blij was of juist bang, legde de revolver terug in de tas en propte haar kleren erbovenop.

Ze had haar zin, dat stond vast. Ze kreeg voor elkaar wat ze voor elkaar wilde krijgen. Dromen die uitkwamen. En laat ze allemaal barsten, Cris, Leo, Vinnie en vooral dat spugende stuk ongeluk in zijn pick-up.

De Ram zat achter haar voor ze het centrum uit was, vlak achter haar, een paar keer spande ze haar spieren om de tik op te kunnen vangen. Zo ver ging hij niet, al kon het niet meer dan een paar centimeters schelen. Een paar uur eerder zou ze hebben zitten trillen, maar die tijd was voorbij. Eén kogel in de Anaconda en ze kon Russische roulette met hem spelen. Als hij haar maar lang genoeg treiterde dan kwam het er gegarandeerd van.

Tot haar verbazing sloeg de pick-up af toen ze de wijk langs de beek bereikte waar landhuizen stonden en gebouwen die leken op Griekse tempels en op kasteeltjes met op de hoeken een donjon.

Het huis van Vinnie was vooral groot, zuilen aan weerszijden van de dubbele voordeur, erkers met grote ramen en het rieten dak van een boerderij, een allegaartje waar je alleen vergunning voor krijgt als je vertrouwd bent met de schoonheidscommissie of als je mensen als DeBoor op pad kunt sturen. Tot haar verbazing stond er geen hek om het huis, geen muur, zelfs geen dichte haag van doornstruiken. De grote voortuin leek door te lopen tot de straat met een paar rijen flagstones als voetpaden. In de tuin was een vrouw een lage struik aan het bijknippen. Dikke vrouw, zag ze, klein en dik en gekleed in een zwarte jurk waaronder, als ze bukte, zwarte kousen zichtbaar waren.

Ze reed door, maakte een rondje en keek uit naar de pick-up. Nergens te zien, ze durfde te wedden dat het was omdat DeBoor niet bij het huis van Vinnie mocht komen. Of wilde komen.

Toen ze voldoende moed had verzameld reed ze naar het landhuis. Ze stopte, haalde een paar keer diep adem, maakte een beweging naar de sporttas, zuchtte, stapte uit. Als ze vandaag Vinnie niet uitlegde dat de peperspray een vergissing was dan zou het er nooit van komen, en ze zou niet weten hoe ze anders van DeBoor af zou raken.

'Dag,' zei ze tegen de dikke vrouw die naast de struik stond, leunend op de steel van een hark.

De vrouw knikte, bekeek haar uitvoerig, liet haar ogen dwalen over het scheve gezicht.

Ze probeerde het te negeren. 'Is dit het huis van meneer Vinnie? Zarel?'

Een nieuw knikje, zwarte ogen die priemden, ze had het gevoel dat ze een laserstraalbehandeling kreeg.

'Spreekt u eh…' Ze maakte een beweging met haar handen. 'Verstaat u me wel?'

'Je kent me niet meer,' zei de vrouw, langzaam, traag alsof ze naar elk woord moest zoeken.

Ze voelde zich warm worden. 'Kennen. Ik? Jou? U?'

De vrouw liet de hark vallen en liep naar haar toe. 'Kijk eens goed. Dertig jaar geleden, meer dan dertig.'

Ze probeerde de onderkinnen weg te denken en vijftig kilo overgewicht, dacht aan wat Doris had gezegd over de dochter van Blatti die met Vinnie was getrouwd. 'School?'

'Jij bent Nillie Pender. Je zat een klas hoger. Kijk eens goed.'

Het kwam, maar het kwam langzaam. 'Ben jij getrouwd met Zarel? Vinnie?'

'Nette,' zei de vrouw. 'Kijk niet zo gek. Nette, zo noemde ik me vroeger. Toinette vond ik gek, Antoinette te lang.' Ze sprak sneller nu, maar nog steeds met de dictie van een vrouw die bang is dat ze een woord slordig zal uitspreken.

'Nette.' Ze herkende de manier van praten, zo spraken mensen die dronken, maar nog niet de hoogte hadden. 'Nette, ja. Maar Nette Blatti?'

De vrouw wees naar het huis. 'Ik dacht wel dat je zou komen. Doreen heeft over je verteld. Gisteren heb ik het grootste deel van de dag de straat in de gaten gehouden. Vanmorgen ook. Ik sta al een paar uur bij de struiken te hannesen. Ik zag je langsrijden, daarnet. Kom, we gaan naar binnen.' Hoe langer ze sprak, hoe vlotter het ging, hoe meer leven er in de ogen kwam. 'Kom nou maar, Vinnie is er niet, maak je geen zorgen.'

Ze liep achter de vrouw aan naar binnen, zag in elke hoek een val, vroeg zich af wat ze moest doen als ze gekidnapt werd, vastgebonden in de kelder gezet, geslagen, en zuchtte van opluchting toen de vrouw een keuken binnenging die even groot was als haar flat, naar een tafel wees waar twaalf stoelen omheen stonden: 'Thee?'

'Ja,' zei ze. 'Graag. Jij. U hoeft…'

'Nette,' zei de vrouw. 'Ik ben dus Nette, eigenlijk Toinette, hou het daar maar op, dat is makkelijker. Jij bent Nillie, toen Doreen je beschreef wist ik meteen wie je was. Ze zei dat je je had ingeschreven als Bender, maar ik zei: "Dat moet Pender zijn."' Ze keek of ze schrok. 'Sorry, Doreen is de secretaresse van Vinnie in het Trade Center. Ze werkte voor pappa. Ik ken haar al van toen ik nog zo was.' Hand ter hoogte van een zitting. 'Suiker?'

'Ja,' zei ze, en 'Nee,' toen Toinette vroeg of ze een scheutje cognac wilde.

'Ik wel,' zei Toinette. 'Als je hier zit, de hele dag… Herken je me nu, of doe je alsof?'

'Natuurlijk herken ik je, maar ik snap het nog steeds niet. Op school zat geen Nette Blatti.'

'Op school zat een Nette Fabianeze. Zo heette mijn moeder, Fabianeze. Fabian, zeiden ze in de klas en dan begonnen ze te zingen, je weet wel, Fabian, die zanger.'

Het ging haar te snel. 'Fabianeze?'

'Hoe zou jij je noemen als je vader Blatti heette? Je weet toch zeker wel wat hij deed en waar hij is overleden? Ik noemde me naar mijn moeder. Alsof dat hielp. Ze wisten allemaal wie mijn vader was.' Snelle blik. 'Jij ook, maar jij werd ook gepest en daarom wilde je wel met me praten. Wat zeiden ze ook weer tegen je?'

Alles wat ze konden bedenken over haar scheve gezicht, ze wist het precies, maar kreeg het haar mond niet uit. 'We zijn toen samen nog een keer…'

'Dat schoolfeest. Jij zonder jongen, ik zonder jongen. Dus samen.' Toinette schonk cognac in het theekopje. 'We bedoelden het goed, maar het was geen…' Ze haalde diep adem. 'De vette en de scheve, weet je nog.'

Ze wist het, kreeg trek in cognac, keek naar de fles.

'Doe maar,' zei Toinette. 'Het komt door het huis, denk ik wel eens. Als je hier zit krijg je dorst.'

Ze dronken, keken elkaar aan, dachten aan vroeger.

Toinette was de eerste. 'Vertel eens?'

Dat deed ze. Over Cris, over Donal, over Doris en de kinderen, over de verhuizing naar de flat, over het huis in het park, over DeBoor.

'En Vinnie?'

Ook over Vinnie, ze zag Toinette opkikkeren.

'Dus zo ging het. Ik wist wel dat hij zat te liegen over zijn rode oogjes.' Toinette schonk cognac in met een beetje thee, begon weer langzamer te praten. 'Dus hij kan het niet hebben dat jij hem… Doreen zei al…'

'Herkende Doreen mij? Ik bedoel: waar kende ze mij van?'

'Weet niet,' zei Toinette. 'Doreen kent iedereen. Ie-der-een. Ze snapte niet dat ze niet meteen wist wie je was. Bender. Ze zocht naar een Bender. Bender Pender. Fabianeze Blatti. Mooi stel wij. De vette en de scheve. Doreen heeft haar gezicht laten doen.' Toinette wees van haar kin naar haar knieën. 'De rest ook. Waarom heb jij… Je gezicht.'

Geen geld, daarom. 'Moet jij zeggen.' Met die onderkinnen, dat dikke lijf, die kleren uit de vorige eeuw. 'Met die kinnen.'

'Altijd alleen,' zei Toinette. 'De he-le dag. Al-tijd. Dochter van Blatti. Niemand hier…' grote zwaai, '…lust me. Mij niet. Vinnie niet. Angie niet. An-gie. An-je-li-ca. Mijn, onze dochter. Je moest eens weten hoe ze wordt gepest. Op school.'

'Net als wij vroeger?'

'Net als wij.'

Stilte, blikken over de tafel, herinneringen.

'Kom. Ik laat je het huis zien.'

Koersvast was Toinette nog steeds, het schommelen kwam door het overgewicht: kamer, nog een kamer, biljartkamer, kinderkamer, studeerkamer, keuken, bijkeuken, schuur, garage. Dat was beneden.

Slaapkamer, badkamer, slaapkamer, badkamer, logeerkamer, toilet, kinderkamer, kledingkamer, poppenkamer. Dat was boven.

In de poppenkamer zei ze: 'Van je dochter?'

'Van mij,' zei Toinette. 'Allemaal gekregen van omes. Iedereen die met opa werkte en met pappa was een oom. Altijd namen ze een pop mee. Meisje – pop, ze wisten niet beter. Eerst de pop en daarna op hun knie.' Verontschuldigende blik. 'Wist ik wie ze waren. Ze zitten nu in een tehuis, allemaal. Een enkele keer ga ik op bezoek. Bij oom Bareriov, of oom Vanbrucke. Dan neem ik sigaren mee. Expres. Omdat ze daar niet mogen roken.' Felle ogen nu. 'Als ik ben geweest zeg ik het tegen Vinnie. Dan wordt hij bang. Ze lopen met zo'n ding, rollator, maar hij is nog steeds bang. Want ik ben hun kleine meid.'

'Vinnie is bang voor jou?'

'Bang voor mijn ooms.'

'Dus als jij Vinnie vraagt of hij tegen DeBoor wil zeggen…'

Ze liepen terug naar de keuken. Toinette zette de fles weg. 'Straks komt Angie uit school. Ze wordt gebracht en gehaald. Niet door mij. Ze wil niet dat ik bij haar school kom. Dan wordt het nog erger, zegt ze. Ze bedoelt: pesten.'

Ze knikte. 'Wilden wij ook niet. Ik niet in elk geval.'

Toinette deed of ze huiverde. 'Nee.'

Stilte. Zuchten.

Opeens: 'Wat zei je nou over DeBoor?'

'Hij volgt me. In een grote auto. Hij heeft twee keer mijn autootje geramd. Toen ik iets tegen hem zei spuugde hij naar me.'

'Wacht,' zei Toinette. Ze schommelde de keuken uit, was enkele minuten later terug. 'Vinnie zegt dat hij DeBoor zal bellen.'

'Dus.'

'Dús. Ik heb hem gezegd dat ik weet hoe het zat met de peperspray.'

'Dat het een vergissing was?'

'Dat jij mijn vriendin was. Bent.'

'Bent?'

'Zoiets begrijpt Vinnie.' De zwarte ogen leken lichter te worden. 'Vind je het erg?'

Ze vond het prima. Als ze geen last meer had van Vinnie was alles goed. 'Nee. Wel leuk. Gek. Na al die jaren.'

'Ja,' zei Toinette. 'Wacht je op Angie?'

Toinette sprayde haar mond toen ze de voordeur hoorde, nam snel een paar slokken water, deed iets aan haar haar, streek over haar wijde jurk. 'Angie.'

Ze zag een jong beeld van haar moeder: klein, te dik, zwart shirt dat spande om de buik, zwarte ogen. 'Dag Anjelica.'

'Dat is Nillie,' zei Toinette snel. 'We zaten samen op school. We gingen wel eens samen ergens naar toe.'

'Waar naartoe?' Zelfde stem als haar moeder, iets lichter, maar even zorgvuldig. Dus dat langzame kwam niet alleen van de drank, dacht Nillie, terwijl ze van dochter naar moeder keek.

'Een feest,' zei Toinette. 'Samen. Het was heel leuk.'

'Zal wel,' zei Angie. Ze liet zich zoenen door haar moeder, keek scheef naar de bezoekster. 'Ze scholden weer.'

'Wie.'

'Allemaal natuurlijk.'

'Net doen of je niets hoort,' zei Toinette.

'Net of u dat kon.'

Toinette keek tevreden na het 'u', wees naar het aanrecht. 'Er is nog thee.'

Angie keek naar de kast waar de cognac stond, stond op het punt iets te zeggen, slikte het weg. 'Ik ga naar boven. Spelen. In mijn eentje.' Bij de deur draaide ze zich om. 'Ze lachten ook weer om mijn kleren.'

'Ik wilde nog een kind,' zei Toinette toen Angie weg was, 'maar Vinnie zei. Vin-nie zei. Laat maar. Ze is alleen. Vind in deze buurt maar eens iemand die met een Blatti wil spelen.'

Of met een Vinnie, ze kon zich voorstellen hoe het ging. 'Ze redt het wel,' zei ze. 'Wij hebben het ook gered. Als je eens de stad in ging om andere kleren voor haar te kopen. Kinderen moeten met de mode meedoen tegenwoordig.'

Machteloze blik van Toinette. 'Ze wil niet met mij. Wat weet jij nou van mode, zegt ze. Acht jaar, het lijkt of ze al pubert.'

'Ze is even oud als de oudste van Doris, mijn zus. Xavier heet-ie, zijn vader kwam onder een trein. Ik weet wat Angie wil.'

'Echt?'

Ze bekeek Toinette. 'Geen zwart in elk geval. Zou jij ook niet moeten dragen. Zwart is zo … zo …'

Toinette knikte. 'Zo maffia, zeg het maar. Alles in die films klopt. Vrouwen thuis, vrouwen dik, vrouwen zwart.' Vinger richting kast. 'Vrouwen aan de drank. Hoe denk je anders dat wij de dagen doorkomen?'

'Morgen?' vroeg ze. 'Jij hebt mij geholpen met…' …Vinnie, wilde ze zeggen, '…met DeBoor. 'Ik help jou met kleren. Kom ik ook nog eens in winkels.'

Toinette keek argwanend. 'Hoezo, ook nog eens in winkels. Jij hebt alle vrijheid. Niemand om je druk over te maken. Geen…' Toinette zei het wel. 'Geen Vinnie.'

'Ook geen geld,' zei ze. 'Volgende week moet ik naar de sociale dienst waar ze vragen of ik wel solliciteer. Bijna zevenenveertig jaar en solliciteren. Dan zeg ik: "Ja, maar ze moeten me niet," en dan zegt zo'n snotneus: "Kom, kom, mevrouwtje, u ziet er jonger uit." Nou, geloof me, als ze mevrouwtje zeggen dan kun je beter naar huis gaan. Als ik ga winkelen dan bedoel ik: kijken naar wat ik niet kan kopen.'

'Ja,' zei Toinette zuchtend, 'zo gaat het nu eenmaal.'

Ze klonk als Doris en daar moest ze aan denken toen ze naar haar flat reed. Geen pick-up te zien, revolver naast haar op de bank, alles was in orde, maar toch tranen in de ooghoeken. Niels moest maar een dagje wachten, ze was niet in de stemming voor een etentje.

10

Leo wist niet wat het was. Geen dipje. Een dipje herkende hij wel, hij had er genoeg gehad in de loop der jaren. Dipjes gingen over, een paar uur in de fotostudio met modellen die hun vak kenden en ze waren voorbij. Dit was erger. Zat dieper. Knaagde binnen in hem, alsof er iets zat dat hem langzaam opvrat, van onderaf, van zijn buik naar boven.

Ongelukkig, dat was het woord dat hem na veel gepieker te binnen schoot. Hij was ongelukkig en het was een onaangename sensatie.

Daar kwamen zijn zenuwen nog eens bij. Cris' gezucht boven, Vinnies gedonderjaag beneden, hij kreeg er de rillingen van. Zo moest het niet blijven, dat was zeker, maar wat kon hij eraan doen. Cris had gedreigd het huis in brand te steken als hij weg moest, Vinnie had uitgelegd dat hij zou blijven komen en dat Cris overbodig was.

Zelfs in zijn doka had hij geen rust meer. Vinnie kwam binnen als hij daar zin in had en Cris bleef om aandacht vragen door met een honkbalknuppel op de vloer te slaan als hij dacht dat hij hulp nodig had.

Van werken kwam niets meer. Hij zat te niksen. Te piekeren. Ongelukkig te zijn. Te wensen dat hij had leren denken, want piekeren, daar kwamen geen ideeën van.

'Ja,' zei hij, na gebonk van Cris. 'Wat is er nou weer.'

'Ik moet een plas.'

Leo keek de kamer rond. 'Waar is eh eh, Rachelle.' Hij had haar gebeld toen hij hulp nodig had en ze was gekomen, samen met haar vriendin. Om Cris te helpen die er zo zielig bij lag, en Leo die zuchtte en wiens ogen veel minder helder stonden dan vorige keer, en om elkaar te helpen omdat ze dat in het grote huis onbekommerd konden doen.

'Vinnie,' zei Cris. 'Zo gauw ze Vinnie zagen waren ze verdwenen, allebei. Ik zei nog dat ik naar de wc moest, maar Vinnie zei: "Niet zeiken, jij," en daar moesten ze allebei erg om lachen. Dat was een halfuur geleden, ik dacht dat je nooit zou komen. Als je me niet overeind helpt dan pis ik in mijn broek.'

'Volgens mij kun je het eh, zelf.'

'Overeind,' zei Cris. 'Als ik rechtop zit dan gaat het wel, overeind komen is het probleem. Het lijkt of mijn ribben eruit vallen. Help nou even.'

Leo stak zijn handen uit en leunde alvast een beetje achterover. 'Waar is Rachelle nu?'

Cris pakte de handen van Leo en trok zich langzaam omhoog, kreunde, werd rood in het gezicht. 'Dank je. Beneden, dat zei ik toch. Achter Vinnie aan.' Hij deed een paar kleine passen, drukte zijn handen tegen zijn ribben, luisterde. 'Hoor maar.'

'Het kan ook te gek worden,' zei de lange vrouw die zich tegenover Leo had opgesteld, wijdbeens, handen in de zij, hoofd naar voren. 'Ik ben best in voor een geintje, maar er zijn grenzen. Moet je horen, lig ik daar, op de grond, op dat koude, gele zeil waar jij het strand van maakt als je fotografeert, met Vinnie boven op me. Gaat een telefoon, zijn telefoon, ik weet niet waar hij dat ding vandaan haalde, want ik had mijn ogen dicht, zo leuk is dat koppie van die man niet als hij bezig is, begint hij een gesprek over een auto met twintig vrouwen erin die ergens naartoe moeten, terwijl hij gewoon doorpompt. Ik zeg: Vinnie, gotver, dat doe je niet bij een dame, legt hij een arm over een van mijn borsten als hij omhoogkomt, moet je kijken, helemaal rood, zijn hele gewicht lag erop, wat denk je dat er gebeurt als het knapt van binnen, dan zit ik vol siliconen, daar heb ik een keer iets over op de tv gezien, siliconen, daar ga je dood aan. Denk je dat ik dood wil omdat Vinnie zaken aan het doen is, terwijl hij met mij op jouw zeil ligt te donderjagen, wat denk je dat ik ben?'

Leo stak een hand op. 'En Rachelle?'

'Die lag in een fauteuil, met haar benen over de leuning omdat Vinnie ook iets te kijken wilde hebben als hij bezig was. Zo zei hij dat en Rachelle vond het best, makkelijk verdiend, zei ze, lekker makkelijk. Moet je die borst zien, helemaal rood.'

Leo keek en knikte. Het was rood. 'Blijf maar hier. Bij eh, bij Cris.'

'Waar is Cris?'

'Plassen,' zei Leo. 'Hij komt zo.'

'Als jij mijn kleren haalt,' zei de vrouw. 'Ik ga niet naar beneden, Vinnie is een beetje gek vandaag, volgens mij. Vorige week vond ik hem wel leuk, grappig, beetje maf met zijn grote mond en zijn geld, maar vandaag, het is dat hij Rachelle een rol in zijn film heeft beloofd anders gingen we weg, meteen.'

Hij voelde het bloed wegtrekken uit zijn hoofd, zocht steun tegen de boekenkast.

'Is er wat, Leo?' vroeg de vrouw. 'Je krijgt toch zeker geen hartaanval of zo, want daar kan ik helemaal niet tegen, dan ben ik zo weg, film of geen film, als je dat maar weet.'

Met een hand tegen zijn borst bleef hij staan tot het waas was weggetrokken. 'Wat voor film?'

'Jullie film, natuurlijk. Hij vroeg mij ook, maar ik zei, mij niet gezien, mijn man zit in het onderwijs, wat denk je dat er gebeurt als iemand me in de bioscoop ziet. Maar Rachelle wilde graag en je weet, Rachelle en ik, samen, nou ja, je snapt het langzamerhand wel en hier in dit huis loopt niemand moeilijk te doen, maar wat denk je dat ik moet zeggen als ik thuiskom en ik heb een platte borst, hoe zou jij dat uitleggen?'

'Onze eh eh, film?'

'Vinnie heeft uitgelegd hoe het verhaal in elkaar zit, nou, verhaal, het is wat je verhaal noemt, maar Rachelle vond het spannend, die is voor alles in, dat weet je, zolang je die geld geeft, en dat doet Vinnie, hij is gek als een fluit, maar met geld doet hij niet moeilijk. Waar ga je naartoe?'

'Dit is niet normaal,' zei Rachelle. Ze stond in de gang met haar armen vol kleren, haar voor de ogen, zwarte en paarse vegen oogschaduw over haar wangen. 'Ik ben heus wel wat gewend. Jij weet dat ik wel wat gewend ben. Maar dit.'

'Wat is er eh, aan de hand,' vroeg Leo.

Rachelle liet de kleren vallen en viste iets kleins uit de stapel. Het bleek een rok te zijn. 'Waar is... waar is ze?'

'Je vriendin?'

'Waar is ze?'

'Bij Cris, hij moest naar de eh eh, wc.'

Rachelle hees zich in de rok, liep naar de trap en floot op haar vingers. 'Kom je.'

'Wat is er aan de hand,' vroeg Leo.

'We gaan weg,' riep Rachelle. 'Opschieten.' Keek naar Leo. 'Dan maar geen film.' Ze bukte zich en vond een topje. 'Niet van mij.' Ondergoed. 'Ook niet.' Een schoen. 'Waar is die andere nou weer.'

Nieuwe blik naar Leo, een venijnige. 'Als het zo moet kun je barsten met je film.'

'Wat is er nu eigenlijk…'

Rachelle keek langs hem heen. 'Hè, hè, het werd tijd. Laat 'm zelf zijn broek maar optrekken. Hier, dat is van jou. We gaan weg.'

'Zeker weten, ik bedoel, ik wil best blijven hoor, zolang ik maar niet meer met die, hij is een beetje gek vandaag, moet je kijken, ik ben nog rood, en ik heb pijn ook.'

'Koud water erover,' zei Rachelle. 'Dat doen we thuis. Schiet nou maar op. Straks komt-ie eraan.'

'Wat is er…'

'Straks Leo,' zei Rachelle. 'Nu niet. Ik geloof dat ik Vinnie een beetje hard heb geduwd of zo. Per ongeluk. Ben je klaar?'

'Een seconde, Chelle, als ik me in de zenuwen gooi dan lukt het niet, dan trek ik alles achterstevoren aan en als ik mijn arm beweeg dan doet het pijn, hij lag er met zijn volle gewicht op te telefoneren over een auto vol vrouwen die ergens naartoe moesten, de grens over of zo; sommige kerels denken gewoon dat je geen gevoel hebt.'

'Er is verdomme helemaal geen film,' riep Leo.

Maar toen was de voordeur al dicht.

'Ik zal je vertellen wat er is,' zei Vinnie. 'Ik zal het je uitleggen. Hou alleen je bek maar even, en als ik je een keer eh hoor zeggen vandaag dan neem ik je mee naar boven en dan donder ik je uit een raam. Dan kun je proberen om te vliegen tot je het zwembad haalt of de vijver. Als je het niet redt dan heb ik een andere fotograaf nodig. Ze gaf me een duw, Rachelle. Die ene griet met die opblaastieten ging ervandoor omdat ik even mijn werk lag te doen. Ik zei nog sorry toen ik de telefoon pakte, maar ik denk niet dat ze dat hoorde. Rachelle lag vlakbij in die stoel, dus ik stak een hand uit. Ik weet niet wat ze dacht, maar ze zei dat ze geen zin had en gaf me een duw. Ik sloeg met mijn kop tegen een stoelpoot. Hier. Bult.' Hij wachtte tot Leo de bult had gezien. 'Weer koppijn. De tweede keer deze week en ik ben al niet op mijn best. Zal ik je ook vertellen hoe dat komt? Door die klotegriet van die vetklep die hierboven ligt te jamme- ren. Weet je wat ze deed? Ze ging naar Toinette, verdomd als het niet waar is. Ze ging naar Toinette en vertelde dat ze haar excuus wilde aan- bieden. Aan mij dus. Niet aan Toinette. Die kende ze van vroeger. Van school. Hoe groot is de kans dat je iemand opzoekt en denkt: verrek, die ken ik van vroeger? Ze waren samen wel eens uit geweest, zei Toinette. Dat weet ze nog precies want vroeger wilde niemand met haar uit. Be- halve dus die griet. Omdat ze een scheve bek heeft en gepest werd. Ze vertelde Toinette van de peperspray en nog een heleboel meer. Dat kreeg ik allemaal te horen toen ik gisteravond moe thuiskwam. Meer dan een uur gezeik aan mijn kop en dat ik van haar vriendin moest afblijven. Vriendin! Omdat ze drie eeuwen geleden bij elkaar op school zaten. Daarom ben ik vandaag pissig en nou heb ik nog een bult ook. Wat zei je nou net?'

'Dat Rachelle geen… rol krijgt in een… film.'

'Dacht je van niet.'

'Er ís… geen film.'

Vinnie wees om zich heen. 'Zoek maar. Het ligt hier ergens. Hoe heet dat, het script. Ergens moet het velletje liggen. Ik kon vannacht niet sla- pen na dat geouwehoer van Toinette en toen heb ik opgeschreven wat ik heb, hoe heet dat, gecomponeerd, zo heb ik het een keer in een tijdschrift zien staan: gecomponeerd met woorden. We beginnen met vier meiden die met elkaar liggen te donderjagen. Meteen vier, niet van dat benauw- de. Als jij geen mooie modellen hebt dan zorg ik voor aanvullend mate- riaal, iets minder van kwaliteit, maar we kunnen ze op de achtergrond houden. Dan komt die kerel binnen, die grote en dan… Wat zit je me verdomme aan te kijken.'

'Er is geen… film… verhaal.'

'O,' zei Vinnie. 'Denk je er zo over. Weet je wat we gaan doen? We gaan je inzichten veranderen. Haal mijn jas op.'

'Ga je... weg?'

'Straks,' zei Vinnie. 'Haal mijn jas.'

'Dit,' zei Vinnie, na een greep in zijn linkerjaszak, 'is een vlindermes. Moet je eens kijken hoe handig ik ermee ben.' Hij bewoog zijn pols en het mes flitste als in een martial-artfilm. 'En dit is een revolver. Tiende verjaardag, staat er op de loop. Dat klopt wel, ik heb 'm al een jaar of tien. Ik dacht vanmorgen: laat ik 'm maar meenemen, het is het soort dag waarop ik 'm nodig heb.' Hij bewoog beurtelings zijn linker- en rechterhand. 'Mes, pistool. Gezien? Het maakt mij niet uit of ik een rond gat in je maak of een langwerpig. Maakt mij niks uit. Maar we gaan wel definitief iets regelen. In je doka.'

'Do... ka.'

'Slik voor je praat, dan gaat het vlotter. Ik loop achter je aan. Als dat vriendje van je roept dan doe je maar of je niks hoort.'

'Is geen... vriendje.'

'Maakt mij niet uit. Als je maar opschiet.'

'Dus hier zit de ontwikkelaar in,' zei Vinnie. 'En hier de fixeer.' Hij klopte op de twee containers, allebei witgrijs, de ene met een O op de zijkant, de andere met een F, in zwart viltstift. 'Ontwikkelaar, fixeer, dat heb ik goed begrepen?'

Leo slikte, zei iets dat 'Ja' zou kunnen zijn.

'Stel dat ik dat spul in een teiltje giet en je vraag om er je kop even in te houden, waar zou jij dan het meest tegenop zien?'

Leo sloeg de handen voor zijn ogen, schudde zijn hoofd, kreunde.

Vinnie trok de handen weg. 'Kies maar uit. Wat doet het meeste pijn?'

Leo liet zijn ogen flitsen. Fixeer, ontwikkelaar, fixeer, ontwikkelaar, voelde het knagen in zijn binnenste, had zin om te huilen, probeerde te denken.

'Fix... eer. Fixeer.'

Vinnie keek naar de kraalogen, naar de lichtjes die even verschenen, had zin om te lachen. Altijd hetzelfde, altijd probeerden ze het. 'Trek eens een laarsje uit. En een sok.'

Leo bewoog zich niet.

'Gewoon uittrekken. Een laarsje, meer niet. Ondertussen pak ik even dat teiltje.'

Zweet op het gezicht van Leo, ogen die dof werden, wegdraaiden tot alleen het wit te zien was.

'Ik zal het zware werk voor je doen,' zei Vinnie. 'Ik schenk het teiltje halfvol ontwikkelaar, kijk maar, halfvol. Is die laars al uit?'

Nekspieren die zo stijf werden dat het pijn deed, kramp in de maag, hij moest naar de wc.

'Leo. Als je niet meewerkt dan zet ik je er met je kont in, je mag kiezen. Ik weet dat je moet piesen, want dat moeten ze allemaal. Geneer je niet. Mij maakt het niet uit en ruiken doe je het niet met die ontwikkelaar in de buurt.'

Bukken, centimeter voor centimeter, verkrampte vingers plukken aan de laars, zin om te huilen, daar kwam de plas.

'Goed zo,' zei Vinnie. 'Soms moeten ze kakken, dat is beroerd. Dat laat ik ze eerst opruimen. Stap er maar in. Voetje in de teil. Waar heb je je boeken?'

'Boe…'

Vinnie deed een koe na. 'Boe. Boehhh. Boeken. Ik wil wat te doen hebben terwijl ik zit te wachten. Je hebt toch boeken over fotografie.'

Leo keek naar een kastje in de hoek, wilde iets zeggen, maar kwam niet verder dan een kreun, keek naar zijn blote voet die boven het teiltje zweefde.

Vinnie trok een stoel bij. 'Ga maar zitten. Als je omlazert ligt de hele kamer straks vol ontwikkelaar. Ik zal het goed met je maken. Ik zoek een boek uit en als ik begin te bladeren laat jij je voet zakken. Net als in dat tv-programma. Als ze bladeren gaat de klok lopen.' Hij floot zacht terwijl hij op zijn hurken voor het kastje ging zitten, deurtje opende, boeken pakte en doorbladerde. 'Foto en Film Encyclopedie,' las hij voor. 'Drie hoofdletters, dat moet goed zijn. Deze neem ik. Ik begin bij het gevaarlijke fixeer. Laat maar zakken die voet.'

Leo bewoog zich niet…

'Zakken die poot, of ik snij 'm af. Mij kan het niet schelen hoe-ie in het teiltje komt.'

…liet zijn voet zakken…

'Als je je bek dichthoudt kan ik me concentreren. Ik zal je voorlezen, dat leidt af.'

…drukte een vuist tegen zijn mond.

'Ik begin dus met fixeer. Let op. Als fixerende stof wordt meestal natriumthiosulfaat gebruikt, dat in het alkalische milieu sneller werkt, maar ook ommania, wat zeg ik nou, wat een kelerewoorden, ook ammonia, thiocyaten,' hij keek op, 'nou volgt er iets tussen haakjes, maar dat sla ik over, gaat het een beetje? …en mercaptanen, zoals thiosalicylzuur, thioureum en monothioglycerol. De in een fixeer behandelde film is in natte toestand vaak nogal gevoelig voor mechanische beschadigingen.' Hij sloeg het boek dicht. 'Klinkt niet erg gevaarlijk, Leo, en dat is dan volgens jou het linke spul. Zei je iets?'

Leo boog zijn hoofd, weigerde te kijken, bewoog zijn vrije been alsof hij het teiltje weg wilde schoppen.

'Volgens jou is ontwikkelaar minder gevaarlijk dan fixeer dus ik zie geen reden voor aanstellerij. Volgens mij voel je niks, je denkt alleen dat je iets voelt. Voor alle zekerheid zal ik voorlezen waarin jij je tenen zit te ontwikkelen. Denk terwijl je luistert aan zoutzuur, want dat gaat volgende keer in de teil als er een volgende keer nodig is. Verrekte zwaar boek overigens, zo leuk is het niet om eruit voor te lezen.' Vinnie bladerde, wees naar het teiltje. 'Is het ontwikkelaar of kleurontwikkelaar, er schijnt verschil te zijn, zie ik hier.'

Gegrom van Leo.

'Wat zei je, Leo. Hoe onduidelijker, hoe langer het duurt, denk je daar even aan?'

'Kleur,' zei Leo. 'Godver, Vinnie… ke… leur.'

'De ontwikkelstof is diethylparafenyleendiamine of dimethyl-p-fenyleendiamine of een daarvan afgeleide verbinding. Nou staat er verdomme weer wat tussen haakjes, ze zijn gek op haakjes en moeilijke woorden. Ik zal een stuk overslaan, dat scheelt tijd. Wat zeg je dan, Leo?'

'Dank,' zei Leo. 'Dank… je.'

'De houdbaarheid van de oplossingen is zeer beperkt. Contact met de huid moet worden vermeden, daar dit ernstige eczemen kan veroorzaken bij daarvoor gevoelige personen.'

Vinnie sloeg het boek dicht. 'Kijk me aan, Leo. Heb ik je dat niet al eens gezegd, dat je me aan moet kijken als ik praat? Ben jij een gevoelig persoon?'

Leo knikte.

'Lieg jij wel eens.'

Knik.

'Dacht ik ook,' zei Vinnie. 'Ontwikkelaar geeft ernstige eczemen. Volgens dit boek is ontwikkelaar gevaarlijker dan fixeer. Jij zei van niet. Dat is dus liegen.'

'Ja,' zei Leo.

'Laatste keer geweest, Leo.' Vinnie stond op en zwaaide met het vlindermes. 'Dat is geen vraag, dat is een mededeling. Laatste keer geweest. Niet meer liegen. Nooit meer.'

'Nee,' zei Leo.

'Goed,' zei Vinnie, 'maar voor alle zekerheid pakken we toch even dat fixeerspul erbij. Volgens mij zit jij je aan te stellen.' Hij bukte zich en stak een vinger in het teiltje. 'Het lijkt verdomme wel zeep. Niks voel je. Als je er eczeem van krijgt dan vast niet vandaag. Til eens op die voet.' Hij bestuurde de tenen. 'Niks te zien. Geen donder. Niet eens rood. Wat is dit voor boek. Leeg, die teil, kom op met je fixeer.'

Voor alle zekerheid hield hij zijn vinger onder de kraan. 'Jij niet, hou je poot maar gewoon omhoog. Teil leeg, fixeer erin, voetje in de teil. Als het te lang duurt gaan we samen naar een winkel, zoutzuur halen.'

Vinnie voelde met een vinger toen de teil halfvol fixeer was. Knikte tevreden. 'Dit prikt tenminste, misschien had je toch wel een beetje gelijk toen je fixeer koos. Als het prikt dan werkt het, zei mijn vader vroeger. Stop 'm er maar in, Leo.'

Tien minuten later vroeg Vinnie: 'Hoe zit het Leo, gaan wij samen films maken?'

Leo keek uit zijn ooghoeken, gromde iets onverstaanbaars, vuist tegen de mond, gezicht strak en bleek.

Vinnie gromde terug, wachtte een kwartier. 'Gaan wij films maken, Leo?'

Leo knikte. Keek nu wel. Haalde zijn vuist weg. 'Ja, Vin... nie.'

'Zoals ik dat wil, Leo.'

'Ja, Vinnie, …ja.'

'Haal die poot maar uit de teil en waggel naar de wc, er is meer aan de hand dan een plasje ruik ik.'

'Ik moet zeggen dat ik me beter voel dan vanmorgen,' zei Vinnie. 'Een beetje koppijn, maar toch: beter. Ontspannener.' Hij gaf Leo een knipoog. 'De lucht tussen ons is ge… eh eh, shit, nou begin ik ook al. Gezuiverd.' Hij zwaaide met een vinger. 'Het zou beroerd zijn als ik hier weer donkere wolken zag. Begrijp je me?'

'Ja,' zei Leo.

Vinnie keek naar Leo's voet die rood was, vlekkerig, maar nog helemaal heel. Hij zette een schoen op Leo's tenen en verplaatste zijn gewicht. 'Niet vanavond naar een dokter gaan, Leo. Doe er maar een verbandje om als het prikt. Denk maar: het had gemakkelijk erger kunnen zijn. Weet je wat er gebeurt als ik morgen kom en hier een donkere wolk zie?'

Leo knikte. 'Ja. Auw. Die schoen… voet… van jou.'

'Nee,' zei Vinnie. 'Dat weet je niet. Als ik morgen kom, of overmorgen of wanneer ik vind dat we moeten gaan filmen dan wil ik actie zien. Heb ik het niet al over actie gehad? Kijk me verdomme aan als ik praat, dat zeg ik niet elke keer.'

Leo keek hem aan, huiverde, voelde zijn buik meer dan zijn voet.

'Actie. Geen politie. Geen dokter. Geen gedonder. Als je liegt nemen we je allebei je voeten en dan gebruiken we dus zoutzuur. Niet ik. We. Ik hou niet van dat ruwe werk, daar vraag ik een specialist voor.' Hij wees naar de vijver. 'Heb je die griet nog gezien, de laatste tijd?'

Leo schudde zijn hoofd, probeerde niet aan zijn voet te denken, wilde kreunen, schreeuwen. 'Vanmorgen. Dacht ik. Weet het niet… niet zeker. Gisteren niet. Eergisteren.' Wat was het eergisteren, hij had geen idee.

'Moeten we iets aan doen, aan die griet,' zei Vinnie. 'Heb ik je al verteld dat het Hank Ditsz was die die vetpens daarboven opdonders heeft gegeven?'

Niets wist hij meer. Wie was Hank. 'Hank?'

'Werkt voor mij, maar liet zich opnaaien door die griet. Ongelooflijk. Moeten we ook iets aan doen.'

Leo kreunde, keek naar Vinnies schoen die heen en weer ging, voelde tranen. Aan wie iets doen. Hank, Nillie. Alles liep door elkaar. 'Hank?'

Vinnie streek hem over het hoofd. 'Die griet,' zei hij. 'Kop op, zie de zonzijde. Met je handen gebeurt niets, dat is een troost. Je handen heb je nodig voor je camera. En je ogen.' Hij zoog op zijn onderlip, keek of hij nadacht. 'Eén oog in elk geval.' Hij trok zijn been op en zag Leo onder-uitzakken.

'In de gang,' zei Leo. 'Je kunt eh eh, verdomme lawaai maken zoveel als je wilt.' Hij schudde zijn hoofd, het wilde nog steeds niet. Pijn, een gevoel alsof hij zweefde. Op de trap had hij twee keer een tree gemist en zijn voet gestoten. Díe voet, natuurlijk. 'Hij ging met zijn poten boven op mijn tenen staan. Uur gelegen. In de gang.'

Cris luisterde. Raar, een leeg huis. Nergens geluiden, niet binnen, niet bij het zwembad. Geen auto die kwam of ging. Het was tegennatuurlijk. 'Wat zei Vinnie nadat hij…' hij wees naar de voet. 'Ik bedoel: hij deed het toch niet zomaar.'

'Filmen,' zei Leo. 'Wij. Samen. Hij wil films en hij heeft een script ge-maakt.' Eén vinger omhoog. 'Eén velletje voor een hele eh eh, film.'

Cris zag het voor zich. Een velletje was genoeg voor een film zoals Vinnie hem wilde. 'Wat zei jij?'

'Ja,' zei Leo. 'Ik zei, godver, ik zei ja.'

Cris bewoog zich langzaam, kreunde, keek naar het wegstervende licht. 'Volgens mij is ze er weer. Kijk maar.'

Leo keek, zag een reflectie van zichzelf. Dacht aan Vinnie, aan Hank Ditsz, aan Nillie, vooral aan zichzelf.

Ongelukkig. Nooit van zijn leven zo ongelukkig geweest.

11

*Droomoor vroeg hoe ze heette en ze zei: 'Nillie, geloof ik.' Waarop Droom-
oor een gezicht trok. 'Waarom haal jij je handen niet uit je zakken, Nillie
geloof ik. In een apenkooi kun je niet slingeren met je handen in je zakken.'
Ze knikte en ze probeerde haar handen te bewegen, tien handen die allemaal met twee vingers in de voering vastzaten, ze kreeg er geen beweging in.
'Pak het touw, Nillie geloof ik,' riep Droomoor. 'Als je niet pakt dan valt
tienhonderdduizenddrie kilometer touw uit de boom.' Ze zei: 'Ja', maar ze
kon haar handen niet bewegen en het touw kwam dichterbij en dichterbij
en zat helemaal vol kinderen met dikke buiken in zwarte jurken die riepen
dat ze naar het schoolfeest moesten en dat ze wel kon grijpen, maar dat ze
toch niet mee mocht.*

Ze bleef onbeweeglijk liggen op de bank, wachtte tot Doris binnen
zou komen en iets zou zeggen als: 'Slaap je nog,' of: 'Wil je melk', verbaasde zich erover dat ze niets hoorde, opende een oog, zag het zwakke
schijnsel van de lamp op de galerij.

Gordijn niet dichtgedaan. Dat was het eerste dat ze dacht. Daarna: als
ik in mijn eigen flat ben waarom ben ik dan nou al wakker. En: waarom
kan ik niet soezen.

Ze deed haar ogen dicht voelde dat haar handen vastzaten aan iets dat
tikte. Probeerde zich om te draaien, haar hoofd in het kussen te drukken
toen het getik luider werd. Werd wakker.

Ze lag op haar buik, handen onder het lichaam, hoofd in de hoek van
de bank, schuin omhoog met haar keel gespannen. Hoorde getik. Bewoog haar hoofd millimeter voor millimeter. Loerde naar het raam. Verwachtte… Van alles, dat verwachtte ze, iemand die de ruit zou inslaan, de
deur zou intrappen, binnen zou komen, haar zou grijpen. Het getik werd
luider, ging over in het geklikklak van hakken, ze zag een kleine man

voor zich, een beetje zoals Leo, maar met een hardere kop, een man op laarsjes met hakken die met ijzer waren beslagen. Een man die stilstond voor haar deur. Haar raam. Ze kneep haar ogen dicht tot ze pijn voelde tot aan haar kruin, deed een oog open, langzaam alsof er lijm aan de wimpers zat, staarde naar de lichte streep licht van de lantaarn. Daar moest-ie staan, in de hoek, waar het donker was. Ze verbeeldde zich dat ze een schaduw zag, kreunde van angst, beet op haar knokkels van boosheid omdat ze bang was, kromp in elkaar toen ze opnieuw getik hoorde, zachter dit keer.

Met ingehouden adem volgde ze het geluid, de korte stilte, de deur die, een verdieping boven haar, piepte, dichtsloeg. Man met laarzen thuisgekomen van nachtdienst in revolutiebouw-flat; als het niet zo treurig was dan had ze erom kunnen lachen.

Ze bleef liggen tot ze er absoluut zeker van was dat er niemand op haar galerij was en schold zich uit. Aanstelster die je bent, daar lig je nou te rillen met je getrainde lijf, met je peperspray, met je hoe heet dat ding, je Anaconda.

Ze sleepte zich naar de keuken, zette koffie, at een boterham en strafte zichzelf met een uur oefeningen: rug, buik, schouders, benen, armen, het hele pakket, afgerond met drie series van tien push-ups, ze zou zichzelf leren.

Na het douchen was ze de oude. Ze dacht in elk geval van wel. Alles was op orde, de dag brak aan, ze had werk te doen. Om te beginnen de vijver, daarna de sportschool waar Niels verwijtend zou kijken, Hank als ze het lef had en hoe zat het ook weer met Toinette, had ze nu een afspraak gemaakt of niet. Toen ze bij de deur stonden was Toinette er weer over begonnen, maar zij had naar de straat staan kijken, naar haar Fiesta en of er een pick-up in de buurt stond. Wat ze zich herinnerde was een halve afspraak, zo een van 'eigenlijk zouden we samen moeten winkelen', 'ja dat lijkt me leuk', 'moeten we niet te lang wachten, morgen?', 'ik weet niet zeker of…', 'hoezo niet zeker, wat hebben wij nou nog voor verplichtingen, niks toch eigenlijk', 'als je het zo bekijkt', 'zo kun je het maar beter bekijken'. Zo'n afspraak. Waarom deed ze dat soort dingen toch. Nu zat ze met de vraag of ze moest bellen, ja of nee.

Bij de vijver was het rustig, vooral in het grote huis. Niemand op het terras, geen mens in het zwembad. Twee verlichte ramen, eventjes een derde, niemand te zien, wat deed ze hier eigenlijk.

Ze keek door de kijker naar de verlichte ramen, naar de lucht die langzaam lichter werd, maar niet helemaal helder zou worden, dat zag ze zo al. Ze keek naar de eenden die in de vijver dreven, naar de ganzen die op de wal waggelden, naar de struiken, keek achter zich, vooral achter zich. Of daar geen auto verscheen, voor alle zekerheid had ze de peperspray naast zich gelegd, de revolver durfde ze nog niet te pakken.

Ze bleef zitten tot ze stijf werd, startte de Fiesta en hoorde de accu reutelen. Terwijl ze opnieuw startte trapte ze ritmisch op het gaspedaal: 'Kom-op-kut-wa-gen-sla-gee-vee-dee- aan.' Toen ze ervan overtuigd was dat de accu het opgaf pakte de motor. Ze hijgde van inspanning terwijl ze luisterde naar het geraas. Ze zou hem leren niet te starten. Eerst die droom, daarna die klootzak die thuiskwam en haar aan het schrikken had gemaakt, net dat huis waarin die vrekkige hufter achter wijven aan zat en nu die kutwagen die het verdomde, het moest gvd niet erger worden.

Ze liet de wielen slippen terwijl ze achteruitreed, beukte tegen de versnelling tot de tandwielen kraakten en trok zo snel op als ze kon. Bij de stoplichten hield ze elke keer haar adem in, bang dat de motor af zou slaan, dat de Fiesta definitief stuk zou gaan, dat ze ook al geen auto meer had. Geen man, geen behoorlijk huis, geen geld en geen auto, allemaal de schuld van hufters die haar lieten barsten. En ook nog iemand achter haar aan. Ze zag geen mens, maar ze voelde het en ze moest nog door blijven rijden ook, want het enige dat hielp tegen een lege accu was kilometers maken, zoveel wist ze wel van auto's.

Ze reed langs het Trade Center, langs het huis waar Hanks zuster woonde, door de buitenwijk met de landhuizen.

Ze reed, luisterde naar de motor waarbij ze schrok van elk onbekend grommetje, loerde om zich heen. Geen pick-up te zien, nergens, misschien had Vinnie toch naar Toinette geluisterd. Maar waarom voelde ze de haren in haar nek?

'Omdat ik een aanstelster ben, en een schijthuis.' Ze zei het eerst hardop, schreeuwde het een keer en legde er een schepje op nadat ze een raampje had opengedraaid. 'Omdat ik een verdomde aanstelster ben.'

'Maar wel een mooie, juffie,' schreeuwde een man terug die achter een boom had gestaan wateren, terwijl zijn hond aan het plasje snuffelde.

Het schreeuwen luchtte haar op, het commentaar van de man deed haar goed. Ze kon kiezen: terug naar de flat, deuren op slot en gordijnen dicht of doorgaan met haar plan of wat daarvan over was. Ergens leefde het plan nog, het had te maken met Cris en ook met Leo, maar het was of het voortdurend veranderde van vorm en van intensiteit, of het contouren had die zonder dat ze er invloed op uitoefende vervaagden of haarscherp werden. Cris in het grote huis, bulkend van het geld en omringd met mooie meiden, zij in de kale flat, rillend als boven haar iemand over de galerij liep. Dat was vandaag haar motivatie. Als ze thuis stond te zweten met halters in haar handen, kijkend naar de kale muren, het afgetrapte meubilair, de gordijnen die met veiligheidsspelden aan de roeden zaten, dan voelde ze de woede van jaren terugkomen, elke keer weer. De woede van toen hij wegging, van toen hij met die del liep, van toen ze hoorde dat het hem goed ging, van alles. Dan zag ze eerst de wanden van haar flat waar nauwelijks een verfje op zat en daarna Cris die alles had wat hij wilde, Donal die in de zon lag in Zuid-Amerika. Aan Donal kon ze niets doen, hij kon de kelere krijgen met die twee rotkinderen van hem die ze had verzorgd terwijl hij plannen maakte voor een leven zonder haar. Maar Cris was er nog. Cris had haar de deur uitgegooid, Leo had haar bij haar kont gepakt, hoe langer ze daaraan dacht, hoe zekerder ze wist dat hij nog had geknepen ook.

Het optreden van Hank bij de Twenty Stones was een beginnetje geweest. Ze had even medelijden gehad, maar dat was voorbij, ze was helemaal terug bij: net goed, lamlul met je dikke buik, ik zal je krijgen, jij en dat kleine geile mannetje dat vrouwen fotografeert die in de kelder van Hank hangen.

Toen ze zover was wist ze weer wat ze bij elkaar had gefantaseerd, dagen geleden al, vlak nadat Cris had geweigerd om haar geld te geven. Ze zou Cris jennen tot hij het op zijn zenuwen kreeg, dat was het minste, tot hij haar kwam smeken of ze alsjeblieft, alsjeblieft geld wilde aannemen, als ze maar ophield. Vanaf het moment dat ze het kleine pistool in haar bezit had, was schieten een optie geworden. Niels had er niet ver naast gezeten toen hij zei dat ze niet te vertrouwen was met een wapen. Cris doodschieten, het pistool bij Leo leggen en zorgen dat die de schuld kreeg. Dat was variant één en ze had ervan genoten. Nog mooier was Cris dood láten schieten en het pistool, revolver was ook goed, bij Leo neer láten leggen waardoor die de schuld kreeg. Ze had aan Niels gedacht als uitvoerder, maar die was te aardig. Later aan Hank, met zijn goud, zijn piercings en zijn hondenogen. Jammer van die ogen, als ze daar te lang naar keek werd hij ook te aardig.

Voor ze in slaap viel gisteren had ze gezien dat Vinnie Cris doodschoot en Leo de schuld gaf, het kwam allemaal bij haar boven terwijl ze rondjes reed, af en toe een mep op het stuur gaf om de auto te straffen en uitkeek naar een pick-up. Vinnie deed het werk voor haar, Leo kreeg de schuld, zij kwam in het grote huis. Hoe dat laatste precies moest wist ze niet meer, maar Toinette had ermee te maken, volgende keer zou ze opschrijven wat ze dacht. Fantaseerde. Droomde. God, wat voelde ze zich opeens lekker, en nou maar hopen dat het nog even duurde voor ze het hoofd zou schudden, ze in het spiegeltje naar haar scheve hoofd zou kijken en ze zou zeggen: 'Jammer dat je een aanstelster bent, en nog een schijterd ook.'

'Die accu is er geweest,' zei de monteur. 'Dat wordt een nieuwe. Ik wil dat ouwe beestje best voor u opladen, maar het wordt kouder en als-ie er nou al mee ophoudt dan komt u er de herfst niet mee door.'

'Zeker weten?'

'Wat is zeker, mevrouwtje. Niks is zeker. Ik weet niks zeker, maar als ik u was.'

Hij was haar niet, dat was het enige positieve van deze ontmoeting. Een blauw oog, korsten op wang en kaak, een ondergebit met gaten, als zij hem was dan zou ze het vertikken om te lachen. 'Wat gaat me dat kosten?'

'Als ik u mats iets minder dan honderd. Betalen zonder rekening, anders kan ik niet matsen. Het is dat het nauwelijks acht uur is en dat de dag net begint, anders zou ik alles volgens het boekje doen. Geef maar honderd, dan krijgt u er vijf terug. En een accu. Ik zet 'm er gratis voor u in.'

Ze had twee biljetten van vijftig bij zich en eentje van tien, al het geld voor de rest van de maand. 'Hebt u geen tweedehands of zo?'

'Moet u daar zijn, mevrouwtje. Bij die man met die grote hond. Die heeft tweedehandsjes. De garantie wordt geregeld door de hond.'

Dus zei ze: 'Goed,' gaf ze haar twee biljetten van vijftig, zei nog 'Dank u' ook voor ze wegreed.

'Accu?' zei de man van het auto-onderdelenpaleis. 'Voor dat dingetje van u? Geef me vijftig en u krijgt er nog twee terug ook. Zet ik 'm er meteen voor u in, helemaal voor nop.'

Hoezo klein pistool, hoezo grote Anaconda, een machinegeweer moest ze hebben. Voor Cris, voor Leo, voor Donal, voor die monteur, en zet de rest van de kerels er maar naast.

'Ik heb op je gewacht,' zei Niels. 'Je had beloofd dat je zou komen.'

Hij keek als een beteuterd kind. Een lichaam als een rots, spieren als kabels, maar het pruilmondje van een kleuter, waarom was ze eigenlijk bij hem langsgegaan? 'Nou niet, Niels. Sorry, ik kan het even niet hebben.'

'Zeg het maar,' zei hij.

'Zeg het maar, wat. Wat moet ik zeggen. Dat ik dat van gisteravond heb vergeten? Sorry, hoor. Maar ik heb het alleen niet vergeten, ik was niet in de stemming. Veel gebeurd, gisteren.'

'Wat je dwarszit,' zei Niels. 'Ik zie het aan je ogen.'

Stampvoeten, daar had ze nou echt zin in. Ook in krabben, had ze maar lange nagels. 'Ik heb vandaag de pest aan kerels, oké. Gewoon, zwaar de pest aan kerels.'

'Alle kerels.'

Verbeten gezicht, ze wist dat haar borst op en neer ging van boosheid. Zwoegende borsten, wat een beeld. 'Hou het daar maar op.' Pruilmondje en nog bijna een trillip ook. 'Het zakt wel, en dan gaan we samen eten. Goed?'

'Goed,' zei Niels. 'Kom je vanmiddag nog op de school? De laatste dagen zie ik je te weinig.' Korte stilte. 'Dáár te weinig, ik heb het over je conditie. Die moet je op peil houden.'

Ze dacht aan Toinette, aan winkelen, aan haar bijna lege portemonnee, misschien waren die drie elementen te combineren en als ze een middag in de stad liep dan was dat ook oefening. 'Misschien kom ik straks, anders morgen. Goed?'

Hij wees om zich heen. 'Altijd plek voor je hier,' zei hij. 'Dat vergeet je toch niet?'

Waar ze ook geen behoefte aan had was een vent die een potje zielig stond te doen. 'Je ziet me wel verschijnen als ik eraantoe ben.' Snelle glimlach. 'Niet boos worden, jij kunt het niet helpen, het zit een beetje tegen vandaag.'

'Kan ik…'

'Nee,' zei ze. 'Dat kun je niet. Maar toch bedankt.'

Hank was niet in de kelder onder de flat. Bij zijn zuster in de doorzonwoning deed niemand open. Ze had willen zeggen dat hij de disco definitief kon vergeten, in zo'n stemming was ze nu eenmaal.

Bij Doris was het rustig. Kinderen naar school, Doris in bed, kon niet anders. Ze wilde aanbellen, Doris een zoen op de wang geven, iets aardigs zeggen, koffie drinken of melk, kletsje maken over mannen. Als Doris in de stemming was konden ze samen met dit onderwerp goed uit de voeten. Wat ze ook wilde was geld lenen, ze moest nodig tanken en wat had ze dan nog over. Een paar munten, genoeg voor een brood en een pakje margarine. Ze stond voor de deur, pakte op de tast de huissleutel die ze had voor noodgevallen, wreef erover met duim en wijsvinger. Zacht naar binnen lopen, paar tientjes lenen, later uitleggen. Het kon, maar je wist nooit hoe Doris zou reageren. 'Gekke zus', dat was een mogelijkheid, maar 'Ben jij nou helemaal belazerd', had ze ook meegemaakt.

Ze bleef een poosje staan aarzelen, liep terug naar de auto en maakte nog maar eens een rondje door de stad. Ze zag niks, maar het gevoel was gebleven. Ergens was iemand die haar in de gaten hield, ze durfde erop te zweren.

Ze tankte voor een tientje, zag geen enkele pick-up, vertelde zichzelf voor de zoveelste keer dat ze zich zat aan te stellen en reed naar huis.

'Ik dacht,' zei Toinette, 'dat we een afspraak hadden. Of toch niet? Winkelen, bedoel ik. Bel je?'

Ze luisterde naar het nummer, spoelde het bandje terug en schreef het nummer op. Beetje dikke stem. Drankstem. Ze zag Toinette zitten aan de veel te grote keukentafel, klein, dik, zwart, somber, cognac naast de koffie. Maar rijk. Armoede maakt een mens praktisch, dat had ze wel geleerd. Wat ze zou doen was terugbellen, Toinette meenemen naar de stad en haar laten betalen voor alles waar ze haar voor kon laten betalen, ze zou vriendelijkheid en glimlachjes niet schuwen. Uiteindelijk was het Vinnie die betaalde, dus mooier kon het bijna niet. Ze liet de band nog een keer lopen, nu tot het einde. Tot en met het 'Kutwijf' van enkele dagen geleden. Ze rilde toen ze de stem hoorde. Het moest Vinnie zijn, absoluut. Hoe meer geld ze Toinette kon laten betalen hoe beter, ze wou dat ze Vinnie in de stad tegenkwam: 'Kijk, kutvent, deze trui heb jij eigenlijk betaald, en wat denk je van deze winterjas?'

Ze pakte de telefoon.

'Dag,' zei ze.

'Dag,' zei Toinette. 'Ik wist niet meer wat we hadden afgesproken.'

'Ik ook niet, gek hè.'

Ze stonden elkaar in de deuropening schaapachtig aan te kijken, glimlachten verlegen, precies te gelijk.

'Gek,' zei ze.

Toinette deed een stap achteruit. 'Ja. Kom je binnen?'

'Is, eh.'

'Is er niet, ik geloof van niet. En wat dan nog. Angie is op school.'

Ze liep achter Toinette aan naar de keuken.

'Kan ik zo mee?'

Ze keek naar de zwarte jurk, de zwarte kousen, de zwarte schoenen, zei: 'Zelf weten.'

'Je vindt eigenlijk van niet.'

Dat was precies wat ze vond. 'Het is zo somber. Je zou meer kleur moeten dragen.' En naar de kapper moeten, stuk eraf, beetje bijkleuren: als je je haar zwart wil hebben, zorg dan dat het overal zwart is. 'Wat denk je van de kapper?'

'Eerst kleren,' zei Toinette. 'Dat ik naar de kapper moet weet ik ook wel. Hij komt aan huis, weet je dat. De kapper bedoel ik. Ze kijken zo naar me als ik naar een salon ga, ik weet niet…' Blik naar de tafel. 'Wil je koffie?'

Ze zag de fles, schudde het hoofd. 'We kunnen in de stad koffie drinken. En een broodje eten, als je trek hebt.'

Toinette keek meer naar de fles dan naar haar. 'Weet je het zeker?'

'Ik heb pas koffie gehad.'

'Dat je met me wilt winkelen, bedoel ik.'

'Ja,' zei ze. 'Jij koopt, ik kijk. Best gezellig.'

Toinette keek haar nu recht aan, voor het eerst. 'Als we samen winkelen dan gaan we samen kopen.'

'Ik heb bijna geen cent meer. Dat heb ik gisteren al verteld.'

'Vinnie wel,' zei Toinette. 'Je moet maar denken: het is Vinnie die betaalt. Als ik iets koop dan doe ik het meestal via een catalogus, maar winkelen is leuker, denk niet dat ik op een paar centen ga kijken.'

Dat was dus geregeld.

'Ik heb het gevoel dat iedereen naar ons kijkt,' zei Toinette.

'Onzin,' zei ze. 'Dat komt omdat je zelf steeds om je heen loert, het lijkt wel of je voor het eerst in de stad bent, of je nooit groepen mensen hebt gezien.'

'Lang geleden,' zei Toinette. 'Wel met Angie, soms. Of met Angie en de oppas. Maar niet met een…' aarzeling, scheve blik, '…een vriendin. Van vroeger.' Nadruk op vroeger.

Ze voelde dat Toinette haar bij een arm wilde grijpen, maar dat ging haar iets te ver. De scheve en de vette, natuurlijk keek iedereen. Ze deed of ze iets op de grond zag en ging een paar centimeter verder van Toinette aflopen. 'Jij kijkt of je bang bent en dat valt op, daarom staren ze. Je zou er vaker uit moeten, het went snel genoeg.'

'Ik denk altijd dat iedereen ziet dat ik van Vinnie ben. Getrouwd ben met. Dat ze dat weten.'

'Wat dan nog?'

'Dat zegt Vinnie ook, maar als ze hem weer eens oppakken dan is meteen de televisie erbij. Soms maken ze opnamen van ons huis, hoe denk je dat ik dat vind. Pappa kwam vroeger nooit op de televisie. Vinnie vindt het nog leuk ook. Stoer. Hij geniet ervan en als ik zeg dat ik er last van heb en Angie ook, dat wij met de nek worden aangekeken dan lacht hij me uit.' Ze deed of ze het koud kreeg. 'De herfst komt eraan, volgens mij gaat het straks regenen. Daar hebben ze winterjassen. Kijken?'

Drie kwartier later had ze een winterjas. Anderhalf uur later twee spijkerbroeken, een shirt en een trui. Aan het einde van de middag twee paar schoenen en een stel sneakers. Allemaal van Vinnie. Toinette had het drie keer gezegd, met grote voldoening. 'Allemaal van Vinnie, Nil.'

Om zes uur gingen ze eten in het restaurant boven het warenhuis vanwaar ze uitzicht hadden over het grote plein in het centrum en toen ze vroeg of Angie niet zat te wachten zei Toinette: 'Ik heb Angies oppas gezegd dat het laat kan worden. Wat we wel moeten doen is wat kleren voor Angie kopen. Jij hebt haar gezien, wat zou haar staan, denk je?'

Helemaal niks tot ze vijftien kilo is afgevallen, maar dat vertelde ze niet. Glimlachen, vriendelijk doen, slijmen, het ging voortreffelijk.

Tot ze uit het raam keek en op het plein een pick-up zag.

'Ik neem nog een sherry,' zei Toinette. 'Niet zo lekker als cognac, maar het moet maar. Jij ook?'

'Ja,' zei ze.

'Echt? Ik dacht… Is er wat?'

Ze wees naar buiten. 'Daar in de hoek, bij dat bouwterrein.'

Toinette moest op haar tenen staan, buik tegen de verwarming, toen ze zich vooroverboog was blauwdooraderd vlees zichtbaar boven de kous waarvan de boord net boven de knie was blijven hangen. Ze had donkerblauwe rokken, donkerrode rokken en een donkerpaarse rok gekocht, maar aantrekken was er nog niet bij. 'Dat doe ik thuis wel, daar kan ik wennen.' Als ze op haar tenen stond schoven haar hielen uit de schoenen, in een kous zat een gat. 'Waar?'

'Rechtsachter,' zei ze, terwijl ze zich dwong niet naar de benen te kijken. 'Naast dat busje met rode letters staat een pick-up.'

'Van DeBoor?'

'Ja. Misschien. Ik weet niet. Zoveel pick-ups zie je hier niet en de kleur klopt.'

'Sherry,' zei Toinette. 'Eerst sherry en dan gaan we kijken.'

Ze geloofde haar oren niet. 'Wij? Kijken? Bij de pick-up?'

'Allicht. Als het de auto van DeBoor is dan heb ik een verrassing voor hem.'

Ze stelde de vraag met haar ogen, kreeg een knipoog terug. 'Eerst sherry. Twee sherry's. Ik moet me moed indrinken, ik ben niet meer zo jong als toen.'

'Kijk maar rustig,' zei Toinette. 'Is-ie het of is-ie het niet?'

Ze wist het niet zeker. Ram klopte. Pick-up klopte. Kleur klopte.

'Nou?'

Het klonk alsof Toinette ernstig teleurgesteld zou zijn als ze 'Nee' zei en daarom zei ze: 'Ja. Dit is 'm.'

'Goed zo,' zei Toinette. 'Hou jij de zakken even vast?' Ze gaf Nillie de zakken met kleding en rommelde in haar tas. 'Ik moet altijd iets bij me hebben om me te verdedigen. Dat zei pappa vroeger en Vinnie zegt het ook. Al zet ik geen stap buiten de deur, dan nog... Nou komt het goed uit. Kijk maar.' Ze liet iets zien dat er in het schemerdonker uitzag als een lange priem. 'IJspriem,' zei Toinette. 'Hartstikke scherpe punt, in mijn tas heb ik er een kurk op. 'Is er iemand die naar ons kijkt?'

Ze tuurde om zich heen. 'Hier is niemand.'

'Daar gaat-ie,' zei Toinette. Ze drukte de punt van de priem in een voorband en luisterde naar het gesis. 'Weet je dat ik dat vroeger ook deed als ik me thuis verveelde? Dan drukte ik een ijspriem in de banden van de auto's van de omes. Dat vonden ze prachtig, echt waar. Vijf jaar was ik de eerste keer, ik geloof dat ik het deed omdat de zoon van een van de omes zei dat ik niet durfde.' Ze keek bijna verlegen. 'Ik was toen niet dik of zo en de jongens waren altijd in mijn buurt, je moest eens weten... Ik heb een jaar gehad waarin ik wel negen priemen kreeg op mijn verjaardag.' Ze liep naar de achterkant. 'En daar gaat nummer twee. Drie priemen waren echt, de andere zes waren van marsepein en van chocola, ik weet het nog precies, het was de enige keer dat ik iets anders kreeg dan poppen. Toen ik wat ouder was mocht het niet meer van pappa. Banden leksteken, bedoel ik. Het hoorde niet, zei hij, maar altijd als de omes op bezoek waren hadden ze het erover en dan bulderden ze van het lachen. Wil jij er ook een?'

'Een band leksteken? Ben je gek. Wat doe je als DeBoor komt?'

'Hem uitlachen,' zei Toinette. 'En zeggen dat hij Vinnie moet bellen. Ik ben hier met jou, denk je dat ik die gek in de buurt wil? Als jij niet wilt dan doe ik het zelf, ik begin er lol in te krijgen.'

'Midden in de stad,' zei ze, 'het is nog maar net avond. We lijken wel gek.'

Ze stonden aan de rand van het plein, twee vrouwen beladen met plastic zakken, rode kleur van opwinding, lacherig als schoolmeiden.

'Dik in de veertig en moet je zien.' Ze wees in de richting van de pick-up. 'Vier lekke banden en niemand die iets zag.'

'Niemand die iets deed,' zei Toinette. Ze wees naar het restaurant waar ze hadden gegeten. 'Vandaar konden ze ons zien. Wat zou jij doen als je twee vrouwen bij een pick-up zag?'

Daar dacht ze over na. 'Niks. Denk ik.'

'Dat zei pappa altijd. Hij zei: "Je kunt veel doen zolang je je er maar niet bij aanstelt."'

'Grappige opvoeding,' zei ze. 'Mijn vader zei: "Waag het niet."'

'Op school begreep ik nooit waarom niemand iets durfde. Ik dacht in het begin dat ze daarom niet met me wilden spelen. Later… Laat maar. Kom, we gaan iets kopen voor Angie. Straks zijn de winkels dicht.'

Terug bij de Fiesta zei Toinette: 'Ik wil je wat vragen.'

Ze legde een voor een de tassen op de achterbank en nam er de tijd voor, deed of ze haar aandacht erbij nodig had. 'Vragen?'

Toinette keek naar de grond. 'Misschien vind je het wel gek.'

Ze wil dat ik blijf logeren. Ze wil naar mijn flat. Ze wil dat ik zeg dat we vriendinnen zijn. Zes, zeven gedachten tegelijk en niet één die ze zonder huiveren aan kon. 'Zeg het nou maar.'

'Wil je me de plek laten zien waar je Vinnie peper in zijn ogen spoot?'

Ze schoot in de lach. Dat pleziertje wilde ze Toinette wel doen. Graag zelfs.

'Dus hier was het,' zei Toinette. 'Precies op deze plaats?'

Ze wees over haar schouder. 'Ik stond hier en hij stond achter me. Ik heb de auto gedraaid tot ik naast hem stond en daarna heb ik met het busje spray net zolang tegen zijn wagen getikt tot hij het raampje liet zakken.'

'En toen gaf je hem de volle laag.' Gespannen stem, bewondering. 'Wat zei je toen je spoot?'

Ze dacht na. 'Zoiets als: "Grote lul, dat is voor jou."'

Toinette herhaalde de woorden, leek ze te proeven. 'Grote lul. Dat was een vergissing van je, dat klopt niet. Heb je hem in dat huis aan de overkant gezien?'

Ze zaten naast elkaar in de Fiesta, bijna tegen elkaar aan, keken door het duister naar het huis waarin maar een paar lichten brandden, dat rust uitstraalde, meer rust dan ooit tevoren.

'Ik heb Vinnie nog nooit gezien. Niet echt. In zijn auto was zijn hoofd een schaduw. Ik heb een keer een foto gezien die van het internet kwam, dat is alles. Ik denk dat hij bij het huis was, maar echt zeker…'

'Wat doe je als je hier staat?'

'Kijken.'

'Alleen kijken.'

'Denken.'

Korte zinnen. Veel pauzes. Ze voelde dat Toinette iets wilde vragen wat ze van belang vond. Dat ze moed verzamelde.

'Denken?'

'Dromen. Soezen. Weet ik hoe je het moet noemen.'

Ineens bewoog Toinette, draaide zich opzij, legde een hand op het stuur, liet hem langs het wiel glijden tot ze contact maakte. 'Doe ik ook, dromen. Ik drink cognac en ik droom, wat denk je dat ik anders moet doen, de hele dag. Poetsen? Daar hebben we iemand voor. De tuin? Dat je me bij een struik zag kwam omdat ik verwachtte dat je langs zou komen. Doreen had gezegd dat zij dacht dat jij… enzovoort. Doreen vergist zich niet vaak. Als zij er niet was. Voor de tuin hebben we ook iemand. En voor de auto's, we hebben er wel drie. Niet dat ik kan rijden, maar auto's zat.'

Veel woorden. Een aanloopje voor iets dat Toinette dwarszat, het was alleen een kwestie van tijd.

'Dan droom ik en dan zie ik Vinnie onder een trein, Vinnie onder een bus, Vinnie onder een viaduct, Vinnie in een afgrond, je moest eens weten hoe opgelucht ik dan ben. Weet je waarom hij met me is getrouwd?'

Stilte.

'Omdat het moest van pappa. Pappa zei: "Als je met Toinette trouwt dan krijg je de leiding." Hij wist al dat hij de gevangenis in zou moeten. Vinnie zei: "Goed, dan doe ik dat wel." Hoor je hoe het klinkt? Dan doe ik dat wel. Angie kwam omdat pappa dat wilde. Dat wist ik later pas. Zo is Vinnie wel, als hij kwaad is dan mag hij graag vertellen hoe dingen zijn gegaan. Pappa zei tegen hem: "Voor ik dood ben wil ik een kleinkind." Ik wed dat Vinnie heeft gedacht: dan doe ik dat wel. Een tijd lang kwam hij elke nacht, toen ik zwanger was bijna nooit, soms, als hij dronken was of zo. We slapen apart, maar dat had je al wel geraden. Ik kreeg dus Angie. Toen ik nog een kind wilde, weet je wat hij zei? Dat hij net zo lief een varken had, of heb ik dat al verteld. Dus droom ik dat hij dood is en dat lucht op. Ik zal hem niet missen. Weet je wat ik doe als Vinnie er niet meer is?'

Stilte.

'Dan ga ik naar zo'n centrum waar ze modderbaden hebben, en kuren. Dan ga ik afvallen. Dan verkoop ik dat pesthuis in die pestbuurt en dan ga ik met Angie de stad uit. Lekker wonen, zonder een man in de buurt. Zoiets als jij.'

'Maar dan met geld.'

'Je moest eens weten hoeveel. Als ik durfde drukte ik hem zelf onder de trein of de bus.'

Als ik durfde schoot ik Cris dood, dacht ze. Of Leo. Of allebei. 'Dat droom jij dus.'

'Ja,' zei Toinette. 'Gek hè. Ik droom hetzelfde als jij.'

Ze vroeg het omdat ze vond dat ze het moest vragen, voor de goede orde, omdat ze een beetje afstand wilde bewaren, het kostte al moeite genoeg om die hand niet van zich af te schudden. 'Hoe kom je daarbij?'

'Omdat het anders volkomen idioot is om hier te staan, daarom.'

Vol in de roos. Ze antwoordde met een zucht.

'Zie je wel,' zei Toinette. 'We willen precies hetzelfde. Ik zou er heel wat voor over hebben als Vinnie, je weet wel… Heel wat.'

Waarom ze bleven wist ze niet. Om zinnen te laten bezinken. Omdat het hier donkerder was dan in de straten. Omdat licht het sfeertje van onverplicht samenzweren zou verbreken.

Ze zaten, ze keken. Zeiden af en toe iets dat niets te maken had met wat ze dachten. 'Wat een rust.' 'Mooi park.' 'Gewoon zitten en een beetje dromen. Dat is leuk.' 'Aan een zwembad heb je niet veel als het najaar is.' 'Moet je die ganzen horen.' 'Volgens mij begint het te regenen.' 'Deze auto is wel klein.'

Ze gaven allebei een gil toen ze de klap hoorden. Toinette vloekte. Zij grabbelde naar haar tas, langs de binnenkant van het portier dat ze niet op slot had gedaan, klemde haar tanden op elkaar toen ze een nagel om voelde buigen. 'Godver.'

Het portier aan de kant van Toinette werd opengerukt. 'Ik sla deze klotewagen in elkaar,' zei een stem. 'He-le-maal-in-el-kaar.' Klappen op het dak, op de motorkap. Stilte. Verbazing. 'Wie ben jij?'

Ze keek langs Toinette naar het kleine gezicht met de kraalogen, naar de honkbalknuppel die Leo voor zijn borst hield, zei: 'Klootzak,' krabbelde opnieuw langs het portier.

'Wie ben jij?' vroeg Leo opnieuw.

Ze voelde de auto bewegen, wist dat Toinette in haar tas rommelde, dacht aan de ijspriem en zei snel: 'Dit is de vrouw van Vinnie, jij stomme lul.'

'O,' zei Leo. 'Sorry. Ik eh, dacht. Anders ben jij altijd eh eh, altijd…'

'Alleen,' zei ze. Ze had zich onder controle, legde even kalmerend een hand op de arm van Toinette, pakte de revolver. 'Alleen, maar niet heus. Ik heb iets bij me, kijk maar.'

Ze hoorde dat Leo lucht naar binnen zoog, zag zijn kleine hoofd bewegen, heen, weer, heen, weer, net of het over zijn schouders rolde. 'Ik dacht. Ik wilde. Jij eh, staat hier maar, elke dag. Ik word er, wij worden er zenuwachtig, stapelgek van. Wat eh eh, wil je nou eigenlijk.'

'Geld,' zei ze. 'Veel geld. In het begin tenminste.' Nu niet meer. Hoe gekker Leo werd hoe beter, hij kon niet gek genoeg worden. Ze keek naar de motorkap. 'Die deuken ga jij betalen, mafkees.'

'Ja,' zei Leo. 'Zenuwen. Cris is ziek en ik eh eh, nou…' Hij wees naar beneden, maar ze zag niks. Toinette had intussen haar ijspriem te pakken en hield die klaar om te steken. 'Donder op,' zei ze.

'Ja,' zei Leo. 'Ja, ja. Ik weet niet waarom eh ik, hier. Vinnie?' Hij tuurde door het donker. 'Echt? Vinnie?'

'Daar kom jij wel achter,' zei Toinette. 'Als ik jou was…'

Hij was al weg. Hobbelend, zagen ze, met iets om een voet dat fladderde.

'Zit hij in het verband?'

'Ik wou dat hier meer licht was.'

'Ik heb hem niet horen komen.'

'Ik schrok me wezenloos. Waar heb jij die revolver vandaan?'

'Uit mijn tas.'

'Tjee,' zei Toinette. 'En ik dacht dat ik een wapen bij me had. Eerst jij met peperspray en nu met een revolver. Tjee.'

'Ja,' zei ze. 'Schrok je? Sorry.'

'Volgende keer moet je schieten.'

'Denk je dat ik dat durf?'

'Ja,' zei Toinette. 'Ik denk dat je durft. Dat je er gek genoeg voor bent, niet boos worden, ik bedoel het goed.' Ze pakte iets uit haar tas. 'Hier heb je een creditcard. Gebruik 'm maar voor je auto. Hij is van Vinnie, maar die weet dat ik hem heb. Doe ermee wat je wilt. Een revolver. Tjee.'

De stilte duurde tot ze bij het huis een schim zagen.

'Daar hobbelt hij. Snap je nou waarom we hem nu wel zien en net niet?'

Ze keken tot ze zeker wisten dat Leo binnen was.

'Het is hier spannender dan ik had verwacht,' zei Toinette, 'maar ik geloof dat ik nu naar huis wil. Een revolver. Voor een dromer ben je goed gewapend. Bel je me morgen?'

'Wil je dat echt?' vroeg ze toen ze vlak bij het landhuis waren.

Toinette knikte. 'Jij wilt het ook. Jij wilt weten wat DeBoor vond van zijn lekke banden. Wat Vinnie vond van dat gedoe van, hoe heet-ie, Leo? Ik wil weten wat jij met de creditcard heb gedaan. Als ik jou was dan gebruikte ik hem goed. Dus je belt?'

'Ja,' zei ze.

'Tuurlijk,' zei Toinette. 'Help je even de tassen op straat te zetten? In huis brengen hoeft niet.' Een zucht. 'Ook daar hebben we iemand voor.'

12

De beste manier om Toinette op gang te krijgen was verbieden. Hij zei: 'Je moet vandaag niet het huis uitgaan', en ze ging, kon niet schelen waar naartoe. Hij zei: 'Je hebt nou wel genoeg kleren', en ze dook meteen in de stapel catalogussen om te bestellen. Hij zei: 'De kamer bevalt me zoals-ie is', en nog dezelfde dag liepen er schilders rond, decorateurs, lui die aan de vloerbedekking sjorden, mannen die planten kwamen brengen, hele palmen had hij naar binnen zien dragen.

Om Toinette in huis te houden zonder Angie zou hij dus moeten zeggen dat dat dikke kleine kreng helemaal niet voor het weekeinde naar Doreen hoefde, dat de oppas voor haar kon zorgen als Toinette zo nodig naar haar nieuwe vriendin wilde, die peppersprayspuiter. DeBoor had haar op zijn eigen manier beschreven: 'Verkeerd aan elkaar geplakt. Scheve bek.' Hij was er nieuwsgierig door geworden. Hij moest haar echt eens een keer op zijn gemak bekijken. Tot dan hield hij het op 'scheve kop'. Als Toinette niet hapte en Angie thuis zou houden moest ze het zelf maar weten, zoveel was hem ook niet aan het mormel gelegen en De-Boor zou het niet kunnen schelen, die voerde een opdracht uit. Kind of volwassene, man of vrouw, voor hem was het allemaal hetzelfde. DeBoor zou de kanarie een poot afrukken als dat in het opdrachtenpakket zat. Bij DeBoor was het meer een kwestie van inperken, van duidelijk zeggen wat hij niet moest doen, want anders nam hij de kanarie er gratis bij, op eigen initiatief.

Het moest wel deze week worden uitgevoerd, het plan dat hij had bedacht. Dit weekeinde. Vandaag. Het kon niet snel genoeg gaan en wanneer kreeg hij een nieuwe kans?

Lijnrecht denken, daar ging het om en hij was de afgelopen nacht behoorlijk lijnrecht bezig geweest.

Het basisplan was eenvoudig. Hank neemt de griet met die scheve kop mee naar een disco, naar een hotel. DeBoor legt vetpens Cris om met een Anaconda, werkje van niks. DeBoor brengt revolver naar Hank die hem verwisselt met de Anaconda in de tas van de griet. Klaar. Vetklep dood, griet met haar klotepeperspray in de bak, hij, Vinnie, aan slag met zijn eerste film, hij kon ernaar uit zien.

Dat was dus het basisplan en hoe hij het ook bekeek, hij kon er geen fout in ontdekken.

Na het telefoontje van DeBoor had hij een variant ontwikkeld. Hij had het van schoonpa Blatti geleerd. 'Hou je aan je plan, altijd,' had Blatti gezegd en gezegd en gezegd, elke keer als hij het over zijn opvolging had. 'Hou je aan je plan, behalve als je een beter plan hebt.'

Dat had hij. Meteen nadat DeBoor had verteld over de lekke banden was het gaan broeien.

'Ze stak de banden lek van de pick-up. Allevier.'
    'Wie?'
    'Jouw vrouw. Die griet was erbij, die scheve.'
    'Toinette?'
    'Met een ijspriem. In het centrum. Allevier. Shit. Wat een gezicht.'
    'En toen?'
    'Niks. Gewoon lek. Ik wist niet wat ik zag.'
    'Ik dacht dat jij die griet onopvallend zou volgen. Ik dacht dat jij dat kon.'
    'Dat was het mooie,' zei DeBoor. 'Was mijn pick-up niet. Leek er alleen op.'
    Bewondering, dat was duidelijk. DeBoor had respect gehad voor de actie van Toinette, maar dat zou hem niet in de weg zitten. Hij had gezien wat DeBoor met zijn eigen broer had gedaan die eerst een transport van zestien vrouwen had verziekt door een douanebeambte in het gezicht te boeren ('Niet eens spugen,' zei DeBoor, 'boeren, recht in zijn smoel. Werd die vent pissig van.') en daarna drie ons coke kwijt te raken, gewoon zoek, geen idee waar het was gebleven. DeBoor had het geregeld en er geen traan om gelaten. Hij was niet naar de begrafenis geweest, bang dat hij in de lach zou schieten, had hij later verteld.

Het was gaan broeien, na het telefoontje.

Ze waren dik met elkaar, Toinette en die griet, hij durfde te wedden dat Toinette het woord vriendin zou gebruiken als hij ernaar vroeg, want zo ging dat bij haar, al duurde het meestal niet lang.

Een week had ze het volgehouden met de huishoudster die, verdomd, de taal goed had gesproken. Tegen alle regels in. Dik, vriendelijk en goedgebekt was ze, precies zoals het niet moest. Drie woorden waren voldoende. 'Ja', 'Nee' en 'Alstublieft'. Vriendelijk mocht, slank was een voorwaarde, hij wilde iets te kijken hebben. Al was een brede kont geen bezwaar. Hield hij wel van, breed achterwerk, zodat hij in gedachten iets vast kon houden. In gedachten, want personeel raakte hij met geen vinger aan.

Met die huishoudster was het dik aan geweest, een hele week lang.

De instraalster had het langer volgehouden. Instraalster. Magische handen, weeë blik. Ze straalde alles in en Toinette waggelde achter haar aan, glunderend. Ze had hem ook in willen stralen, maar hij had naar zijn kruis gewezen. 'Straal dat er maar eens in.' Daar had hij lang om gelachen, om dat woordje 'er'. Straal dat er maar eens in. Hij had het elke keer als hij haar in huis tegenkwam gezegd. Bijna twee weken had het geduurd.

Met die scheve zou het niet anders gaan, dus hij moest opschieten. Als hij ooit van Toinette af wilde dan had hij nu zijn kans. En God wist dat hij van haar af wilde. Al vanaf de dag dat de oude Blatti had gezegd: 'Neem Toinette en je krijgt alles wat ik heb.' Dat waren toen auto's, verzekeringsoplichterijtje, drugs. De vrouwen had hij er later zelf bij gedaan.

Vanaf die dag had hij gedacht: ik moet van haar af zien te komen. Maar op de achtergrond waren eerst Blatti in zijn cel met telefoon, en daarna de ooms, oude heren met een geheugen dat terugkroop naar hun jeugd, maar van wie er een paar nog wisten dat Toinette op hun knie had gezeten. Als ze zouden vermoeden dat hij Toinette iets had aangedaan dan zou hij er drie van het slag DeBoor achter zich aan krijgen, dezelfde dag nog. Shit, hij durfde haar niet eens een klap te geven.

De variant van het basisplan was: scheve wordt gezien met Toinette, scheve brengt tijd door in huis van Toinette, Toinette ligt dood in haar kamer, revolver met vingerafdrukken scheve ligt ernaast, kastje in kamer opengebroken, geld weg. Geloof dat maar eens niet als je rechercheur bent en die scheve geen alibi heeft. Eerst de baas van het huis peper in zijn bek, daarna diens vrouw een kogel. Het ging er niet om wat er met die griet zou gebeuren, het ging erom dat de ooms het zouden geloven. Hij dacht wel dat hij dat voor elkaar kon krijgen. Maar Toinette en Angie, dat was wat veel, de kleine kon beter de deur uit.

Bleef over vetbuik Cris. Daar zou hij iets anders op moeten bedenken, want de filmerij moest doorgaan, hij had zich erop ingesteld en de zaak sleepte al lang genoeg.

De oplossing werd hem aangedragen door Toinette zelf.

'Dus die rooie oogjes van dat peperspul kreeg je in het centrum, in een café waar een gek rondliep.'

'O ja?'

'O ja. Zo vertelde je het. Durfde je niet te zeggen dat het een vrouw was. Vrouw. V.r.o.u.w. Een vrouw die de geweldige Vinnie laat janken. Geweldige Vinnie die bij de vijver naar een auto zat te kijken.'

'O ja?'

'Ze heeft het me allemaal verteld. Van die vrouwen in dat grote huis, van Cris, van jou. Heb je niet genoeg aan je importmeiden, moet je die van die fotograaf er nog bij?'

'O ja?'

'Hij kwam langs, die fotograaf. Met een honkbalknuppel. Hij sloeg op de auto. Ik heb gezegd wie ik was. Nillie heeft gezegd wie ik was. Daar schrok-ie van. En van Nillies revolver, dat ook. Ik heb tegen haar gezegd dat jij de schade aan de auto zou betalen.'

'O ja?'

'En een beetje meer ook, zie maar dat je het van de fotograaf terugkrijgt.'

Dat was precies wat hij van plan was. Als hij het goed speelde kreeg hij Leo zo ver dat het probleem dikbuik werd opgelost. Dapper ventje, Leo. Op pad met een honkbalknuppel, hij had het niet achter hem gezocht.

Op die manier dacht Vinnie en daarom zei hij de volgende ochtend: 'Als Anjelica dit weekeinde eens thuisbleef?'

'Ze gaat naar Doreen.'

Dat was geregeld.

'Ga jij er dan ook maar eens uit.'

Argwanende blik.

'Je hebt toch een vriendin tegenwoordig. Ga winkelen. Ik heb DeBoor gezegd dat hij uit de buurt moet blijven.'

'Poeh.'

Hij kende Toinette goed genoeg om te weten dat het voor elkaar was.

Het was niet dat hij niet kon, het was dat hij geen zin had. Geen zin om uit bed te komen. Geen zin om serieus naar Leo te luisteren die eindeloos door het huis hobbelde, af en toe de deur opende om te luisteren of hij sliep. Dat deed hij niet, hij hield zich stil. Gewoon geen zin om te praten, om te bewegen, zelfs geen zin om over zijn blauwe plekken te strijken, om te voelen of hij ze nog voelde.

Wat hij wel deed was piekeren. Over Leo. Over Vinnie. Over Nillie. Vooral over zichzelf en zijn toekomst. Die lag ergens waar hij met zijn hersens niet kon komen. Zijn toekomst lag niet in dit huis, niet zolang Vinnie bleef binnenlopen. Hij wenste dat hij wist wat hij doen moest. Vertrekken was het beste, maar hij had geen idee waar naartoe en al helemaal niet waar hij het van zou moeten betalen.

Dus lag hij, zuchtte hij en streek hij toch maar over zijn blauwe plekken en over het verband om zijn ribben. Als hij langzaam bewoog voelde hij nauwelijks iets, maar waarom zou hij bewegen?

Om een uur of vier kwam Leo voor de zoveelste keer. Dit keer deed hij de deur zo langzaam open dat de scharnieren piepten, een klaaglijk *iei-eieie*, met een kreuntje tot slot, *kgrr*.

'Slaap je.'

Hij hoorde aan de toon dat er dit keer geen redden aan was. 'Zeg het maar, anders blijf je bezig.'

Leo kwam binnen, ging bij het voeteneind staan. 'Ik deed het voor jou. Eigenlijk.'

Leo was weggeweest, dat wist hij. Leo was teruggekomen. Leo had met deuren gesmeten, gekreund, hard gevloekt, in de keuken iets kapot gegooid. Leo had op hem zitten wachten, klaar om zijn verhaal te vertellen zo gauw hij naar beneden was gestrompeld, maar hij was van zijn werkkamer naar zijn slaapkamer geschuifeld, geen zin in geklaag, hij had genoeg aan zichzelf.

'Jij deed wat.'

Daar kwam het verhaal, bijna zonder haperen, honderd keer gerepeteerd en nu naar buiten als een waterval. Hij, Leo, had Cris willen helpen. Had een einde willen maken aan het gedonder van Nillie, die daar maar stond, aan de andere kant van de vijver. Te niksen, maar natuurlijk ook te denken. Over wat ze zou willen met haar ex en met de kleine fotograaf die geholpen had haar naar buiten te smijten, ze stond daar heus niet voor niks en hij werd er nerveus van. Vinnie die hem in de ontwikkelaar zette en in de fixeer, die dreigde met zoutzuur, die films wilde. En dan ook nog Nillie die ik weet niet wat zat te bedenken. Hij werd er stapelgek van, allemaal. Daarom had hij zijn honkbalknuppel gepakt en was hij naar de andere kant van de vijver gelopen. Gelopen. Met die voet, wist Cris wel wat dat betekende. Pijn deed het, steken tot boven zijn kuiten. Dat had hij ervoor overgehad. Hoe kon hij weten dat de vrouw van Vinnie naast Nillie zat. Dat ze elkaar kenden. Nou, vertel eens, hoe had hij dat kunnen weten? Hij had al een paar meppen op dat oude rotautootje gegeven voor hij erachter kwam. Hij wist van de peperspray, maar dat had hij geriskeerd, hij had tenminste iets gedaan. Voor hemzelf, maar ook voor Cris, iemand moest een keer iets doen. Vertel op: hoe kon hij weten dat, hoe heet ze, Toinette, bevriend was met Nillie, niemand had hem daarover iets verteld.

Zo ongeveer had Leo het gezegd en de achtergrond was duidelijk.

Angst.

'Wat denk je dat eh eh, Vinnie doet als zijn vrouw hem vertelt… Wat denk je. Straks komt hij. Morgen. Over een paar uur. Hij heeft met zoutzuur ge… eh, gedreigd. Zoutzuur.'

Hij deed het in zijn broek, Leo, en dus zei Cris: 'We moeten van Vinnie af.'

Leo had gehapt, meteen. 'Waar denk je dat ik de eh eh, hele nacht aan denk. Over pieker?'

Hank zag eruit of hij informatie had gekregen die hij niet kon verwerken. 'Vanavond.'

'Ja,' zei Vinnie. Rustig aan. Vijf keer zeggen. Niet kwaad worden, schelden vertraagde het proces. 'Je neemt haar mee. Vanavond. Naar de disco, naar een hotel. Wat is er moeilijk aan?'

'Wil niet,' zei Hank.

Beetje kwaad moest kunnen. 'Wil niet. Sinds wanneer heb je godverdegod iets te willen? Je trekt een shirt aan waarvan het bovenste knoopje dicht kan, je poetst je piercings op en je gaat met die griet op stap.'

'Wil niet,' zei Hank. 'Nillie. Wil niet.' Vinger wijzend naar zijn borst. 'Al gevraagd.'

'Dan vraag je het nog maar een keer.' Hij dacht na. Het moest eenvoudiger, als Hank een opdracht kon overzien dan kwam het voor elkaar, al begreep hij niet wat er niet deugde aan de combinatie disco en hotel. Shit, ze had een scheve kop, maar volgens Bello was ze elke dag in de sportschool en wat was er tegen een avond stappen met een strakke griet. 'Als ze niet naar de disco wil ga je maar een hapje eten.'

Hij stak een hand op toen hij zag dat Hank een vinger richting mond bewoog, maar was te laat.

'Eten?'

'Aan tafel, met mes en vork.' Hij dacht na. 'Vergeet dat mes en die vork. Ga naar een Burger King, een Pizza Hut. Kan me niet schelen waar. Loop een eindje rond. Doe aardig. Maar zorg dat je ergens met haar bent op een plaats waar het rustig is. Laten we zeggen, tussen middernacht en een uur of twee.'

Hanks lippen vormden de vraag, twee keer. Tong langs de lippen, nog een keer. 'Waarom?'

'Gaat je geen donder aan. Zorg dat ze op volle sterkte is. Handboeien, peperspray, de hele bliksemseboel. Maak je niet druk om wat er gebeurt. Ga naar huis. Sluit je op in je kelder. Vertel jezelf dat je nergens van weet.'

Te veel zinnen achter elkaar, hij moest hem de tijd geven.

'Twaalf uur.'

'Iets later mag. Ga ervandoor als er…,' vinger die ritmisch mee tikte tegen Hanks borstkas, '…iets gebeurt. Iets onverwachts. Ga naar huis. Jij weet nergens van. Helemaal nergens van. Ja?'

Hij zei het nog een paar keer, net zolang tot de blik van Hank vaster werd. Hij had het begrepen. Nu de afmaker en hij was klaar.

'Als je de zaak verkloot dan gaat je zus er aan. En haar baby. Daarna jij. Dit is…,' nieuwe tikjes, '…se-ri-eus. Ja?'

'Ja,' zei Hank. 'Als ze. Wil.'

'Denkt ze nog steeds dat jij die dikkerd in elkaar hebt geslagen omdat zij dat wilde?'

'Cris.'

'Die. Je hebt nog iets van die griet te goed.'

'Als ze. Wil.'

'Als jij vanavond niet op stap bent met die griet dan ligt om halfelf je zus dood op de vloer met haar baby naast zich. Ik denk dat jij volgt.' Zwaai met de vinger voor het gezicht. 'Ik weet iets beters. Ik denk dat jij de schuld gaat krijgen en dat de politie dat kan bewijzen. Mag je je goud in de gevangenis laten zien, daar zit Munck, en Truly, ken je die nog?'

Hank kende ze.

'Ga maar gauw naar haar toe. Naar die griet. Ze woont vlakbij en ze is thuis. Ik heb haar auto zien staan.' Auto met deuken, dat kleine manne- tje had heel wat kracht in zijn armen, of hij had een grote honkbalknup- pel. 'Je hebt de hele dag de tijd, maar ik zou niet te lang wachten.'

'Nee,' zei Hank die onbeweeglijk stond. 'Goed. Vinnie.'

Hij ging weg, wachtte buiten de flat tot zijn ademhaling op orde was en zocht in zijn zakken naar een mobiel die hij weg kon gooien. Hij luis- terde naar het gerasp van DeBoor, gromde iets, sloeg de telefoon aan gort tegen een afvalcontainer en reed naar een telefooncel.

Lang duurde het gesprek niet. Een goed plan was kort en duidelijk en DeBoor zei zelden veel terug.

'Essentieel is dat je haar heel houdt. Die griet.'

'Essentieel.'

'Van belang. Noodzakelijk. Het kan me geen donder schelen wat je met haar doet, als er maar niets aan haar is te zien. Je neemt haar mee en houdt haar vast tot je mij hebt gesproken. Ik wil weten hoe alles is gegaan voor je haar vrij laat. Snap je waarom?'

'Mmm.'

'Omdat ik niet te vroeg of te laat thuis wil komen. Daarom.'

'En Hank?'

'Niks aan doen, voorlopig. Laat de politie hem maar meenemen als ze op het bureau ideeën krijgen. Wel eens met Hank gepraat?'

DeBoor lachte.

'Precies,' zei Vinnie. 'Ik zou daar best bij willen zijn.'

'Dit is Brandy, Leo,' zei Kelley. 'Se wilde een keer kijken.'

Kijken naar wat. Wat moest hij met drie meiden, modellen, hij begon verdomme al net zo te praten als Vinnie. Waar wás Vinnie. Hij dook op zo gauw er modellen in de studio waren, Vinnie rook ze. Hij was nog niet klaar voor Vinnie, het begon te komen, maar nu nog niet. 'Kijken naar eh, wat?'

Kelley trok aan haar topje, boog zich naar hem toe, was niet krenterig. 'Naar hoe je werkt natuurlijk. Je film.' Ze boog iets verder en deed of ze het nu pas zag. 'Ben je gewond of so.' Ze maakte een beweging. 'Brandy, maak dat verband eens vast, straks valt-ie erover.' Ze zag Leo kijken en bleef gebogen staan. 'Se is verpleegster geweest, Brandy, hartstikke makkelijk. Se wil kijken en als jij wilt dan wil se meedoen. Aan de foto's, bedoel ik, en de film.'

Hij keek naar nummer drie. 'Wie is dat?'

'Blanca natuurlijk, gekkie. Se is vorige keer mee geweest, je weet wel, toen bij dat swembad. Met die dikke, die … Wat heb jij vandaag? We hebben een afspraak, Blanca en ik.' Ze wees naar haar haar. 'We dachten: Leo wil vast ook wel een rooie fotograferen. Ik mooi blond, Blanca zwart en Brandy rood. Hartstikke mooi op film, ja toch.'

Brandy stond aan zijn voet te hannesen en liet zien dat haar broek een maat te ruim was, Kelley stond gebukt en als hij keek dan kon hij haar navel zien, van bovenaf, maar hij verdomde het om te kijken. Niet vandaag. En waarom was iemand die zich Blanca noemt zwart?

'Hebben jullie een eh eh, afspraak?'

'Voor opnames,' zei Kelley meteen. 'Film. Je sou kijken of wij, hoe noem je dat, goed sijn in beeld. Cameradinges, hoe noem jij dat.'

'Geschikt,' zei Leo. 'Zo noem ik dat.'

'We hebben ons erop gekleed,' zei Kelley. 'Jij sei: trek iets makkelijks aan. Moet je kijken.' Met één beweging trok ze het topje uit. Blanca deed hetzelfde. 'So sien se eruit, maar dat wist je allang. Je wilde weten of je camera het ook so siet, soiets.'

Hij keek toch. Van Kelley naar Blanca. Een paar seconden later naar Brandy. Voelde niets. Voor het eerst in zijn leven. Helemaal niets, ruimte over in zijn nauwe spijkerbroek. Nooit eerder zo van slag geweest.

'Ga maar naar Cris,' zei hij. 'Hij is boven. Weet je waar het is?'

Kelley haalde kauwgum uit haar mond, keek er naar, duwde het terug. 'Sal ik dat niet weten. Vorige keer wilde hij aan me sitten. Dat doen we dus niet. Wel kijken, niet aansitten.'

'Hij doet niks. Hij is eh, van de trap gevallen.'

'Boven op jou seker. Hoe sit het met die opnamen?'

'Morgen,' zei Leo. 'Kan niet vandaag. Voel me niet goed.' Hij veegde over zijn voorhoofd en keek naar zijn vochtige hand. Zorgen. Ideeën die hem nog somberder maakten. Bang voor Vinnie, hij wist zeker dat zijn hart het zou begeven als hij met een voet in zoutzuur moest. Nooit van zijn leven, zoutzuur. Maar Vinnie zou komen en als hij dan niet durfde. Hij rilde.

'Siek,' zei Kelley. 'Kom meiden, we gaan naar boven. Niet lang. Alleen kijken. Pas op, met die dikke weet je het nooit.' Ze keek naar Leo. 'Moet het echt?'

'Hij doet de casting,' zei Leo.

'De wat.'

'Hij kijkt of Brandy eh eh, goed is.'

Daar moesten ze alledrie erg om lachen. Hij had iets leuks gezegd, maar hij had geen idee wat.

Hij reed het parkeerterrein van het Trade Center op en geen bewaker die hem tegenhield. Vinnie hoefde geen pasje. Niemand die Vinnie Zarel iets in de weg legde. Vinnie Zarel kreeg knikjes en als het moest een buiging toe.

Hij kikkerde altijd op als hij het parkeerterrein opreed. Zonder te remmen. Links langs de vluchtheuvel, het maakte niet uit. Hoe somber hij ook was, en niet dat hij vandaag somber was, integendeel, maar soms, op dagen waarop het tegenzat: even naar het Trade Center en hij wist dat hij de wind er nog onder had.

Hij was te vroeg voor Doreen en daarom bleef hij rustig in zijn auto zitten. Ruime auto, zijn BMW, lekker warm, muziek erbij, altijd beter dan die strakke kop van Doreen die zou zeggen dat hij weer te vroeg was, dat ze de gegevens nog niet binnen had. Van de oude Gabby over de auto's, van Wolfe over de verzekeringen, van Lamas over de drugs, van Fryd over de vrouwen. Ze zou zeggen dat hij moest wachten en dan met opzet de zaak vertragen. Langzaam aan doen, veel zuchten en naar hem kijken of hij niet goed bij zijn hoofd was. Zo gauw de laatste oom was overleden zou hij DeBoor bij Doreen langs sturen en hij zou opdracht geven eerst alle nieuwe onderdelen te verwijderen. Hij was benieuwd wat er dan over was. Veel kon het niet zijn.

Hij zat, wachtte, keek naar de zaterdagdrukte. Mensen met tassen die uit het centrum kwamen en over de parkeerplaats naar hun buitenwijk liepen, goedgeklede mannen die nog werk te doen hadden en op een holletje het Trade Center binnenliepen, leveranciers die het restaurant en de vier bars bevoorraadden.

Tussen de leveranciers zag hij Allan. Groot, kaal, geen millimeter haast. Het was de tweede keer dat hij op een zaterdag Bello het Trade Center uit zag komen, Bello, de man die Doreen van vroeger kende; drie keer raden waar hij was geweest.

Hij belde DeBoor, gromde, reed naar een telefooncel, wachtte tot er twintig minuten om waren.

'Klein dingetje vergeten. Als je de revolver van die griet pakt, wees dan voorzichtig, misschien zit er nog een vingerafdruk van Allan op.'

'Bello?'

'Je weet maar nooit, misschien is hij onhandig geweest. Alleen afvegen wat je zelf hebt aangeraakt.'

'Yo.'

Hij legde op, bedacht dat hij de tweede gsm van die dag moest vernielen en nam zich voor nieuwe te bestellen. Daarna ging hij terug naar het Trade Center. Links van de vluchtheuvel, voor een auto langs waarvan de bestuurder een gebaar wilde maken, zijn vuist wegtrok, flauw glimlachte. Precies zoals het hoorde.

Hij reed tot vlak voor de entree en liet de BMW staan. Op slot zetten was niet nodig. Twee bewakers zouden zorgen dat er geen vlekje opkwam.

Hij knikte de twee mannen toe, liep kwiek naar de lift en zuchtte pas toen de deuren openschoven. Praten met Doreen was altijd corvee, maar hij moest erdoorheen en hij moest aardig zijn. Hij had één keer meegemaakt dat ze papieren op de grond had gegooid, dat ze had gezegd dat hij kon doodvallen, dat ze weg was gerend zonder iets af te sluiten. Die dag had ze voor het eerst een afspraak met Toinette gebroken en had ze Angie niet opgehaald. Dat moest niet nog een keer gebeuren. Niet vandaag.

'We sijn het sat,' zei Kelley. 'We hebben gedaan wat we konden, maar we sijn het sat. Hij heeft Brandy gesien.' Drie lachjes tegelijk. 'Noem het maar sien. Sien met sijn handen. So sijn we dus niet. Met hem hebben we het wel gehad. We willen dat je filmt.'

Ze stonden voor hem, Kelley in het midden, klaar voor alles waar hij opdracht toe zou geven, maar hij verdomde het. Vandaag niet. Hij had twee uur naar de overkant van de vijver staan kijken, en naar de oprit, het pad naar de deur. Hij had alle ideetjes, plannetjes en plannen eindeloos doorgenomen en hij had zijn beslissing genomen. Als het moest dan moest hct, maar zonder modellen.

Hij wees naar de deur. 'Morgen.'

Kelley probeerde het nog een keer. 'Hè, Leo, toe nou. We sijn hier nou toch. Seg maar wat je wilt, we hebben er heus wel sin in.'

'Nee,' zei hij. 'Weg. Moe. Pijn.'

Toen het getik van de hakken was weggestorven ging hij naar Cris. 'Lol gehad?'

'Lekkere lol. Kijken, niet aankomen, so sijn we niet. Die ene kende ik.'

'Je kende er twee.'

'Is het echt? Waar komen ze vandaan?'

'Iemand die Fryd heet.'

'Een nieuwe?'

'Volgens mij werkt hij voor eh eh, Vinnie.' Als hij de naam uitsprak werd de druk op zijn borst groter.

'Ze zijn anders dan je zou verwachten. Of Fryd heeft niet goed begrepen wat Vinnie wil.'

'Hoe voel je je?'

'Als ik rustig lig … Vertel maar liever hoe het met jou is.'

'Kloten, dat eh, is het.'

'Bang voor Vinnie.'

'Wat dacht jij dan. Ik dacht…'

Cris zuchtte. 'Het werd tijd. Je loopt jezelf al uren op te vreten, ik heb je nog nooit zo gezien. Als je zo doorgaat dan ontploft er iets. In je hoofd of zo. Dan ben je er geweest. Wat dacht je.'

Dat Vinnie dood moet. Dat we iets moeten bedenken waardoor Nillie de schuld krijgt en als dat niet lukt waardoor jij de schuld krijgt. Zolang Vinnie maar verdwijnt, met zijn films, zijn meiden, zijn zoutzuur. 'Ik wil mijn rust terug. Ik wil foto's maken en geen eh, meiden om me heen. Ik wil modellen. Echte. Net als vroeger.'

'Volgens Vinnie kan dat als je mij het huis uitdondert. Zo zei hij het.'

'Zonder Vinnie.'

'Je hebt iets bedacht.'

'Ja,' zei hij. 'Iets. Help jij me als het eh eh, als het nodig is?'

'Met wat, Leo?'

'Iets,' zei hij. Hij wist het wel, ongeveer, maar hij durfde het niet onder woorden te brengen. En als Vinnie lang op zich liet wachten zou hij het lef niet meer hebben. Als er iemand in de buurt was ook niet, daarom had hij naar de andere kant van de vijver staan staren. Met Nillie in de buurt die een verrekijker had, zou hij het er niet op wagen. Met meiden in de studio ook niet. Samen met Cris was het beste, maar Cris zou een smoes bedenken. 'Als je meekomt naar beneden dan eh, leg ik uit wat ik heb bedacht.'

'Ik blijf liever nog even liggen. Die rooie legde een hand op mijn borst, enne …'

Zie je wel.

'Waar is-ie?' vroeg Vinnie.

'Wie,' vroeg Cris.

'Die eh eh, hakkelaar, wie anders. Waar is-ie.'

'Geen idee. Beneden denk ik. Buiten. Hij wilde weg op zijn motor.'

'Meiden halen?'

'Er zijn drie modellen geweest, maar ze zijn weggegaan.'

'Waarom?'

'Hoe moet ik dat weten. Modellen zijn Leo's afdeling. Ga maar vragen.'

'Dat ga ik zeker,' zei Vinnie. 'Dat ga ik verdomme heel zeker. Ik heb er een stel besteld voor vanmiddag.' Blik op zijn Rolex. 'Voor vanavond. Ik had zaken te doen, maar ik wist één ding zeker: de meiden zitten klaar. En Leo ook. Met zijn camera. Ik heb dat gisteren uitvoerig uitgelegd. Hoe is het met je ribben?'

'Goed,' zei Cris.

'Goed genoeg om op te lazeren?'

'Slecht,' zei Cris.

'Volgende keer is er niemand in de buurt om je te helpen. Die verdomde griet met haar kuren. Ik zal je wat vertellen. Als dat gedonder zo blijft hier, dan gaan er dingen gebeuren.' Hij hield zijn hoofd scheef. 'Vraag nou maar: welke dingen.'

'Nee,' zei Cris.

'Kleine dingen,' zei Vinnie. 'Ik heb gedoe thuis omdat dat kleine opdondertje met zijn kraalogen op een auto sloeg waar mijn vrouw in zat. Ik zal daar geen punt van maken, maar als zij maatregelen eist dan komen die er, begrijp je wat ik bedoel?'

'Ja.'

'Ja, Vinnie, moet je zeggen. Net als vroeger. Ja, meester. Ja, pa. Maar het is "nee", ik zie het aan die kop van je. Maatregelen. Strafje hier, strafje daar. Het moet afgelopen zijn. Als ik hier ben dan wil ik actie zien, hoe vaak moet ik dat nog zeggen. Dan wil ik een camera horen… wat doet een camera… snorren? Dan wil ik 'm horen snorren. Dan staat Leo erachter en als jij er dan nog bent dan is het om iets nuttigs te doen. Een lamp verzetten of zo. Of een microfoon ophouden. In films zie je altijd microfoons zweven dus er zal wel iemand zijn die daarvoor zorgt. Dat is iets voor jou. Hier liggen kreunen brengt geen brood op de plank. Waar zei je dat Leo was?'

'Beneden, in de studio,' zei Cris. 'Dat denk ik. Of in de schuur… Vinnie.'

'Zo komen we ergens,' zei Vinnie. 'Uit bed jij. Aankleden en naar de telefoon. Het kan me niet verdommen hoe je het klaarspeelt, maar over een uur is er actie.'

Hij hoorde Vinnie komen. Hij wilde alles nog een keer snel overdenken, maar zijn hoofd was leeg. Geen enkele gedachte. Niets van: doorzetten. Niets van: ophouden. Gewoon helemaal niks.

Hij stond achter de deur met de schop in zijn handen, als hij steunde voelde hij de steel meetrillen. Hij had de schop geruild voor de zwaarste sleutel die hij had, de sleutel voor de honkbalknuppel, de knuppel voor een plank met spijkers, de plank voor een bandenlichter, de lichter voor een stuk steen. Nu was hij terug bij de schop. Als het niet kon met de zijkant van het blad dan kon het nergens mee.

Hij had Vinnie horen komen en naar binnen horen lopen. In gedachten kon hij hem volgen. Gang, keuken, studio, terug naar de keuken, trap op, doka, de werkkamer van Cris, zijn slaapkamer, de slaapkamer van Cris. Hij volgde Vinnie en zag de duisternis vallen. Dat was een tref. Net licht genoeg om iets te zien, voldoende donker om niet meteen gezien te worden. Zou Vinnie het horen als hij zijn voeten bewoog? Dat was een gedachte, blijkbaar was zijn hoofd niet helemaal een vergiet waar de ideeën doorvielen. Hij schuifelde met zijn goede voet en schrok. Alsof de donder toesloeg. Zou Vinnie de schuur in lopen? Hij had achterin het kleine lampje aan moeten doen. Waarom dacht hij altijd te laat … Daar is-ie.

Het was helemaal niet moeilijk.

Vinnie riep: 'Leo', liep een paar meter de schuur in en bleef staan.

Hij sloeg, raakte het achterhoofd en zag Vinnie voorover vallen, rechtstandig. Niet in elkaar zakken of zo, niet draaien, gewoon vallen: recht vooruit. Voor alle zekerheid sloeg hij nog een keer. Het klonk alsof er vaten van een wagen vielen, dus het moest hard zijn. Hij had met de zijkant willen slaan, het hoofd willen kloven, maar dat kon niet zoveel geluid maken. Hij moest de schop een kwartslag hebben gedraaid, maar wat dan nog. Dood was dood.

Voetje voor voetje schuifelde hij naar Vinnie toe. Toen hij zich bukte dacht hij dat hij zijn spieren hoorde kraken. Drie keer liet hij zijn hand vlak boven het lichaam hangen. Het was of hij moest hyperventileren en voor alle zekerheid ademde hij in de palm van een hand, tien keer, twintig keer. Waar was Cris, iemand kon hem toch wel een handje helpen.

Hij hijgde toen hij Vinnie omrolde, schrok van de open ogen, vroeg zich af hoe hij wist dat ze open waren, zoveel licht was er niet.

Moest overgeven toen hij Vinnie adem hoorde halen.

Niets ging er ooit goed. Hij kon niet eens iemand doodslaan.

Toen hij was uitgespuugd ging hij op zijn knieën zitten huilen.

13

Ze moest naar het huisje, naar de kinderen, maar ze kon bijna geen voet verzetten, het hele strand lag vol mensen die alleen oog hadden voor elkaar en het leek wel of haar voeten in het zand werden gezogen, voor ze een stap kon zetten moest ze eerst met beide handen het been omhoogtrekken. Het huis was natuurlijk leeg, dat had ze kunnen verwachten, had ze maar op moeten schieten en waarom zaten haar voeten nu vast in het snoer, overal zag ze draden, als ze een teen bewoog dan kronkelde er een draad omheen die de dikte en de ribbels had van een stofzuigerslang.

Ze vocht zich omhoog. Niet bang, kwaad. Zo was er geen lol aan dat gedroom. Gisteren zaten haar vingers vast in haar zakken, vandaag kon ze geen stap verzetten, wat was dat voor flauwekul. Ze wilde gewoon wakker worden en dan soezen en vriendelijk dromen over wezens die niet bestonden. Als het zo doorging kon ze beter een paar borrels nemen voor ze ging slapen.

Cognac. Ze dacht ineens aan Toinette. Had ze nou veel gedronken of viel het mee? Ze ging op de rand van de bank zitten, wreef over haar ogen. Als ze het niet meer wist dan was het vast meer geweest dan goed voor haar was. Ze had melk moeten drinken voor ze ging liggen.

Van melk kwam opstaan, van opstaan koffie, van koffie brood eten, van brood eten toch een glaasje melk, van kijken in de koelkast dat ze naar de supermarkt moest. Met de creditcard van Vinnie. Neem het er-van, had Toinette gezegd. Nou, reken maar.

Bij de kassa hield ze haar hart vast. 'Voor elkaar,' zei de caissière. 'Tot de volgende keer.'

'En of,' zei ze.

Een kar vol boodschappen, meer dan ze in maanden in huis had gehad, met dank aan Vinnie. En aan Toinette. Vanmiddag zou ze bellen. Toinette had gelijk gehad, ze wilde graag weten hoe DeBoor had gereageerd op de lekke banden, en wat Vinnie had gezegd over de manier waarop ze Leo hadden afgepoeierd.

Toen de bel ging schrok ze. Nooit had iemand gebeld sinds ze hier woonde, geen kennis in elk geval. De conciërge twee keer, maar dat was omdat ze hem had laten komen, en een keer een meteropnemer. Doris had een sleutel net zoals zij een sleutel van Doris' huis had en wie zou er verder moeten komen? Niels, dacht ze, en daarna: Vinnie, je zult zien dat hij eindelijk verhaal komt halen voor het pepergas.

Ze liep op haar tenen naar de deur en loerde van een afstand door het matglas. Te groot voor Vinnie, dat zag ze zo. Ze ging op haar knieën zitten en peuterde aan de klep van de brievenbus, schoot bijna in de lach, een gulp, dat had ze kunnen verwachten. Naast de gulp een hand met gouden ringen. Hank. Kon bijna niet anders. Ze liet de klep zacht zakken en bleef onbeweeglijk zitten. Wat deed Hank hier. Opdracht van Vinnie?

De radiator. Ze had tegen zijn zus gezegd dat er iets was met haar radiator. Maar ze had Hank toch uitgelegd dat het een smoes was? Of had hij dat verkeerd begrepen?

Ze smoorde een gilletje toen de bel opnieuw ging, lang, hard als je er vlak onder zat. Kon hij kwaad, Hank? Ze schudde haar hoofd. Als ze al bang was voor Hank dan kon ze beter definitief thuisblijven.

Ze ging staan, streek langs haar haar, trok haar trui recht en deed de deur open, zo rustig als ze kon, geen spoor van verbazing. 'Hank?'

'Vanavond,' zei Hank. 'Disco.'

Ze bekeek zijn piercings, zag dat zijn halsketting verborgen was achter een shirt dat tot boven toe was dichtgeknoopt, dat zijn hondenogen bijna smekend stonden, dat hij keek als een schooljongen die met samengeknepen billen staat te hopen.

Hij is verliefd, dacht ze. Verdomd, hij is verliefd en als hij het niet is dan doet hij alsof.

Ze deed de deur verder open. 'Kom eerst maar eens binnen.'

'Ja,' zei Hank. Geen blik op de radiator, geen enkele opmerking over haar kale gang, de wanden van de kamer die nodig behangen moesten worden, het gebrek aan meubilair. 'Vanavond.'

'Ga nou eerst maar eens zitten. Koffie?'

Hij knikte en ze liep naar de keuken. Waarom vroeg ze dat ook. Koffie. Een domme reflex, als er een gast komt dan zeg je: Koffie? Hij was helemaal geen gast. Hij was iemand die voor Vinnie werkte, daar moest ze aan blijven denken.

Ze liep naar binnen en zag zijn blik. Hij was ook een man die kon kijken alsof het zijn laatste dag op aarde was, ze kon beter doen of ze zijn ogen niet zag, anders… Ze ging voor het raam staan, half van Hank afgewend, deed of ze belangstelling had voor wat buiten gebeurde, of ze wachtte tot het water kookte. Ze negeerde de geluiden achter haar. Wat Hank deed kon ze niet zien, maar het klonk of hij aanloopjes nam voor een zin die in zijn keel stierf.

'Zeg het maar,' zei ze, toen ze koffie had neergezet.

'Vanavond. Uitgaan, samen. Disco.' Hij maakte een gebaar of hij iets wilde wegwuiven. 'Geen hotel. Hoeft niet. Ik bedoel.'

Ze vatte het voor zichzelf samen. Hank wilde uit, het liefst naar een disco en een hotel, net als vorige week, maar als ze bezwaren had kon het hotel vervallen. Hij was verliefd, hij was stapelgek geworden, hij was gestuurd door Vinnie. Praten met Hank was je eigen multiple choice maken.

Ze zei wat ze dacht en Hank reageerde toen ze aan Vinnie toe was.

'Vinnie… vindt het goed. Wij. Vanavond.'

Het was een multiple choice met drie vragen en drie goede antwoorden. Hij was verliefd, hij was getikt en hij had misschien geen opdracht, maar wel de zegen van Vinnie.

'Waarom?' vroeg ze. 'Ik bedoel: waarom zeg je dat van Vinnie. Denk je dat ik met je meega omdat Vinnie dat goed vindt?'

Het duurde even, maar toen was ze erachter. Hank had Vinnie gevraagd of hij uit mocht met iemand die peperspray in de ogen van de baas had gespoten en Vinnie had gezegd dat hij daar geen punt van zou maken. Voor alle zekerheid vroeg ze: 'Dus als we uitgaan dan krijg ik Vinnie niet achter me aan?'

Hank keek geschrokken en schudde zijn hoofd.

'En als ik nou zeg dat we volgende week misschien, ik zeg misschien, best een keer…' Ze hield op, als ze doorging zou het hoofd zich scheiden van de romp, een rondje door de kamer maken en god weet waar te pletter slaan.

'Vanavond.' Ogen zachter dan ooit, smekend. 'Voor Cris.'

Ze wist dat het een keer zou komen, maar ze had het willen rekken, flink lang. 'We gaan heus wel uit, waarom heb je zo'n haast?'

'Hapje eten. Gewoon. Dansen. Niks geen. ' Blik van haar kruis naar haar tas en terug. 'Niks geen. Gewoon.'

Misschien had ze gezegd dat ze er niet over piekerde, maar ze bezweek toen hij 'Gezellig' zei.

Gezellig. Uit de mond van iemand als Hank. Ze wou dat ze het op band had staan, ze had er dagen van kunnen genieten. Gezellig. Waarom niet. Hij was alleen (nam ze aan), zij was alleen (wist ze zeker). Wat was er tegen een hapje eten op zaterdagavond en eventueel een uurtje disco?

'Hoe laat?'

Opluchting bij Hank, een zucht, glimlach, nog even en ze kreeg het gevoel dat ze de meest begerenswaardige vrouw van de stad was.

'Zeg maar.'

'Niet te vroeg,' zei ze. 'Ik bel nog. Wat is je nummer?'

Meteen weer die blik. Angst dat ze het zou laten afweten. 'Echt?'

'Echt. Ik moet nog dingen doen vandaag.' Naar een garage, kleren kopen, ze had die creditcard niet voor niets. 'Ik heb afspraken. Ik had niet verwacht dat je zou komen. Misschien wordt het ietsje later, vanavond, maar ik bel in elk geval.'

'Echt?'

Dat moest hij niet nog een keer zeggen, zo onder de indruk was ze ook weer niet van hem. 'Drink je koffie nou maar op. Afspraak is afspraak en ik heb nog veel te doen.'

Toen hij weg was wist ze niet of ze lachen moest of rillen. Maar het was wel het eerste echte afspraakje in maanden en als ze de piercings wegdacht zag hij er helemaal zo gek niet uit.

'Vandaag nog?' zei de man van de garage. 'Mevrouwtje, het is zaterdag, als u hem laat staan dan bent u maandag als eerste aan de beurt.'

Het was de man die haar te veel had laten betalen voor de accu, zij herkende hem, hij herkende haar. Aan haar gezicht natuurlijk, ze zag dat

hij de helften met elkaar bleef vergelijken, zich verbaasde over de wenkbrauwen, zich afvroeg hoeveel hij aan haar kon verdienen.

'Het gaat natuurlijk een paar centen kosten. Die deuken krijgen we er
wel uit, maar hij moet gespoten worden. Helemaal, als u hem goed wil
hebben. Als je van zo'n oud beestje een deel opnieuw spuit dan krijg je
kleurverschil en dat willen we niet, haha.'

Het kon haar niet schelen, al had de Fiesta zes kleuren. Al had-ie
drieëndertig deuken. Maar Leo had een koplamp geraakt en daar zat ze
mee.

'Kunt u de koplamp niet even…'

'Mevrouwtje, waar haal ik de mensen vandaan. Ik ben in mijn eentje
vandaag. Voor de schade en voor de kopers. Als ik aan u begin…'

Ze pakte de creditcard. 'Wat kost een vervangende wagen?'

Hij keek naar een auto die minstens vijf jaar ouder was dan haar Fiesta. 'Voor tweehonderd borg kunt u die meenemen.'

'Mijn eigen auto is toch borg?'

'Mevrouwtje, uw auto is nog geen honderd waard. Honderd voor de
aardigheid, eigenlijk zou u bij moeten betalen voor het naar de sloop
brengen.'

'Dat heb ik u niet horen zeggen toen u me die accu verkocht. Dat de
hele auto evenveel waard was als de accu waarmee u me zogenaamd
matste, maar die daarginds de helft kost.'

De man kneep zijn ogen samen, zag geen gevaar. 'Dan had u de accu
beter daarginds kunnen kopen, mevrouwtje.'

Op weg naar de garage had ze zich afgevraagd of ze het zou durven,
maar nu ze de samengeknepen ogen zag, de trekjes om de mond, de min-
achting die sprak uit de manier waarop hij erbij stond…

'Mag ik even bellen?'

'Uw man? Mevrouwtje, gaat uw gang. Ik hoop dat u hem vertelt dat
het boodschappenwagentje echt niet meer kan.'

'Vinnie,' zei ze. 'Vinnie Zarel.'

Of ze een klap met een knuppel had gegeven. Rechtop nu, bovenlichaam afwerend naar achteren, heel voorzichtig. 'U kent meneer Zarel.'

'Vriendin van zijn vrouw,' zei ze. 'Toinette. Ze zit op me te wachten.'

'O,' zei de man. 'Ik heb, denk ik, nog een Fiesta staan. Achter. Nieuwer dan de uwe. Een Turbo, ik zeg het maar, als u te veel gas geeft dan schiet u vooruit. Een blauwe, is dat een bezwaar?'

Vijf minuten later reed ze weg. Een kopietje van haar rijbewijs was voldoende. Niks borgsom.

Niels keek opgelucht. 'Ik dacht: ze komt weer niet. Heb je een nieuwe?'

Ze volgde zijn blik. 'Leenauto. De mijne heeft een paar deuken. Ze beginnen er maandag aan.'

Weifelende blik. 'Is opknappen de moeite waard?'

Nadat ik de naam van Vinnie had genoemd wel. 'Wat moet ik anders?'

'Tja.' Niels stond in de weg en leek niet van plan opzij te gaan. 'Heb je aan vanavond gedacht?'

De populairste vrouw van de stad, er moest iets in de lucht zitten waar mannen het te kwaad van kregen. 'Morgen?'

'Zondag.' Of hij het woord stond te proeven. 'Zondag. Moet je dan niet naar Doris?'

Als je ze eenmaal iets privés vertelt hou je er maanden lang last van. 'Morgen niet. Ze heeft iemand anders, af en toe. Kan ik er eens uit.'

'Zondag,' zei Niels weer. 'Leuk hoor, maar, maandag, wat dacht je van maandag. Of moet je dan wel naar Doris.'

Ze herinnerde zich dat Niels op de zondagavond ging biljarten met vrienden. Of klaverjassen. Of schieten. Ze wist niet meer wat, maar het was zo'n mannetjesding, ze had hem erover horen praten met Dré die kampioen was in jongens-onder-elkaarverhalen. 'Ik denk dat maandag wel lukt, Niels. Als je een stapje opzij gaat dan kan ik erlangs.'

'O,' zei hij. 'Ja. Goed. Tuurlijk. Mooi. Maandag.'

Misschien had ze toch meer dan ze dacht. Twee mannen op één ochtend die in zinnen van een woord begonnen te praten als ze aardig deed. Drie, als ze de laatste minuten van de man van de garage meetelde. Als het niet iets was dat in de lucht zat, dan kwam het door haar uitstraling, ze moest toch eens goed in de spiegel kijken, straks.

De woorden waren bijna niet te verstaan door het onderdrukte lachen en ze moest twee keer naar het bandje luisteren. 'Het was DeBoors pickup niet,' zei Toinette. 'Bel je me?'

'Ik heb zo'n dingetje op de telefoon,' zei Toinette, 'zodat ik kan zien wie er belt. Het was de pick-up van een ander.' Ze schoot in de lach. 'We hebben de banden van een wildvreemde lek gestoken.'

Niks 'we', maar daar zou ze wel op terugkomen als het nodig was. 'Zei Vinnie dat?'

'Hij had het van DeBoor. Die was wel in de buurt, maar niet met zijn pick-up.' Toinette klonk nu serieus. 'Ik heb gezegd dat ik vanaf nu niets meer van DeBoor wil zien of horen.'

'Wat zei Vinnie?'

'Hij deed of hij een wind liet, dat doet hij meestal als ik iets vraag, maar in de regel luistert hij wel. Ik heb Doreen voor alle zekerheid gebeld en die wist het ook al. Vraag me niet hoe, Doreen weet altijd alles. Er is politie bij geweest, bij die pick-up, maar er waren geen getuigen. Kom je langs?'

Ze dacht aan de creditcard. 'Wat zei Vinnie over Leo?'

'Vertel ik je als je hier bent.'

'Nee,' zei ze. 'Ik wil de stad in. Geld uitgeven.' Pauze, Vleugje schaamte. 'Als het nog mag tenminste.'

'Met die kaart? Heb ik toch zeker gezegd? Zet 'm op, meid.'

Nu moest ze wel. 'Kom dan naar mij toe, gaan we samen.'

'Ik neem een taxi,' zei Toinette. 'Straks. Doreen komt Angie ophalen, want die logeert dit weekeinde bij haar. Hebben wij, heb ik mijn handen vrij. Binnen een uur ben ik er.'

Het was binnen drie kwartier, ze zag de taxi komen en stond bij de deur toen Toinette over de galerij liep. 'Het is anders dan bij jou,' zei ze snel. 'Ik woon hier nog maar net. Geen tijd gehad. Inrichting en zo, je weet wel.'

'Mooi,' zei Toinette. 'Je ziet hier nog eens wat. Weet je dat ik vroeger altijd in een flat heb willen wonen?' Ze liep de gang door, kamer in, meteen naar het raam. 'Hoe hoger hoe mooier, dacht ik altijd. Lekker naar de mensen kijken.'

'En ze horen.'

'Heerlijk,' zei Toinette. 'Weet je wat ik heb gehoord, mijn hele leven lang. Mijn familie en een stel bedienden die de taal niet spraken. Soms de buren, als ze in hun tuin waren en hard spraken. Maar als ze wisten dat ik luisterde, dat pappa of mamma buiten was, dan fluisterden ze. Nooit een gesprek over de muur, nooit buurkinderen die kwamen spelen, nooit contact. Omes genoeg en vrouwen die wisselden en die je tante moest noemen, die kerels waren allemaal hetzelfde. Meestal waren ze na een paar uur weg en dan was ik weer alleen, met mijn poppen. Daarom wilde ik nog een kind, na Anjelica. Dat heb ik Vinnie uitgelegd. Je weet wat hij zei.'

Ze wist niet wat ze moest antwoorden. Iets als: zo had ik het nooit bekeken, of: je kon tenminste doen wat je wilde.

'Jullie hadden in elk geval geld.'

Voor het eerst keek Toinette rond, lang, grondig. 'Ik wil zo ruilen. Misschien niet voor een heel leven, maar wel voor een paar weken. Mensen zien en horen. Moet je zien, fietsers, kinderen, een vrouw achter een wandelwagen. Het is niks, vertel mij wat, maar het is beter dan een rijtje cactussen, een binnenhuispalm en antiek dat je hebt gekocht omdat je toch iets moet doen. Vind je me erg zeuren?'

Verwend, dat is het woord. 'Welnee, maar als we nu niet de stad ingaan dan hoeft het niet meer.' Ze aarzelde. 'Terwijl ik stond te wachten dacht ik: misschien kunnen we naar de kapper. Ik ga vanavond uit en… Is er iets?'

'Nee,' zei Toinette. 'Toe maar. Het maakt mij niet uit wat we gaan doen.'

Buiten wees ze haar auto aan ('Tijdelijk hoor, maar ik betaal met de kaart van Vinnie'), in het winkelcentrum liep ze met opzet langs een meubelzaak ('Als ik maandag even tijd heb'), langs de oosterse winkel ('Weet je hoe duur die tapijten zijn, niet te geloven') en langs de vestiging van een witgoedketen ('Mijn droger loopt op zijn eind').

'Ja,' zei Toinette. 'Goed.' 'Moet je doen.' 'Gelijk heb je.' Ineens, nadat ze gezegd had 'Daar is de kapper, laten we hopen dat hij tijd heeft' zei Toinette: 'Dus je moet vanavond weg.'

'Vanavond laat. Niet vroeg in elk geval.' Ze had zin om Toinette aan te stoten, te giechelen, meiden onder elkaar. 'Vanmorgen kwam Hank aan de deur. Hank Ditsz. Hij zei dat hij vanavond met me uit moest. Hapje eten, zei hij. Ik zal het je straks allemaal vertellen, ik wist niet wat me overkwam.'

'Goed,' zei Toinette. Het klonk niet enthousiast.

Toinette zag er een stuk beter uit dan een etmaal geleden. Geen zwart, maar donkerrood. Passende kousen. Nieuwe schoenen. Haar dat was bijgepunt en bijgeverfd. Nagels die een kleurtje hadden, net niet té, beschaafd. Volgende week zou ze iets aan de haren op haar bovenlip moeten doen, aan het plukje dat uit de moedervlek op een wang groeide. Misschien moest ze vet uit de onderkinnen laten zuigen. Misschien…

Wat kon het haar eigenlijk schelen wat Toinette deed, ze was haar boezemvriendin niet.

'Stuk beter,' zei ze. 'Jij, bedoel ik. Een heel verschil met gisteren. Een geluk dat de kapper tijd had.'

Toinette keek tevreden. 'Dat is het voordeel als je met iemand als Vinnie bent getrouwd.'

'Ging dat gefluister daarover?'

Toinette keek van haar weg. 'Ik vroeg of hij meneer Zarelli kende en toen hij deed of hij nadacht, noemde ik de naam van pappa en van een paar omes. Je moet niet denken dat het leuk is, maar het helpt wel.'

Ze liepen naast elkaar door de straat, keken naar etalages, negeerden alle blikken.

Zie je wel, dacht ze, precies zoals ik heb voorspeld, na een tijdje weet je niet meer dat ze naar je kijken. 'Ik heb Vinnies naam vanmorgen gebruikt bij de garage.'

Toinette lachte zacht. 'Zie je wel, je leert het al.'

'Dat dacht ik net ook. Ik dacht: zie je wel, maar dat had te maken met de mensen hier. Gisteren dacht je dat iedereen naar ons keek, maar nu ben je gewend.'

'Ik zie het nog wel, maar het kan me niet meer schelen. Wat zei je, bij de garage?'

'Gisteren moest ik een nieuwe accu en die vent daar deed of hij me korting gaf, maar later merkte ik dat ik juist te veel had betaald. Vanmorgen wilde hij niets aan mijn auto doen. Hij noemde me mevrouwtje, op die toon van: trut, snap je dat niet eens. Ik zei dat dat dan jammer was en dat ik met meneer Zarel zou overleggen.' Dat ze Toinettes naam had genoemd vertelde ze niet. 'Ik kreeg meteen een andere auto.'

'Heb je geluk gehad,' zei Toinette. 'Dat hij net Vinnie kende. Als het om auto's gaat dan moet je Gabby zeggen. De oude Gabby doet de auto's.'

'Doet?'

'Doet,' herhaalde Toinette.

Meer volgde er niet over en daarom zei ze: 'Sorry hoor.'

Toinette bleef staan voor een schoonheidssalon. 'Misschien moet ik… Volgende week of zo.'

'Precies wat ik bij de kapper dacht. Een opknapbeurt kan nooit kwaad.'

'Ga dan mee. Kun je naar je wenkbrauwen laten kijken.'

'Nooit,' zei ze.

'Nou is het mijn beurt,' zei Toinette zes stappen verder. 'Sorry hoor.'

'Geeft niet.'

'Mijn vader heeft me altijd geleerd dat ik nooit over zaken mocht praten. Nooit. Tegen niemand. Vrouwen luisteren, zei hij, vrouwen praten niet. Later legde hij uit dat het gevaarlijk was, dat je nooit wist of iemand meeluisterde. Het is een gewoonte geworden. Gabby doet auto's en iedereen die Vinnie kent weet wat "doen" is.'

'Ik ook, geloof ik.'

'Vinnie bemoeit zich niet zelf met de dingen. Hij regelt. Hij maakt plannen, bepaalt wat er moet gebeuren. Hij praat ook niet echt met ze, met mensen als Gabby. Veel gaat via Doreen. Ze zit elke dag in haar kantoor in dat grote gebouw en ze doet niets. Niks anders dan luisteren en onthouden, opdrachten doorgeven van Vinnie, die dingen. Ze is een schat. Voor mij, en voor Angie, maar je kunt beter ruzie hebben met Vinnie dan met Doreen, volgens mij. Zeker zolang er nog ooms in leven zijn.'

Ze kreeg het door. 'Díé ooms.'

'Die ooms. Zullen we teruggaan? Als ik lang loop op deze nieuwe schoenen dan krijg ik blaren.'

In de flat trok Toinette haar schoenen uit, masseerde haar voeten, pufte of ze aan het einde van haar krachten was. 'Dus je gaat vanavond uit met Hank Ditsz.'

'Je mag hier wel blijven,' zei ze snel. 'In de flat. Hoef je je voeten niet meer in die schoenen te wringen. Als ze dik worden lukt het niet eens. Of moet je morgenochtend thuis zijn voor Angie?'

'Dank je,' zei Toinette. 'Angie blijft tot maandagochtend. Doreen brengt haar naar school en gaat dan door naar kantoor, zo doen we dat al jaren. Wat moet zo'n kind in dat grote huis.' Zucht. 'Wat moet ik daar. Hier hoor je mensen…,' ze wees naar het raam, '…zie je ze, hier leeft het.'

'Ga eerst maar eens kijken. In de logeerkamer. Ik had een matras, maar dat heb ik weggegooid. Nu liggen er oude kussens. Van die platte, een logeerbed heb ik niet.'

'Kan ik er ook niet doorzakken, met mijn zware lijf,' zei Toinette. Ze liep naar de logeerkamer en drukte op de kussens. 'Gaat best. Liggen, bedoel ik. Ik zou eigenlijk oefeningen moeten doen. Hoe zwaar zijn die halters?'

'Tien kilo.'

Toinette bukte zich, raakte er een aan, zuchtte. 'Ik denk niet eens dat ik er eentje op kan tillen. Dus je vindt het niet erg?'

Ze wist het niet zeker. Het ging te snel, maar waarom zou ze iemand als Toinette naar huis sturen. 'Tuurlijk niet.'

'Lekker,' zei Toinette nadat ze een slok koffie had genomen. 'Hoe laat komt Hank?'

Ze dacht na. 'Daar zou ik hem nog over bellen. Niet te vroeg, want dan zit ik uren met hem. Maar ook niet te laat…,' snelle blik, '…daar krijgt hij misschien verkeerde ideeën van.'

Toinette leunde achteruit. 'Over zaken praat ik niet, dat kan ik niet eens meer, dat zit er zo ingehamerd, maar mensen dat is anders. Zal ik je eens over Hank vertellen?'

Ze keek over het kopje, zag iets in de ogen van Toinette dat haar deed huiveren. 'Moet ik het weten?'

'Ja,' zei Toinette. 'Lijkt me wel. Als ik eerst even mag bellen…'

'Alles goed met jou en met Angie?'

…

'Ik ben bij Nillie.'

…

'Hoe vaak heb je niet gezegd dat ik er eens uit moest? Nou dan.'

…

'Weet ik nog niet. Zie wel. Ik wil iets weten over Hank Ditsz. Hoe vaak is die getrouwd geweest?'

…

'Maar in elk geval drie, dus.'

…

'Zegt wie?'

…

'Als jij hem niet gelooft dan geloof ik hem ook niet.'

…

'Geef haar maar een kus, dat is wel genoeg. Tot maandag.'

'Hank,' zei Toinette, 'is drie keer getrouwd, in elk geval drie keer, maar Doreen dacht dat het ook vier of vijf keer kon zijn. Maandag kijkt ze het na, zei ze, maar dat doet ze vooral voor zichzelf. Ze kan het niet hebben als ze iets niet weet.'

'Tssss.'

'Met vrouwen van wie hij waarschijnlijk niet eens de naam weet.' Toinette trok een gezicht. 'Fryd doet de vrouwen voor Vinnie. Ze komen uit het buitenland en ze blijven een poosje, je kunt wel raden voor wat. Sommigen moeten blijven.'

'Van Vinnie.'

Toinette maakte een gebaar, kreeg iets van: laat me nou. 'Of van Fryd, of van iemand anders, wat doet dat er toe. Ze moeten blijven, maar na drie maanden zijn ze illegaal, geloof ik, ik weet niet precies hoe het zit. Ze zijn illegaal, behalve als ze trouwen. Daar heeft Fryd, Vinnie, mensen voor zoals Hank. Ze zeggen… Heb je hem wel eens goed aangekeken, Hank?'

'Hij is, hoe noem je dat, traag.'

'Doreen zei achterlijk, maar Doreen kent hem niet goed. Ik ken hem helemaal niet. Misschien is hij een keer in huis geweest, maar dan nog. Traag dus. Hij zorgt een beetje voor zijn zuster die een kind heeft van, ik geloof niet dat iemand dat weet. Misschien van Hank zelf, dat verhaal gaat. Kijk niet zo gek, er gebeuren wel vreemdere dingen. Hank is nogal, zal ik je zeggen wat Doreen zei? Angie zat in een andere kamer en Doreen is graag duidelijk. Hij hangt 'm in alles waar een gat in zit, dat zei Doreen. Gatverdamme, hoe vaak ik dat soort taal al niet heb gehoord, maar het zelf zeggen, dat is anders. Zo is Hank en nou weet je wat hij in ruil krijgt voor elke keer dat hij trouwt. Hoe hij het klaarspeelt op het gemeentehuis weet ik niet, maar het lukt. Fryd schijnt er handig in te zijn. Heb je vorig jaar gelezen over die ambtenaar die zei dat hij geen huwelijken met buitenlanders meer wilde voltrekken?'

'Ik lees geen kranten. Veel te duur.'

'Nou, die zei een week later dat hij zich had bedacht. Het schijnt dat zijn auto was uitgebrand en dat al zijn geiten waren verdwenen. Hij hield geiten, op een stuk land, net buiten de stad. Dat was een hobby, zie je het voor je, geiten als hobby. Hij begon weer met het trouwen van buitenlanders. Vooral buitenlandse vrouwen. Ik hoor Fryd nog lachen toen hij het Vinnie kwam vertellen. Hank trouwt dus als Fryd zegt: trouwen, en hij krijgt zijn bruid een paar maanden aan huis. Hou toch op met die gezichten, denk je dat ik het leuk vind. Zo gaat het nu eenmaal. Ik vertel het je omdat je moet weten hoe Hank is. Traag, maar niet altijd. Hoe hij het klaarspeelt zul jij beter weten dan ik, maar ik heb nooit gehoord dat een vrouw zich heeft beklaagd. Al zou ik niet weten bij wie ze zich zou moeten beklagen.'

'De politie?'

Toinette keek of er nog koffie in het kopje zat, dronk het leeg, trok een gezicht. 'Koud, bah. Politie? Ik zou het niet weten, maar Vinnie maakt zich daar niet druk om, dus veel haast zullen ze niet maken. Ik bedoel eigenlijk: als je met Hank meegaat kun je beter condooms bij je hebben.'

'Je vertelt het omdat je wilt dat ik thuisblijf.'

'Ik vertel het omdat het beter is dat je thuisblijft. Nog iets over Hank. Ik heb het van Doreen, maar ook van Vinnie zelf, want die vond het nogal leuk. Die ex van je…'

'Cris.'

'…die is in elkaar geslagen door Hank.'

'Getrapt.'

'Als jij er niet was geweest dan had hij nu in het ziekenhuis gelegen. Vinnie denkt in het lijkenhuis. Geloof je echt dat Hank het deed omdat jij het vroeg?'

'Niet?'

'Vinnie lachte zich een ongeluk toen hij hoorde dat jij Hank had gevraagd om Cris een afstraffing te geven. Noemde je het echt zo? Afstraffing? Vinnie gebruikte het woord wel twintig keer. Hij heeft Hank opgedragen er werk van te maken. Het kwam Vinnie goed uit dat Cris een pak slaag kreeg en Hank moest van hem met jou aanpappen.'

'Zei hij het zo? Aanpappen?'

'Dat woord bedenk ik. Ik wed dat Vinnie opvrijen heeft gezegd, of anders opgei–, laat maar. Hank en vrouwen, dat mist nooit. Volgens Fryd ben jij iemand die iedere man kan krijgen als ze wil. Door dat hoofd van je, zei Fryd. Niet kwaad worden, Fryd bedoelde het als een compliment. Hij kan best eens gelijk hebben. Als ze naar mij kijken dan moeten ze slikken, als ze naar jou kijken dan gaan hun ogen wijd open, ik heb het gisteren vaak genoeg gezien, net nog toen we van de kapper kwamen. Hoe dan ook, Hank en jij, ze vonden het een fantastische combinatie.'

'Fryd? Ken ik Fryd?'

'Jij kent Vinnie toch ook niet, dat heb je zelf gezegd. Hij heeft een keer naar je zitten kijken.'

'Gewoon kijken.'

'Fryd werkte voor Vinnie. Misschien moest hij wel, weet ik het.'

'Dus alles was doorgestoken kaart.'

'Alles? Geen idee. Dat van die aanval op Cris wel, in elk geval. Ik hoor de dingen altijd achteraf. Vinnie vertelt vooraf nooit over een plan. Alleen als het is gelukt zegt hij er iets over. Dan schept hij op. "Jij zit maar in huis op je luie kont, en ik doe het werk, moet je horen van gisteren," zo vertelt hij het. Hij zal heus niet zeggen: "Ik heb Hank gevraagd om…" Maar als ik jou was bleef ik vanavond thuis.'

'Doe ik ook. Ik pieker er niet over om… Ik geloofde hem. Die ogen. Ik liep er helemaal in.'

'Doen ze allemaal. Volgens Vinnie doen mannen hetzelfde bij jou. Vinnie had het over handboeien. Je gebruikte peperspray. Gisteren had je een revolver. Daar heb ik je nog helemaal niet over gehoord, maar al die dingen heb je vast niet zomaar.'

'Hank kan doodvallen.' Daar liet ze het bij, ze had behoefte aan frisse lucht. 'Sorry, Toinette. Ik ga even op het balkon.'

Een paar minuten na achten stond hij voor de deur. Haar gekamd, shirt tot boven aan toe dicht, colbertje dat spande om zijn schouders, maar toch: colbertje. Alle piercings waren verdwenen behalve die in zijn oren. En die in zijn tong, zag ze toen hij zijn mond opendeed. 'Bellen. Jij.'

Ze wilde iets zeggen, maar Toinette was sneller. 'Laat hem even binnenkomen, Nil.'

Ze opende de deur, maakte een gebaar met het hoofd, probeerde neutraal te kijken, maar hoorde haar tanden knarsen.

'Bellen,' zei Hank. 'Beloofd.'

'Zitten,' zei Toinette. Ze bleef met een vinger priemen tot Hank zat. 'Weet je wie ik ben?'

Aarzelend knikje.

'Ja of nee.'

'Vinnie.'

'Toinette,' zei Toinette. 'Niet Vinnie, als je nog een keer Vinnie zegt dan schop ik tegen je schenen, kan me niet schelen hoe groot je bent.'

Hij keek naar haar voeten, naar de schoenen die naast de bank stonden, opende zijn mond, slikte. 'Toinette.'

'Nillie gaat niet met jou mee, Hank. Niet vanavond en als het aan mij ligt ook niet morgen.'

'Vinnie.' Radeloze blik, armbewegingen, spieren die zich spanden tot het colbertje kraakte. 'Kwaad.'

'Ik zal Vinnie zeggen dat hij zich niet langer met Nillie moet bemoeien.'

'Kwaad.'

Toinette ging een stapje naar voren, raakte met een been een knie van Hank die in elkaar leek te krimpen en zo ver hij kon achteruit schoof. 'Als je zo doorgaat dan word ík kwaad. Jij gaat nu naar huis en je valt Nillie niet meer lastig.'

'Vinnie.'

'Begrepen?'

'Uh.'

'Of je het begrepen hebt. Zeg "begrepen" en ga weg. Als je niet wilt luisteren dan laat ik je weghálen. Ken je Tiesto nog, of Vanbrucke? Die doen het zo voor me.'

'Ja.'

'Niks "ja". "Begrepen" wil ik horen.'

'Begrepen,' zei Hank. Hij stond op, maar het kostte moeite. Alles ging moeilijk, elke stap, elke beweging.

'Begrepen,' zei hij toen hij bij de deur stond. Hij keek Nillie aan, bewoog zijn lippen, maar zei niets.

Gezellig, dacht ze. Het lijkt wel of hij gezellig zegt, hoe kan dat nou?

'Ik dacht dat Hank "gezellig" zei voor hij op de galerij stond. Dat zei hij vanmorgen ook. We zouden uitgaan en dat was gezellig. Zoals hij dat woord zei, ik had "ja" gezegd voor ik het wist.'

'Nou snap ik tenminste wat ze over Hank zeggen,' zei Toinette. 'Dat hij iedere vrouw kan krijgen. Mij niet, daar niet van, maar misschien komt het omdat ik te veel weet. Ga nou maar zitten. Als je zo nodig moet kun je altijd nog met hem meegaan. Later.'

'Nou zeg.'

'Ik zie het aan je ogen,' zei Toinette. 'Net geloofde je me, maar toen je de reactie van Hank zag… Je moet het zelf weten, maar denk er in elk geval een poosje over na.'

Ze wilde iets fels zeggen, wist niet wat, zocht afleiding, schoot overeind. 'Er is iets dat ik je wil laten horen. Moet je luisteren.' Ze spoelde het bandje van de telefoonbeantwoorder terug. 'Ik heb alles erop laten staan: Doris, jou, alles. Het gaat me om een woord.'

Direct na 'Kutwijf' zei Toinette: 'Dat is Vinnie. Wanneer was dat?'

'Nadat ik met peperspray had gespoten. Ik had toen nog geen idee dat het Vinnie was.'

'Dát is Vinnie,' zei Toinette. 'Is-ie geen schatje? Nou begrijp je waarom ik vorige keer zei dat ik best zonder hem zou kunnen. Graag zelfs. En nou wil ik een slok cognac.'

Dat had ze in huis. Ze had alles in huis.

'Dankzij Vinnie,' zei ze toen ze inschonk. 'Dankzij zijn creditcard.'

'Ze hebben altijd wel iets goeds,' zei Toinette.

14

Voor alle zekerheid liet hij het Leo nog een keer vertellen, en daarna nog eens, waarna hij kreunde en wenste dat hij niets had gehoord, dat hij door kon gaan met zichzelf zielig vinden.

Om niet ook overstuur te raken begon hij zijn samenvatting met het deel dat het minste kwaad kon. 'Je hebt dus gekotst.'

'Naast…,' Leo wapperde met zijn armen, spierwit gezicht, koortsogen die alle kanten opschoten, '…naast Vinnie, Cris.'

'Niet óp Vinnie.'

'Ernaast.'

'Daarna heb je Vinnie vastgebonden met ijzerdraad, met elektriciteitssnoer en met het touw dat we gebruiken om de auto aan te slepen.'

'Tape,' zei Leo. 'Dat schildersplakband van eh eh, vorig jaar. Alles.'

'Omdat je hem hartstikke dood wilde slaan met een schep.'

'Schop,' zei Leo.

'Schep, schop, met een schep, maar omdat je hem niet met de zijkant raakte, maar met de platte kant ging zijn kop niet in tweeën, maar kwamen er alleen bulten op, zeg ik het zo goed?'

'Nee,' zei Leo. 'Godver, Cris, ik voel me, voel me…,' hij spuugde opnieuw, '…niet goed.'

Dit keer kwam hij in de benen, vlotter dan hij had verwacht, niks pijn aan zijn ribben, niks spieren die aanvoelden of er met een hamer op was geslagen, als hij iets niet kon verdragen dan was het overgeven in zijn kamer. 'Eruit, jij. Naar de badkamer. Ga daar maar kotsen.' Hij sleepte Leo mee en voelde zijn ribben pas toen hij losliet en zich bukte om een doekje te pakken.

Tegen de tijd dat hij de boel had opgeruimd kwam Leo terugstrompelen. 'Ziek,' stamelde hij. 'Ziek, Cris. B… bang.'

'En stom. Vooral stom. Waar was dat goed voor, ik bedoel: je loopt je een halve dag aan te stellen met een voet waar je volgens mij nauwelijks iets van voelt, je gaat naar beneden en als je weer boven komt vertel je me dat je Vinnie, Vinnie Zarel, jeziskristus, Vinnie Zarelli met een schep tegen zijn hoofd hebt geslagen. Niet eens dood. Alleen een paar bulten. En wat moeten we nu met hem? Sorry zeggen en naar huis brengen?'

Leo keek hem aan, bewoog zijn mond, vertelde een heel verhaal. Over angst, over de films die hij wilde maken, maar zoals David Hamilton of Zalman King ze maakte, erotisch, maar toch chic en niet zoals Vinnie ze wilde, over Cris' dreiging het huis in brand te steken, over Nillie die dag in dag uit aan de andere kant van de vijver stond en ineens de vrouw van Vinnie bij zich bleek te hebben. Dat verhaal vertelde Leo's mond, maar toen er geluid kwam was hij toe aan de samenvatting. 'Zoutzuur.'

'Daar blijft het niet bij als je hem laat lopen.'

'Wij eh eh, hem laten lopen, bedoel je.'

Dat was het grote probleem. Dagen had hij liggen nadenken over wat hij moest met Vinnie. Doodslaan, doodrijden, verdrinken in het zwembad, hij had zelfs aan injecteren met ontwikkelaar of fixeer gedacht nadat Leo over zijn voet had verteld. Denken over de dood was gemakkelijk, de moeilijkheid zat 'm in de uitvoering. Hij schudde zijn hoofd. Niet in de uitvoering. In het lef hebben. Leo had lef gehad, dat moest hij toegeven, hij had het niet achter hem gezocht. Het was lef ontstaan door angst, maar het bleef lef.

'Hij ligt dus nog in de schuur, Vinnie.'

Leo begon opnieuw te jammeren. 'Wat moet ik, eh, we. Wat doen. Wij. Ik bedoel.'

'Ga je wassen,' zei hij. 'Hoofd onder de kraan, Leo, zo wordt het steeds erger met je, er is nu helemaal geen touw meer aan je gebazel vast te knopen. Vinnie moet de schuur uit en zijn auto moet weg.'

'Auto?'

'Hij is niet lopend gekomen en we weten niet wie zijn auto kent. Dat ding moet verdwijnen, zo snel mogelijk.'

'Goed,' zei Leo. 'Je denkt na.' Hij tikte tegen zijn hoofd. 'Suizen, ik weet niet. Jij bent eh eh, beter. Slimmer. Ik weet niet.' Hij ging de kamer uit, murmelend, in zichzelf pratend, eindeloos, ook toen er water over zijn hoofd stroomde.

'Tjezismina, Leo,' zei hij. 'Weet je zeker dat Vinnie daaronder zit?' Hij keek naar een kluwen touw, draad en tape. 'Waar zit het hoofd?'

Leo trok een zak weg. 'Ik dacht eh eh, straks komt er iemand.'

'Je weet zeker dat hij leeft?' Hij bukte zich en draaide het hoofd van Vinnie. Het zag eruit of het van papier-maché was gemaakt, net de verkeerde kleuren en vormen die hij zich niet kon herinneren. Hij drukte een ooglid omhoog en zag een deel van de iris, de pupil was weggedraaid en moest bijna achter de wenkbrauw zitten.

'Hart klopt,' zei Leo. 'Voel maar.'

'Als we mazzel hebben…,' mompelde hij. Maar dat hadden ze niet. Natuurlijk niet. Het hart klopte – niet hard, maar het was kloppen. 'Hij moet naar de kelder.'

'Ja,' zei Leo. Als Cris had voorgesteld Vinnie aan de schoorsteen te hangen had hij ook ja gezegd. Leo was toe aan duidelijke opdrachten. 'Ja, Cris.'

'Kijk je wel eerst even of ze niet staat te kijken?'

'Ze?'

Hij was ook toe aan duidelijkheid. 'Nillie. Kijken. Vijver.'

'O.'

En aan bijsturing. Leo bleef naar Vinnie kijken terwijl hij wegliep, haakte met een voet achter een stuk staaldraad dat hij ook voor Vinnie had willen gebruiken, maar dat niet buigbaar bleek en struikelde tegen de deur. 'Auw. Cris. Mijn voet.'

'Opstaan, naar buiten lopen, kijken. Als je niet opschiet gooi ik je in het zwembad.'

'Ja,' zei Leo. 'Eh eh, dank je.'

Toen hij terugkwam was hij rustiger, niet veel, maar voldoende voor enige samenhang. 'Niemand. Geen Nillie, niks.'

'Aanpakken,' zei hij. 'Jij het hoofd. Ik pak de voeten.' Hij bukte zich, voelde steken. 'Auw. Wij pakken zijn voeten, veeg straks de vloer maar aan. Ik wil nergens bloed zien, of haren, of stukken kleding, denk daar aan.'

Net buiten de schuur lieten ze Vinnie liggen, maakten een rondje door de tuin, liepen langs het zwembad en bestudeerden de oever van de vijver.

'Opschieten.'

'Niet zo eh, snel.'

'Auw. Rotribben. Doe de deur open.'

'Licht?'

'Ben jíj belazerd. Naar binnen met hem.'

'Je staat op mijn, op mijn voe… hoet.'

'Jammeren doe je straks maar. Maak de kelderdeur open.'

'Wie eerst?'

'Eerst? Niemand eerst, laat maar glijden.'

Ze luisterden naar het bonken van Vinnie op de trap.

'Ziezo,' zei hij. 'Jij gaat kijken in de schuur of daar iets te zien is dat er niet hoort. Ik maak Vinnie aan een wijnrek vast. Misschien is hij dood na die val, maar dat zal wel weer niet. Doe het licht aan.'

'Ja,' zei Leo. Hij deed het licht aan en bleef staan. 'Waarom?'

Hij richtte zich op, keek naar het witte gezicht, de kraalogen die rondjes maakten. 'Waarom wat.'

'Zo rustig,' zei Leo. 'Jij eh eh, bent zo rustig. Waarom.'

Hij had geen idee. Hij dacht twintig dingen tegelijk, voelde meer ribben dan hij bezat, zag af en toe een blauw waas, maar wist zeker dat paniek niet de oorzaak was. Honger misschien, te lang in bed en op de bank gelegen, maar paniek, nee. Hij was bezig nieuwe kwaliteiten te ontdekken. 'Iemand moet rustig zijn,' zei hij en dat klonk zowel vaderlijk als ferm. Precies wat Leo wilde horen.

'Ja, Cris. Wat eh eh, nu.'

'De auto,' zei hij. 'We gaan de auto van Vinnie wegbrengen. Ik rij in de BMW. Jij komt achter me aan.'

'Waar,' vroeg Leo. 'Waar naartoe, Cris?'

Hij zou het niet weten, maar hij was niet van plan dat toe te geven. 'Schiet je een beetje op? Naar de schuur en opruimen. En kom straks niet zeuren dat je niet kunt autorijden met die voet, want dan hak ik 'm af.'

'Ha,' zei Leo tot zijn verbazing. 'Ha, ha, Cris.'

Het klonk als een geluid dat een aanzet had moeten zijn voor een lach. Zo ver kwam het niet, maar het begin was er.

De sterke kant van DeBoor was dat hij niet luisterde. Vroeger niet, nu niet. Hij was bereid iemand aan te horen, soms, onder bepaalde omstandigheden, maar luisteren, dat was een andere zaak.

Hij had Vinnie aangehoord, geknikt, 'Mmm' gezegd en een paar keer 'Ja'. Niet omdat hij had geluisterd, maar om een einde aan het gesprek te maken. Altijd die omhaal van woorden, elke keer weer, wat was er nou moeilijk aan samenvatten: Toinette dood, Nillie de schuld, Vinnie een alibi. Zo kon je het ook zeggen en het was genoeg. Dat hij voor de uitvoering zou zorgen kwam niet omdat hij naar iemand als Vinnie luisterde en deed wat Vinnie zei, maar omdat het weer eens wat anders was. De vrouw van een gangster, het had wel wat. Op de televisie zouden ze het een uitdaging noemen. Hij deed het raampje open en spuugde. Niks uitdaging. Karwei. Niet iets om te doen voor het geld, meer omdat het wel aardig was. Aan Toinette was hem niets gelegen en van die griet met die scheve kop had hij meer dan genoeg. Door haar zat hij nou met zijn kont in een kleine Polo in plaats van in zijn pick-up. In een Polo, in een Panda godbetere, in een Corolla, allemaal rijp voor de sloop, allemaal te klein. Dagen had hij die griet gevolgd, het was goed dat er een einde aan kwam. Nog beter was dat hij de vrije hand had. Hank moest meewerken. Deed Hank dat niet dan kwam het niet nauw wat hij deed. 'Pak zijn zuster,' had Vinnie gezegd. 'Pak zijn zus en haar baby. Pak Hank zelf. Mij maakt het niet uit.' Voor hij wegreed in de Micra waar hij claustrofobie in kreeg had Vinnie gezegd: 'Leef je uit. Neem het ervan.'

Dus nam hij het ervan, hij zat al drie uur in de Polo om te zien wat Hank uitvoerde. Het was niet veel. Eerst een uur in zijn kelder, daarna lopend naar zijn zus, drie kwartier aan tafel in de doorzonwoning, hand onder het hoofd, koffie voor zijn neus, zo te zien onbeweeglijk, terug naar de kelder.

Aan het begin van de avond kwam Hank naar buiten. Colbertje aan, shirt dicht, klaar voor een wilde nacht.

DeBoor bewoog alleen zijn hoofd, volgde Hank van de kelderflat naar de flat van Nillie, zag hem naar binnen gaan, over de galerij lopen, aanbellen. Helemaal volgens plan.

Wat volgde was een afwijking van het schema. Hank had terug moeten komen met Nillie, maar deed dat niet. Hij kwam alleen, bleef voor de flat staan, keek omhoog en bewoog zijn armen alsof hij wilde zeggen: spring maar, ik vang je op en dan gaan we stappen.

Een afwijking maakte een plan spannend, wat was er nou aan een plan waarbij je niet kon improviseren.

DeBoor startte de Polo, maakte een bocht, stopte voor Hank. Wachtte. Het duurde even, maar toen daalde het gezicht van Hank. 'Jij?'

DeBoor duwde het rechterportier open en wenkte met een vinger. 'Ik?'

Hij mocht Hank wel. Mooi rustig, die jongen.

Hij wenkte opnieuw, zwaaide met dezelfde vinger toen Hank deed of hij weg wilde lopen, wachtte. Als Hank wegliep, ook goed, het maakte hem niet uit, hij had geen haast.

Hank ging zitten. 'Wilde niet,' zei hij. 'Nillie.' Hij schudde zijn hoofd, wees naar zichzelf. 'Geprobeerd. Echt.'

'Rustig maar,' zei DeBoor. 'Dus ze wilde niet.'

'Niet vanavond. Morgen.'

De leugen lag er dik bovenop, maar wat deed een leugen ertoe.

Hij reed weg en het portier viel dicht. 'Waar,' zei Hank, 'heen.'

'Rustig maar,' zei DeBoor. Alle tijd van de wereld en waarom zou hij Hank zenuwachtig maken.

'Waarheen,' vroeg Hank toen ze aan de rand van de stad waren.

'Daarheen,' zei DeBoor en hij wees naar de voorruit.

'O,' zei Hank.

'Dus ze wilde niet.'

'Niet vandaag.'

'Wat heeft Vinnie gezegd?'

Stilte. Aarzelend: 'Moest.'

'Ja,' zei DeBoor. 'Je moest.' Hij stopte in het bos, wenkte Hank naar buiten, schoot toen hij er zeker van was dat hij geen bloed van de Polo zou hoeven wrijven. Haalde zijn schouders op. Dat was één.

Hij reed naar een garage, parkeerde de Polo en stapte in een Colt. Ook oud. Ook te klein. Elke keer als hij van auto wisselde kreeg hij een grotere hekel aan die scheve bek.

Denken heeft altijd nut, die conclusie had Cris al getrokken voor hij de auto van Vinnie de snelweg opstuurde. Uren had hij liggen denken aan Vinnie, en aan Nillie, tientallen varianten had hij doorgenomen. Ze hadden nergens toe geleid, althans niet bewust. Onbewust hadden ze hun werk gedaan en voor hij het bosgebied bereikte wist hij wat ze met Vinnie moesten doen. En met Vinnies auto.

Hij reed tot de afslag na het bos, draaide naar links onder het viaduct door en ging terug naar de snelweg. In het spiegeltje zag hij dat Leo hem volgde. Trouw als een hond, dacht hij. Slaafs als een hond. Als hij verstandig was maakte hij nog vanavond gebruik van de mogelijkheden die Leo's angst voor Vinnie hem bood. Een brief waarin Leo hem al zijn bezittingen naliet was wel het minste. Plus de verklaring dat alles op, in en aan het huis het onvervreemdbaar eigendom was van Cris Noland en dat elke lening hem gedaan als afgelost moest worden beschouwd.

Bij de rand van de stad richtte hij zijn aandacht op de plaats waar Vinnies auto het minst op zou vallen. Niet in Zuid, het werkterrein van Vinnie. Niet bij het Trade Center waar Zarel Company huisde. Niet in een buitenwijk, een arbeidersbuurt of een industrieterrein. De schouwburg was een mogelijkheid. Het muziekzalencomplex. Misschien een bioscoop. Hij was er bijna. Een kerk? Een disco?

Het casino. De parkeergarage onder het casino, verzamelplaats van Mercedes, BMW, Audi, Saab en Rover. Hij moest de eerste bezoeker nog zien die na een stevig verlies de kracht opbracht om nauwkeurig om zich heen te kijken in een parkeergarage, en wie won er nou in een casino.

Hij reed de garage in, zocht een plek in het middenvak en dwong zich zacht te fluiten. Leo parkeerde naast hem, wilde uitstappen, opende zijn mond om te gillen, te schreeuwen, te praten, kreeg net op tijd een zet. 'Mond dicht. Ik stap in en we rijden weg. Niet hard, niet zacht, gewoon, rijden. En vraag alsjeblieft niet waarom. Wacht even.' Hij liep terug naar de BMW en veegde met zijn zakdoek over alles wat hij dacht te hebben aangeraakt. 'Vooruit maar. Rustig naar de automaat. Ik betaal. Gewoon blijven zitten, rechtop, als iemand je ziet, wat dan nog.'

'Of ik dat niet eh eh, weet,' zei Leo. Het klonk geruststellend.

Op het kruispunt, enkele honderden meters van het casino, loosden ze allebei een zucht.

'Hèhè,' zei Leo. 'Ik moet eh, een boer.' Het werden er twee. 'Naar de wc, ook.'

'Straks,' zei hij. 'Ga maar linksaf. Je weet waar Nillie woont?'

'Nee,' zei Leo. 'Hoe vaak kom ik nou eh, in de stad.'

'Linksaf en rechtdoor. Ze woont in een van die jarenvijftigflats waarin een mens dood nog niet gevonden wil worden. Ik zeg wel waar het is. Als we er zijn zal ik je vertellen wat ik heb bedacht.'

'Goed,' zei Leo. Hij keek rond of hij voor het eerst van zijn leven werd uitgelaten.

'Daar woont ze,' zei hij. 'Die flat. Ik heb het een keer nagevraagd. Ik denk dat ze niet thuis is, want ik zie haar auto niet. Stop maar, we gaan lopen. Rondrijden valt meer op dan wandelen.'

Hij drukte een hand tegen zijn ribben terwijl hij liep, probeerde de zinnen van Leo te negeren die naar boven wilde, door de ramen kijken in de hoop dat hij Nillie zag zitten.

'Nee,' zei hij toen ze terug waren bij de auto. 'We gaan de flat niet in. We zoeken Nillie ook niet, we zoeken haar auto. Straks rijden we langs het huis van Doris, daar schijnt ze vaak te zijn 's avonds.'

Leo draaide zijn bovenlichaam. 'Hoe weet jij dat?'

Nagevraagd, nagebeld, feiten verzameld, gewoon, omdat hij dat nou eenmaal deed, kennis opdoen – hoe kon je iemand adviseren als je geen voorsprong had?

'Maak je daar maar niet druk om. Luister gewoon. We hebben Vinnie en Vinnie moet dood.'

Leo rilde hoorbaar. 'Hoe, Cris.'

'Peper,' zei hij. 'We moeten zien dat we aan een bus peperspray komen. We stoppen de bus in Vinnies mond en spuiten.'

'Helpt dat. Ik bedoel eh…'

Hij had het nog niet nagezocht, maar het moest wel, het kon niet anders, peperspray in je keel, alles moest zwellen, de longen moesten volstromen en barsten, plop, plop, allebei de longen. 'Ja,' zei hij. 'Het helpt. Nillie heeft Vinnie met peper bespoten, dat weet langzamerhand de halve stad. Als Vinnie doodgaat aan peperspray, wat zullen ze dan denken, de politie, de lui waar Vinnie mee omgaat, iedereen?'

'Nillie.' Leo zei het bijna ademloos. 'Nillie.'

'Vooral omdat we Vinnie in de kofferbak van haar auto stoppen,' zei hij. 'Ik weet niet waar ze is, maar we vinden haar wel en eerst moeten we die spray. Ken jij iemand met peperspray?'

Leo kende er wel vijf. Modellen die met hun tijd meegaan hebben peper in hun tasje. Zo zei hij het niet, maar zijn gebaren waren duidelijk.

'Zorg dat je een busje krijgt,' zei hij. 'Bel ze op, zeg dat je foto's wilt maken, dat ze een rol in een film krijgen. Ga aan het werk. Als je bezig bent pak ik het busje uit de tas, tegen de tijd dat ze het merken, weten ze vrijwel zeker niet meer waar ze het hebben verloren.'

'Ja,' zei Leo. 'Werken. Foto's, dat eh eh, leidt af. Fijn.'

'Als we de peper hebben gaan we uitzoeken waar Nillies auto staat,' zei hij. 'Morgen. Niet eerder. Ik voel mijn ribben.'

'Goed,' zei Leo.

'Bovendien wil ik praten over het huis, en het geld dat je hebt betaald, ooit. Ik heb wat ideetjes.'

'Ja,' zei Leo. Hij richtte zich op, leek voor het eerst die avond even de oude. 'Ik dacht wel dat je eh, zoiets zou zeggen. Bedenken.' Zakte in elkaar. 'Goed, Cris. Naar huis?'

'Ons huis,' zei hij. 'Mijn huis.' Hij wilde er geen misverstand over laten bestaan. Zijn huis.

Als hij lang zat kreeg hij last van zijn rug en in een Colt was een halfuur al lang. Hij kreeg last van zijn rug, zijn kont, de achterkant van zijn dijen, alle plaatsen waar de littekens zaten, striemen van stokken, de zweep, vooral van de riem.

'Als je nu niet naar me luistert, dan…' Daar ging hij weer, over de knie. Zo noemde zijn vader het: over de knie, maar hij bedoelde: over de zaagbok. Iedereen moest kijken als hij werd gestraft, zijn moeder, zijn twee broers, zijn zusje. Zijn zusje verdween toen hij zes was. Zeven. Hij wist het niet precies en wat deed het ertoe.

Niets deed ertoe, daar was DeBoor al achter voor hij tien werd. Hij luisterde niet omdat dat niet in hem zat, hij kreeg slaag, zijn zus verdween, zijn moeder overleed, zijn oudere broers deden wat zijn vader wel eens een weekeinde vergat: ze sloegen. De oudste met de zweep, de jongere met stokken. Toen hij ze neerschoot had hij een gevoel van spijt gehad. Hij had niet moeten schieten, hij had moeten slaan, ze kwamen er genadig af.

Aan dat soort dingen dacht hij wel eens, als hij zat te wachten. Nooit met spijt. Ook niet met betrokkenheid. 'Ze hebben het uit hem geslagen,' had hij een politiearts een keer horen zeggen. Of een politiepsychiater, hij zou niet weten wat het verschil was, maar de conclusie was juist geweest. Het was uit hem geslagen. Begrippen als spijt, mededogen, betrokkenheid, ze hadden geen betekenis.

Hij hoorde iemand aan en deed wat hem het beste uitkwam. Als Hank nog lag waar hij hem had achtergelaten zou hij hem naar een kuil slepen, later, als hij in de buurt was. Als Nillie naar buiten liep zou hij haar meenemen. Als Toinette thuis was op het tijdstip waarop Vinnie geacht werd een alibi te hebben, dan zou hij haar neerschieten. Als. En anders zou hij improviseren, uiteindelijk zou het op hetzelfde neerkomen. Toinette had geen toekomst en die scheve zou ervoor opdraaien.

Hij zat; hij bewoog zich als de pijn in zijn rug, vooral zijn rug, te erg werd; hij keek.

Hij zag Cris komen, een rondje rijden, uitstappen en naar de geparkeerde auto's kijken, langzaam lopend, hand tegen zijn ribben. Hij zag het kleine opdondertje dat ook in het huis woonde naar boven wijzen, met een voet trekken, te veel praten.

Hij wist wat ze zich afvroegen. Waar staat de auto van die scheve. Het was een punt waar hij ook mee zat. Niet erg mee zat, maar toch. Ergens was haar auto, misschien moest hij uitzoeken waar, had hij tenminste iets te doen de komende uren, de kans dat ze voor de volgende ochtend naar buiten zou komen was klein.

'Ik denk dat Nillies auto in een garage staat,' zei Cris toen ze terugreden. 'Hij staat niet bij de flat en niet bij Doris. Als je niet met die knuppel…'

'Mijn schuld dus,' zei Leo. Hij had weer kleur, een beetje branie. 'Het is dus weer eh, mijn schuld.'

'We zouden langs de garages kunnen rijden, maar dan nog, misschien staat-ie binnen. Ik zou niet weten hoe we erachter kunnen komen.'

'Doris?' vroeg Leo.

'Bellen zeker. Na al die jaren. Hallo Doris, met mij, alles goed? Vertel eens, waar staat de auto van Nillie. Misschien doen we te ingewikkeld.'

'Ja,' zei Leo. 'Ik wil naar huis, naar eh eh…'

'Vinnie. Die loopt niet weg. Ik heb zitten denken: misschien hebben we Nillies auto helemaal niet nodig. Als we peperspray hebben en we wisselen het busje voor dat van Nillie dan zijn we er ook.'

'Waarom? Gas is eh, gas.'

'Alleen weten we dat niet zeker. Misschien heb je soorten. Wat we nodig hebben is peper. We zetten er afdrukken van Vinnies vingers op, net of hij het busje heeft vastgegrepen en stoppen het in Nillies tas.'

'Ingewikkeld.'

'Ja,' zei Cris. 'Maar eenvoudiger dan Vinnie in de kofferbak stoppen van een auto die we niet weten te staan.'

'Wat doen we dan met eh eh, Vinnie?'

'Iets,' zei hij. 'Weet ik het. We doen iets. Daar hebben we een heleboel tijd voor, dat maakt het makkelijker.'

Hij stopte bij een telefooncel, zei: 'Wacht maar,' belde. 'Sommige mensen hebben een nummermelder, daarom belde ik hier. Ze nam op, ik herkende haar stem.'

'En?'

'Niks en. Ik heb opgehangen, wat had ik anders moeten doen? Hijgen?'

'Hoe wist je haar nummer?' Een stem vol achterdocht. 'Jij weet wel veel van eh eh, iemand met wie je niks te maken wilt hebben.'

'Informatie,' zei hij. 'Ik wil dingen weten. Soms is dat handig.'

'O,' zei Leo.

En een goed geheugen. Als Leo echt zenuwachtig was dan noemde hij zijn naam. Dan was het: 'Goed, Cris?', 'Ja, Cris', 'Natuurlijk, Cris'. Nu was het 'O,' zonder Cris. Er moest niet te veel leven in Leo komen, ze moesten het nog over het huis hebben.

15

De boventonen wezen waar ze lopen moest. 'Hier, hier,' riepen ze en ze wezen naar de juiste stoeptegels. 'Niet die, dat is een valsteen.' Hun ronde gezichten glommen van spanning en hun staart bewoog, van hun hoofd, waar hij zat als ze vaart wilden maken, naar hun voeten als ze een deel van de stoep schoon wilden vegen. Ze volgde de aanwijzingen, rende zo hard als ze kon, maar schoot niet op. Elke tegel leek een kilometer lang en haar benen wilden alleen maar achteruit, ze moest ze tikken geven om de goede kant op te gaan. Als ze achterom keek zag ze dat de hozen dichterbij kwamen, met hun kraalogen en hun dikke buiken, hoe konden ze nou hardlopen met zo'n buik. De voorste hoos werd groter en groter, zijn buik steeds dikker. Toen hij iets zei leek het of hij bulderde, een orkaan die haar omver blies.

'Rustig,' zei Toinette. 'Rustig, Nillie, je hoeft niet te schreeuwen, er is niets.'

Ze lag op haar buik, handen klauwend naar de lakens, draaide voorzichtig haar hoofd een stukje opzij, deed een oog open. 'Hoe laat.'

'Halfzeven,' zei Toinette. 'Ik ben altijd vroeg. Heb ik je wakker gemaakt?'

Ze wilde nog uren blijven liggen. Wat deed Toinette hier, waarom hield ze zich niet rustig, kon ze nou ook in haar eigen huis al niet eens meer op haar gemak... 'Wat ben je aan het doen?'

'Kijken. Het is zondag, maar er zijn toch al mensen op. Dat heb ik in maanden niet gezien. Thuis is het altijd net of de hele wereld stil blijft, zelfs midden op de dag.'

Ze ging zitten. Keek naar het dikke lichaam dat voor haar stond, voelde zich kwaad worden. Op Toinette, Vinnie, Cris, iedereen. 'Waarom blijf je niet in de logeerkamer. Weet je wat ik heb gedroomd?'

'Wil je erover vertellen?'

Toinette klonk als zo'n onbespoten zeikerd van de televisie. 'Nee,' snauwde ze, 'ik wil er niet over vertellen. Ga weg, ik wil wakker worden. Zet maar koffie als je iets te doen wilt hebben.'

'Ja, ma,' zei Toinette. 'Goed, ma.' Ze klonk niet kwaad, meer als een meisje dat blij is dat ze eindelijk iets te doen heeft.

Ze dekte de tafel, vroeg zich af hoe lang het geleden was dat ze dat had gedaan, keek schuin naar Nillie die deed of ze alleen in huis was, die bloot naar de badkamer liep, terugkwam om een handdoek te halen, goed liet zien hoe slank ze was, hoe afgetraind. Hoe boos ze was, dat vooral. Slaan met de deuren, veel zwaarder lopen dan nodig was, vloeken als ze zich stootte of iets liet vallen. 'Ga weg,' had Nillie gezegd. Ze vroeg zich af of ze dat letterlijk moest nemen, schudde haar hoofd. Ze wilde niet weg en daarom zou ze doen of ze niets had gehoord.

'Koffie is klaar,' zei ze toen Nillie zich had aangekleed, strakke spijkerbroek, strak zittend shirt, witte sokken, witte gympen. Hoe zwaar zou ze zijn? 'Hoeveel weeg jij?'

Nillie keek of ze wilde gaan mokken, liet haar ogen over het dikke lichaam glijden, trok met een mondhoek. 'Rond de vijftig meestal, zoiets.'

'Waarom ben je dan kwaad? Moet je dat figuur van je zien. Als ik er zo uitzag dan zou ik me lekker voelen, de hele dag, altijd.'

'Met zo'n gezicht?'

Ze zag Nillie van een afstand in de kleine spiegel kijken die op de kast stond, wilde iets bemoedigends zeggen, iets aardigs. 'Ik zou zo met je ruilen.'

'Over een paar dagen moet ik naar de sociale dienst. Moet ik vertellen waar ik heb gesolliciteerd. Zit er zo'n knulletje aan de andere kant van het loket te zuchten en zijn hoofd te schudden. "Mevrouw, als u zo doorgaat dan verspeelt u uw uitkering." Maar hij denkt: Mevrouwtje.'

'Solliciteer je helemaal niet?'

'Waarom zou ik. Wie wil een vrouw van tegen de vijftig die niks kan.'

Toinette pakte brood, sneed kaas af, een moeder die de vrede wil bewaren. 'Eet nou wat, je hebt je kasten volstaan dus honger hoef je voorlopig niet te lijden. Je was toch secretaresse?'

'Hoe weet jij dat?'

Omdat ze had nagedacht, de afgelopen dagen. Ze Doreen had gebeld, in oude koffers had gekeken op zoek naar spullen van vroeger. 'Hoe meer ik aan vroeger denk, hoe meer ik me herinner. Weet je waarom ze je ook uitscholden?'

'Oók.'

'Ook. Niet alleen om je gezicht, maar ook omdat je zo onvoorspelbaar was. Ik was dik, tegen mij zeiden ze dikke. Als ze durfden, want ze wisten heus wel wat mijn vader deed. Tegen jou scholden ze omdat je zo…,' ze zocht de juiste woorden, '…ik weet niet, dubbel was, twee gezichten, zoiets. Net of…,' snelle blik, '…je snapt het wel.'

'Wat snap ik,' vroeg Nillie. 'Wat snap ik, Toinette?'

Vriendinnen, dacht ze. Nillie is mijn vriendin. Vriendinnen moeten elkaar iets kunnen zeggen. 'Ik weet nog dat ik vroeger nooit heb begrepen hoe het kwam dat je zo, zo wisselend was. Kijk niet zo gek, omdat ik dik was kon ik nog wel denken, wat moet je anders als niemand met je wil spelen. Je staat aan de kant van het schoolplein en je denkt. Dat deed jij ook. Staan, kijken, denken. Ik dacht: ze is net zoals haar gezicht, de ene kant is anders dan de andere. Van je humeur dus, je karakter.'

'Eet nou maar. Weet je dat ik zelfs geen radio aan doe als ik vroeg uit bed ben en eet? Niet als ik thuis ben. Bij Doris is het altijd al druk genoeg met die kinderen. Thuis wil ik rust aan mijn hoofd.'

Na het afruimen had ze spijt. 'Mijn vader zei dat ik geschift was. Eerst als grapje. Dan had ik buiten gespeeld en dan wilde ik met de jongens meedoen. Slootje springen. Dan zeiden ze: jij durft toch niet, jij bent een meisje. Dan sprong ik en dan viel ik erin. Kletsnat, onder de modder. Je bent geschift, zei mijn vader dan. Later zei hij het zonder lachen. Ik heb een keer mijn kamer in brand gestoken. Niet eens om een reden, zomaar, verveling, boos op alles.'

'Doe je daarom zoveel aan sport,' vroeg Toinette. 'Al die halters hier, en die gewichten. Ben je daarom zo slank en gespierd. Omdat je over de sloot wilt komen als jongens het vragen.'

'Denk je dat die slootje met me willen springen.'

Toinette keek langs haar heen. 'Met jou willen ze in elk geval iets. Met mij willen ze niks. Moet je zien. Klein, maar meer dan honderd kilo. En ook nog getrouwd met Vinnie.'

'Waarom ben je eigenlijk met hem getrouwd?'

Toinette bleef langs haar heen kijken, draaide met twee vingers de ring aan haar ringvinger. 'Omdat ik getrouwd wilde zijn. Omdat pappa zei dat Vinnie geschikt was. Hij zei dat Vinnie slim was, dat hij toekomst had. Pappa wilde een zoon, maar dat kon niet. Na mij kon mamma geen kinderen meer krijgen. Ze hebben er nooit over gesproken, dat deed je niet bij ons, praten over iets persoonlijks. Pappa deed dingen waar hij niet over sprak, mamma zorgde voor het huis en voor mij. Vinnie zag er goed uit. Slank, goed geknipt, altijd keurig in het pak. Pappa zei dat ik met hem voor de dag kon komen. Alsof er iemand wás om bij voor de dag te komen. We trouwden, we kregen een huis van pappa en ik bleef binnen, net als mamma had gedaan. Zo hoorde het. Vinnie deed zaken waar hij niet over sprak, hooguit achteraf, als hij wilde opscheppen. Als Doreen er niet was geweest dan had ik nooit echt iets geweten, van niemand. Van wat Vinnie zei was driekwart gelogen, hij kwam overal altijd als een held uit tevoorschijn. Als iemand van ons tweeën reden heeft om kwaad te zijn dan ben ik het.'

Ze wist dat het een kwestie werd van elkaar aftroeven, een wedstrijdje zielig zijn, het was kinderachtig, máar ze wilde er niet mee ophouden. 'Ik heb een zusje. Doris. Elf jaar jonger, dus wat had ik eraan. Mijn vader werkte in een magazijn van een bedrijf waar ze verf maakten, mijn moeder had werkhuizen, zo noemde ze dat: werkhuizen. Vier ochtenden in de week poetsen en boenen bij anderen, als ze thuiskwam was de puf eruit. Nillie, je moet boven nog stofzuigen. Nillie, je hebt de ramen niet goed gelapt, morgen opnieuw doen, als je toch niet naar buiten wilt kun je je handen net zo goed uit de mouwen steken. Toen Doris er was zagen ze me niet meer staan. Doris was de lieveling, het nakomertje, ze was de eerste jaren nog een beetje ziekelijk ook. Op mijn twaalfde wist ik al dat ik zo snel mogelijk het huis uit wilde. Ik was nog niet eens zestien toen ik Cris leerde kennen. Hij mocht studeren. Echt studeren. Aan een universiteit dus. Zo gauw ik van school af was werd ik secretaresse. Als je het zo noemen wilt tenminste, het was meer koffiegrietje dat ook kon typen. Ik ging samenwonen met Cris, op zijn kamer. Moeder was al dood toen en mijn vader kon het niet schelen, die was druk met Doris. Ik werkte, Cris studeerde. Toen hij klaar was, echt helemaal klaar, toen hij goed ging verdienen zei hij dat ik kon barsten.'

'Zei hij het zo? Barsten?'

'Het scheelde niet veel. Hij ging in dat grote huis wonen waar het al-gauw feest was, je hebt geen idee hoeveel verhalen ik daarover heb ge-hoord. Ik bleef op het kamertje, want vader zat er niet op te wachten dat ik weer thuis zou komen. Je moest eens weten hoe vaak ik Cris heb ver-moord in die tijd.'

'Het enige dat ik deed was Vinnie vermoorden.' Toinette keek of ze schrok. 'Nee hoor, ik wou dat ik het durfde. Ik liet hem vermoorden. Door mijn ooms, door geheimzinnige mannetjes, door de politie die een vuurgevecht begon. Tijd te veel, dat was het. Niks te doen. Daar ga je van fantaseren.'

'Ik fantaseerde een nieuwe man, en hij kwam ook nog. Donal. Hij zag me, kwam op me af en zei: 'Ha, die scheve. Kom op, we gaan alles scheef doen vandaag.' Scheef dansen, scheef over straat lopen, scheef zitten in het restaurant. Hij had me ingepakt voor ik het wist. Later begreep ik dat hij een superoppas wilde voor zijn twee kinderen. Zat ik weer hele dagen thuis. Toen ze oud genoeg waren ging Donal naar Zuid-Amerika. Ik ging naar deze flat. Nou heb ik de kasten vol, maar dat komt door Vinnies cre-ditcard. Meestal heb ik niks in huis. Moet je de muren zien, en de vloe-ren. Ik heb Cris om geld gevraagd, gewoon weer een maandelijkse bij-drage, hij heeft zat, samen met dat kleine opdondertje dat blote meiden fotografeert. Ze hebben me het huis uitgegooid, dat kleine huftertje pak-te me bij mijn billen.'

'Nu wil je wraak.'

Ze keek naar de grond, pulkte aan de bank, vroeg zich af wat ze wilde. 'Soms. Vaak. Toen ik wakker werd, veel te vroeg, ('Sorry,' zei Toinette) toen was ik in staat in de auto te stappen, naar de vijver te rijden en Cris zomaar overhoop te schieten. Maar dat was voor ik echt wakker was. Ik wou ook dat ik durfde.'

'Sta je bij de vijver moed te verzamelen.'

Hem te stangen. Zenuwachtig te maken. Te hopen dat hij over zijn toeren zou raken. Langs zou komen en zou schelden. Haar zo kwaad zou maken dat ze het eindelijk zou doen: schieten. Waarvoor anders had ze die revolver. 'Zoiets. Ik zou het niet precies weten, maar dat komt heus wel.'

Ze stond voor het raam, handen gevouwen over haar buik, voorhoofd bijna tegen het glas, alsof elke beweging op straat een verrassing was. 'Gaan ze op deze tijd al naar de kerk?'

Nillie legde de halter neer. 'Ik zou het niet weten.'

'Sta jij nooit voor het raam?'

'Niet vaak. Wat valt er te zien.'

Veel, dacht ze. Leven. 'Ik wou dat ik thuis zoveel afleiding had.'

'Dan blijf je toch zeker nog even. Ik ga straks naar Doris.'

Ze voelde iets van teleurstelling. Het was toch gezellig zo, waarom duurde gezelligheid altijd veel te kort. 'Moet dat?'

Nillie legde de halter weg, zuchtte overdreven hard. 'Ze rekent erop. Na Doris ga ik naar de sportschool. Als je mee wilt…'

Ze hoorde de scherpe bijklank. 'Als je wilt dat ik naar huis ga…'

'Zeur toch niet zo. Ik ben over een paar uur terug, de dag is nog lang niet om. Blijf maar als je het hier zo leuk vindt. Tegen dat het avond is, is de lol er heus wel af.'

Ze kon het zich niet voorstellen, maar hield zich stil. Ze bleef naar buiten kijken, zag niets meer, concentreerde zich te veel op de geluiden die Nillie maakte, geluiden die weer harder waren dan noodzakelijk leek, alsof ze weer boos was. 'Ben je kwaad?'

'Ach, mens.' Nillie stond vlak achter haar, ze schrok ervan. 'Maak je toch niet druk om elk woord. Ik was oefeningen aan het doen en dat kan ik niet: oefenen en praten tegelijk. Ik ga weg. Blijf rustig staan, ik kom heus wel terug.'

Fijn, wilde ze zeggen. Of: gelukkig. Ze zei: 'Mooi.'

Automatisch liep ze naar het deel van de parkeerplaats waar ze meestal haar Fiesta neerzette, schrok toen ze haar auto niet kon vinden. Ook dat nog, Toinette in haar flat, in háár flat, waarom was ze zo gek om iemand daar te laten als ze zelf weg was, iemand die dacht dat ze haar vriendin was, wanneer had ze ooit een vriendin, Toinette in haar flat en haar auto gestolen. Ze dacht aan Vinnie, aan Hank, aan Cris, aan DeBoor, gokte op Hank. Kwaad omdat ze niet met hem mee had gewild. Ze zou hem leren, de rotzak.

Met grote stappen liep ze naar Hanks flat. Ze negeerde alle blikken, liep door naar de kelder, gaf met de vlakke hand klappen op de deur dat het galmde door de gangen.

'Is er nie,' zei een jongetje, pink in zijn neus, duim in zijn oor.

'Wie niet.'

'Hank nie, is er nie.'

'Waar is-ie dan wel?'

'Wee nie.'

Ze stoomde langs hem heen naar buiten, ademde diep met gebalde vuisten, sporttas aan haar onderarm. Godver. Ze riep het niet, maar het scheelde weinig. Toen ze dacht aan Leo en zijn honkbalknuppel, zei ze het wel. 'Godver.' Het luchtte niet op en toen ze in de blauwe Fiesta zat gaf ze klappen op het stuur. 'Klote Leo.'

Ze startte en reed weg met piepende banden. Dat kon ze met deze auto in elk geval wel, banden laten piepen.

Toinette stond met haar voorhoofd tegen de ruit, keek naar de mensen die langs de flats liepen, gezinnetjes in het goede goed, gearmde echtparen, twee vrouwen met hoedjes van een generatie geleden. Allemaal op weg ergens naar toe, de kerk, familie, of zomaar, een eindje om. Met Vinnie had ze nooit gearmd gelopen, niet na de huwelijksdag, zelfs niet in de week erna op het strand waar Vinnie voornamelijk dronken was geweest. Of in de buurt van een telefoon was te vinden, opvallend vaak in de buurt van jonge vrouwen al had ze hem nooit kunnen betrappen, het had lang geduurd voor ze aan zichzelf had durven toegeven dat het niet voor niets was dat hij een eigen slaapkamer wilde en dat hij alleen bij haar kwam als ze daar uitdrukkelijk om vroeg.

Ze zag Nillie voor de flat, aarzelen, met een ruk weglopen, grote stappen. Zag haar terugkomen. De tas met een klap op de auto zetten. Instappen. Uitstappen om de tas te pakken. Zo hard wegrijden dat ze het gepiep van de banden kon horen.

Ze zag een andere auto optrekken, rustiger, maar wel dezelfde kant op. Een kleine auto, donker van kleur, maar dat waren de meeste, donker was de mode. Ze had geen idee wat voor auto het was, maar kreeg een ongerust gevoel. Waarom had ze niet gevraagd of Nillie een gsm had?

Hij had haar op het kruispunt voor de rotonde. Ze had geen idee waar hij vandaan kwam, maar ineens zat hij naast haar, in alle rust, net of het zijn gewoonte was dat hij naar een auto liep die voor rood stond, het portier opendeed en bijschoof. Ze herkende hem meteen. Dikke lippen, snor. DeBoor. Kon niet anders.

Ze voelde zich bevriezen en was niet eens in staat naar haar sporttas te kijken, waar haar handtas inzat, met de revolver, de peperspray, de handboeien, zwaar bewapend maar te stom om de portieren op slot te doen. IJskoud zat ze te zitten, onbeweeglijk, bang dat ze in stukken uit elkaar zou vallen als hij haar aanraakte.

'Rijden,' zei hij.

Ze herkende de ruwe stem en rilde.

'Rijen maar, Nillie.'

Het was net of haar naam haar vertrouwen gaf. Ze durfde nu in elk geval te kijken.

'Groen,' zei DeBoor. 'Rijen.'

'Durf niet.' Ze wilde praten, maar het bleef bij fluisteren.

DeBoor liet eerst zijn tanden zien, daarna een mes, daar weer na de loop van een revolver. 'Je rijdt of je kiest.'

Ze wist niet waar ze het bangst voor was, het mes, de revolver of de tanden.

'Tot drie,' zei DeBoor. 'Eén, twee, ...'

Ze reed. Rechtdoor hoewel ze rechtsaf had gewild.

'Waarheen,' vroeg ze vlak voor de rotonde.

'Rijen,' zei DeBoor. Hij wees voor zich. 'Zie maar.'

Ze reed en als ze schuin opzij keek zag ze DeBoor die zijn nagels schoonmaakte met het mes, terwijl hij neuriede, zacht, monotoon. Dreigend. Misschien was het geruststellend bedoeld, maar zij kreeg het er koud van.

'Linksaf,' zei DeBoor nadat ze bijna een rondje om het centrum hadden gereden. 'De snelweg.'

Hij sprak ook in zinnen van een paar woorden, net als Hank. Maar bij hem was het geen gewoonte, dat wist ze zeker. Het was meer verveling. Waarom veel zeggen als het met weinig kon. En het neuriën had niets met haar te maken, het was omdat hij zich op zijn gemak voelde. Zeker van zijn zaak. Open en bloot, zichtbaar voor iedereen in een auto gestapt en niks om zich druk over te maken. Ze wilde huilen, schreeuwen, tegen iets oprijden zoals ze dat in de film deden, heel hard waardoor de kidnapper met zijn hoofd door de voorruit ging en zij hooguit een blauw plekje zou hebben, gered door de gordel. Maar ze reed door, precies zo hard als DeBoor wilde (hij zei niets, maar zijn handgebaren waren duidelijk genoeg), precies de richting uit die hij aanwees met het mes.

Bij een parkeerplaats zei hij: 'Stoppen.' Hij stapte uit, rekte zich, maakte een paar bewegingen of hij zijn spieren losschudde, keek naar de vrachtwagen die vlakbij stond en de drie personenauto's een eindje verderop. Liet zijn ogen zwenken naar haar, ze wist zeker dat hij haar uitdaagde: roep om hulp, doe een greep naar je tas, probeer het maar.

Ze bleef zitten, handen in de schoot, rillend. Zo koud had ze het nog nooit gehad, zelfs niet midden in de winter. Ze keek naar hem toen hij voor de auto langsliep, maar zag weinig meer dan de lippen en de snor. Als ze hem zou moeten beschrijven zou ze niet verder komen dan: gewoon, bleke ogen, maar met lippen…

'Opschuiven,' zei DeBoor. Hij gaf haar een zet toen het te lang duurde, maakte een golfbeweging met een hand voor hij naar de versnelling wees, grijnsde toen ze half op de pook zat. Ging achter het stuur zitten. 'Handen voor je.'

Ze stak haar handen naar voren, vingers tegen het dashboard, protesteerde niet toen hij een rol tape uit zijn zak haalde en om haar polsen wikkelde. Toen hij klaar was duwde hij haar tegen de rugleuning met een hand die hij op haar borsten had gelegd. Er zat niets seksueels in het gebaar. Het luchtte op, een beetje en daar was ze blij genoeg om.

'Kijken,' zei DeBoor en hij wees om zich heen. 'Goed kijken.'

Ze had geen idee waarom hij het zei, maar keek naar de weg, naar de andere auto's, naar de boerderijen aan de rand van het bos, naar de zomerhuisjes die allemaal verlaten leken, nergens een mens te zien of een auto.

'Somber,' zei DeBoor ineens. 'Bij somber weer komen ze niet. Het gaat regenen, zei de radio.'

Het waren de eerste echte zinnen die ze hoorde, ze raakte erdoor in verwarring.

'Wat wil je nou eigenlijk van me. Waar gaan we naartoe. Wat ga je doen.' Ook haar eerste echte zinnen, al liet ze haar stem wegsterven bij de laatste. Ze had willen zeggen: 'Wat ga je met mij doen,' maar was veel te bang voor het antwoord.

'Kijken,' zei DeBoor. Hij reed een pad op, een heuveltje over, langs een stuk grond dat half onder water stond, geknakte dennen langs de rand. Nieuw pad, nog smaller, kuilen die vol water stonden. Had het de afgelopen nacht geregend?

'Daar,' zei DeBoor. Hij remde af. 'Kijk goed.'

Hank lag op zijn zij, armen tegen zijn borst, het witste gezicht dat ze ooit had gezien. Maar geen bloed. Waarom zag ze geen bloed?

'Dood?'

'Ummm,' zei DeBoor. 'Deed niet wat hij moest doen.'

Ze liet zich voorover zakken tot ze met het voorhoofd het dashboard raakte en voelde snot over haar bovenlip glijden.

16

Voor alle zekerheid haalde hij Leo erbij die achter een raam boven het terras naar de andere kant van de vijver zat te staren. 'Kom eens mee naar de kelder.'

Leo bewoog zich niet. 'Nee.'

'Ja. Het was jouw idee om tape over Vinnies mond te plakken. Kom maar eens kijken.'

Leo wees naar een tafeltje waarop drie busjes peperspray van verschillende grootte stonden, resultaat van fotosessies met vijf modellen. 'Ik doe het… niet.'

Hij zuchtte, zes uur in de ochtend, geen minuut geslapen, staren naar de vijver in de hoop dat Nillie zou verschijnen, kijken in de kelder waar Vinnie tegen een wijnrek lag, één kluwen van touw, draad en tape met een hoofd dat steeds dikker werd en roder, waar hij nu even geen behoefte aan had was een Leo die dwars ging liggen. 'Met je kont van die stoel af en meekomen.' Hij voelde zijn ribben, moest knipperen om zijn ogen scherp te kunnen stellen. 'Nog een keer nee en ik gooi je de trap af.'

'Ja, Cris.'

'Kijk maar goed,' zei hij. 'Neem alle tijd.'

Leo keek een seconde, zei: 'Dood', en drukte zich tegen de kelderwand. Rolde zijn kraalogen van de vloer naar Vinnie en terug. Kreeg een beetje hoop. 'Of niet?'

'Of wel.' Hij trok het tape van Vinnies mond, schrok van het scheurende geluid, keek bezorgd of er geen stukjes lip aan kleefden. 'Ik zei toch dat hij zou stikken.'

'Hadden we hem dan zo moeten eh eh, laten… schreeuwen, met die modellen daar.' Leo wees in de richting van zijn studio. 'Denk je dat het leuk is om daar te eh, werken met hem hier beneden.'

'Punt is: wat doen we nu?'

Leo keek of hij de vraag niet begreep. 'Doen? We graven een eh gat en dan…' Hij schrok op. 'Wat is dat?'

'De telefoon. Een telefoon. Volgens mij heeft hij er wel drie of vier bij zich. Als je af en toe was komen kijken dan had je het geweten. Ze rinkelen om beurten. Waarom heb je niet in zijn zakken gevoeld voor je hem in het touw wikkelde.'

'Wie belt…'

'Zijn moeder,' zei hij. 'Of zijn vrouw. Een van de honderd meiden waar hij achteraan zit. Haal de busjes peper maar even op.'

Leo staarde naar zijn voet, naar Vinnie, naar Cris. 'Peper. Nu nog?'

'Je hebt er moeite genoeg voor gedaan,' zei hij. Hij zag aan Leo's gezicht dat het een kwestie van tijd was voor diens knieën het zouden begeven, probeerde iets luchtigs te zeggen. 'Ik heb nooit geweten dat die modellen van jou bijna allemaal peperspray bij zich hebben, ik dacht dat het spul verboden was.'

'Meiden,' zei Leo. 'Dat waren geen modellen. Modellen hebben eh eh, klasse. Die komen niet na middernacht.'

Het laatste duo was om halftwee langsgekomen, rechtstreeks uit de club, even een uurtje tijd voor het volgende optreden en of Leo maar op wilde schieten, om tijd te besparen hadden ze zich niet aangekleed, jas uit, klaar.

'Dat er zoveel soorten spray zijn, daar kijk ik ook van op. Het lijkt me het beste dat we Vinnie een portie geven uit elke bus.'

Leo liet zijn mond openzakken, liet de grond met rust en keek van Vinnie naar Cris. 'Dus jij wilt… Echt? Waarom?'

Hij wist het niet precies. Omdat het volgens zijn plan was. Omdat hij geen idee had wat hij anders moest doen. 'De bedoeling was Vinnie te laten stikken door peperspray uit het busje van Nillie. Vinnie is dood, maar niet lang. Als we nu peper spuiten dan zwelt zijn keel nog wel op.'

'Hoop je.'

'Denk ik. Jezus, Leo, wat weet ik ervan. Hoe langer we wachten, hoe moeilijker het gaat. Over een poosje wordt hij stijf.'

'Is dat erg?'

Hij zuchtte. 'Weet ik niet. Bel je dokter en vraag het. Godver, Leo, soms word ik hartstikke gek van je. Vinnie moet hier een keer weg. We kunnen hem niet in een auto leggen als hij zo stijf is als een plank. Voor die tijd moeten we hem buigen.'

Leo bewoog zijn lippen, slikte, probeerde zijn rug door de muur te drukken. 'Je bent gek.'

'Naar boven en spray halen,' zei hij. Gebiedend, vriendelijke blik, maar arm gestrekt naar boven. 'Jij bent moe, ik ben moe. Mijn ribben doen pijn, jij voelt je voet. We voelen ons…' Hij zocht een woord.

'Klote,' zei Leo.

'Dat is het. Klote. Haal nou die verrekte peperspray, want het begint hier te stinken.'

'Ik heb eh eh, een wind gelaten,' zei Leo.

'Vinnie wel dertig volgens mij en nog meer ook. Schiet alsjeblieft op. We moeten klaar zijn voor het licht is.'

Vijf minuten later stonden ze te stikken in de kelder. Het eerste busje leverde weinig problemen op. Leo reikte het aan en deinsde achteruit, hij opende Vinnies mond, stopte het busje er een eind in, dekte de neus af en spoot. Bij het tweede busje vergat hij de neus.

'Jee,' zei Leo.

'Weg,' riep hij. Hij liet Vinnies hoofd los en stormde naar de trap. Leo was er eerder, maar hij was sterker, stond bovendien op Leo's voet.

'Auw. Cris. Auw.' Leo zakte in elkaar op de trap en weigerde zich te bewegen.

Hij liep naar het raam, opende het, nam een teug lucht en ging terug. Hij greep het haar van Leo en trok hem omhoog. 'Daar ga je ook dood, sukkel.'

'Ja,' hijgde Leo. 'Je stond op mijn… op mijn voet.'

Hijgend stonden ze voor het raam tot hun ademhaling normaal was. Om beurten spoelden ze hun ogen, dronken ze melk, keken ze elkaar aan, schaapachtig, samenzweerderig.

'Wat zijn we aan het doen, Cris, wat voeren we allemaal uit,' vroeg Leo. Eén adem, geen enkele hapering. 'Weet jij het?'

'We slepen Vinnie naar de schuur,' zei hij. 'Daarna halen we zijn auto op en leggen we hem in de achterbak.'

'En dan?'

'Dan rijden we de auto ergens naar toe. Buiten de stad. Vinnie moet weg.'

Leo ademde opgelucht. 'Gelukkig. En Nillie?'

Hij keek in de richting van de vijver. Dag na dag had ze daar gestaan, maar natuurlijk was ze er niet als hij haar nodig had. 'Zien we wel. Als we Nillie zien dan bedenk ik wel wat. Hoe gaat het met je voet?'

'Goed,' zei Leo. 'Zolang Vinnie maar weggaat.'

DeBoor ging er op zijn gemak bij zitten, benen gestrekt, duimen gehaakt in zijn broekzakken. Voor hem lag de scheve op het bed in het zomer-huisje, polsen en enkels vastgemaakt aan de poten, het deed hem aan het beeld van de vent denken die was getekend door een beroemde schilder, Italiaan of zo, alleen stond die vent in een cirkel, helemaal klaar voor een optreden in het circus – waarom zou je er anders zo debiel bijstaan.

Hij zat, hij keek, hij dacht een beetje in het wilde weg. Over dat je kar-weitjes nooit ingewikkelder moest maken dan nodig was. Gewoon, in-stappen, meenemen, uitkleden, vastbinden. Als je ernstig genoeg keek dan luisterden ze wel. Dreigend kijken was niet eens nodig. Deze was wel heel makkelijk. Beetje zuchten en steunen, paar traantjes, hij had er geen kind aan gehad, niet na die stomp in haar maag. Hij richtte zijn blik op de maagstreek. Goede spieren, hij had grote kerels in de maag gestompt en die waren onder zeil gegaan. Deze scheve had gekreund, meer niet. Maar ze had geluisterd. 'Ga liggen,' en daar lag ze. 'Armen opzij,' en daar gingen de armen.

Het was een makkie.

Het enige waar hij een beetje van baalde was dat hij Vinnie niet kon bereiken.

Hij spuugde, veegde de klodder met een schoen weg, vroeg zich af of hij zin had in praten. Waarom zou hij. Ze lag daar te liggen, ogen stijf dicht, deed of ze er niet was. Wat viel er te praten.

Hij stond op, schoof de gordijnen dicht en liep naar buiten, zacht neuriënd, een man die zin had in een wandeling in de motregen. Dat was de ellende van buitengebied, vond hij, het regende er altijd. In de stad dreigde het, in het bos viel het, waarom hadden mensen hier zomerhuisjes? Ze waren in elk geval verstandig genoeg om er niet naartoe te gaan. Nergens had hij een teken van leven gezien.

Hij liep op zijn gemak naar de plaats waar hij Hank had neergeschoten en bekeek het lichaam met aandacht. Mieren hadden hem gevonden, en torren. Iets had een hapje uit een wang genomen, hij vroeg zich af wat voor beest het was geweest. Een vos? Hij zag het voor zich, een vos die Hank besnuffelde.

Hij liep rond, zag een greppel en pakte een been van Hank. Hij sleepte hem naar de greppel en gooide afgewaaide takken over hem heen. Een vos zou hem wel vinden. Of een hond. Maar wat dan nog, de meeste lijken werden een keer gevonden, dus waarom zou je je inspannen om ze te verbergen.

Voor hij terugliep belde hij Vinnie. Hij begon echt van hem te balen.

Terug in het zomerhuisje ging hij weer zitten kijken. Het hoofd was niks, maar aan de rest was heel wat af te zien, ze was niet voor niks elke dag in de sportschool.

Heel houden, had Vinnie gezegd. Hij had het gehoord en onthouden, maar dat was iets anders dan luisteren. Hij vroeg zich af of hij zin had in luisteren, keek op zijn gemak, belde Vinnie, ging er serieus voor zitten.

De afspraak was duidelijk. Vinnie zou van elf tot één uur bij een van de ooms zitten, beter alibi was er niet. Hij ging niet vaak op bezoek, maar als hij er was, zorgde hij ervoor dat hij werd gezien.

Tot één uur, had Vinnie gezegd, maar bel voor alle zekerheid even.

Dat had hij gedaan, bellen. Wel tien keer. Hij had zijn plicht gedaan en zonder Vinnies aanwijzingen kon hij het ook. Beter zelfs. Niets mooier dan improviseren.

DeBoor stapte op een paar honderd meter van de plaats waar hij Hank in de greppel had gelegd in een Marbella die hij aan de rand van de stad wisselde voor een Patrol hardtop, oud, maar wel een auto waarin hij zich thuis voelde, eentje die niet zou opvallen in de buurt waar Vinnie woonde. Hij zette de auto op de oprit van het landhuis, keek rond of hij eindelijk thuis was, spuugde, neuriede zacht terwijl hij naar de deur liep, sleutel in de hand. Niemand keek. Niemand wilde iets met Vinnie te maken hebben en ook niet met diens gasten. Een betere buurt had Vinnie niet kunnen uitzoeken.

Toinette zou de hele zondag thuis zijn. Angie bij Doreen, Toinette in haar kamer, de hulp in de keuken, de kelder, de serre of daar waar hulpen de tijd op zondag doorbrachten, DeBoor zou het wel zien als hij even zocht. Dat was de informatie van Vinnie en het verbaasde hem niet dat ze niet deugde.

Hij ging naar binnen, riep iets onduidelijks en luisterde naar de stilte. Beneden was niemand, Toinettes kamer ('De eerste links van de trap,' had Vinnie gezegd. 'Ze zit altijd voor het raam, kan ze de bomen zien, snap jij wat er aan bomen te zien valt.') was leeg, in de slaapkamer aan het einde van de gang zag hij hoe hulpen op zondag hun tijd doorbrachten.

Een man rolde van het bed, bleef gebukt staan, handen tussen zijn dijen. Hij sprak aan een stuk door, maar DeBoor kon er geen woord van verstaan.

'Stotter je?'

De man herhaalde onbegrijpelijke klanken.

'Zeg maar hoe je heet.'

De man kromp verder in elkaar, zei niets waar iets uit op te maken viel.

'Dan niet,' zei DeBoor. Hij schoot een keer, zag de man vallen en keek naar de vrouw die een laken tot aan haar kin had getrokken.

'Stotter jij ook?'

'Nai,' zei de vrouw. 'Nai.'

'Zeg dan maar eens hoe jij heet.'

De vrouw beet in het laken, liet los. 'Ludmilla.'

'Waar is de bazin?'

Geen reactie.

'Baas. Bazin. Toinette.'

'Wek,' zei de vrouw.

'Wek. Waarheen.' Hij had zin om iets te zeggen als Waihien. 'Waar naartoe.'

'Wek.'

'Da's niet best,' zei DeBoor. Hij schoot, keek naar het gat in het voorhoofd, dacht aan Nillie en schoot nog een paar keer. Het moest amateurwerk lijken, daar had hij meteen aan moeten denken. Hij schoot de man door een arm en plaatste er een in de buik, herlaadde de revolver, ging zitten en probeerde Vinnie te bereiken.

Dan niet.

Vinnie was weg, daar moest hij van uitgaan. Had hij Vinnie nodig? Nee. Kon hij erachter komen waar Toinette was? Ja.

Zie je wel, dacht DeBoor. Het was allemaal zo moeilijk niet. Geen probleem in zicht. Eerst maar eens terug naar het zomerhuisje, hij moest de revolvers nog wisselen. Voor hij het huis verliet schopte hij met de hak van zijn schoen een ruitje in van een serredeur, van buitenaf, het moest natuurlijk wel een inbraak lijken.

Net buiten de wijk kreeg hij, voor het eerst die dag, shit, voor het eerst in maanden, een inval waardoor hij de pest in kreeg. Hij zag Hank weer voor zich. Bij de flat van de scheve. Hank naar binnen. Hank naar buiten. In zijn eentje. Gedumpt door… Shit, daar had hij aan moeten denken. Uren had hij ze samen gezien, Toinette en die kleine met haar scheve kop. Misschien had Toinette in de flat gezeten, vlak bij de hand, even naar binnen en hij was klaar geweest.

Hij zette de Patrol aan de kant van de weg en vroeg zich af of hij zou bellen. Waarom eigenlijk niet, hij kende het nummer uit het hoofd. Improviseren was goed, maar basiskennis kon nooit kwaad.

Toen het bandje aansloeg verbrak hij de verbinding. Toinette was niet in de flat of ze was er wel, maar nam niet op.

Ruim voor hij bij het bos was had hij zijn plan rond. Het was zo eenvoudig. Alles lag voor de hand, je hoefde alleen maar te grijpen. Beetje improviseren. Beetje denken. Als het in dit kelerebos niet had gedruppeld, dan was het een van de betere zondagen geweest.

17

Ze rende door een gang naar een helverlichte deur, geel met rode en blauwe stralen, opende de deur, zag een nieuwe gang met een deur, en een nieuwe gang, deur, gang, deur, cirkels, helverlichte vlakken die wentelden door gangen waarin ze steeds moeizamer vooruit kwam, serpentines van licht, een deur die groter was dan de andere, ze struikelde, deed een greep naar de deurknop in de vorm van een kogel, miste, knalde met haar gezicht tegen de deur, zag zichzelf, scheef, verward.

Boos. Vooral boos.

Hoe kon ze nou slapen op dit bed waarop ze vastgebonden lag, benen met touwen vast, ene hand met touw, andere hand met iets dat klonk als ijzer. Hoe kon ze wegzinken, dromen, hijgend wakker worden met De-Boor die aan het voeteneind zat. Niks zei. Niets deed. Alleen keek. Ze had gedaan of ze haar ogen gesloten hield, maar ze had hem heus wel gezien. Hij zat met zijn voeten recht vooruit, beetje achterover geleund, of hij alle tijd van de wereld had, of hij een schilderij bekeek en elk facet ervan in zijn geheugen wilde prenten.

Boos op zichzelf. Bozer op DeBoor.

Zo boos dat ze geen tijd had bang te zijn. Natuurlijk zou hij haar vermoorden, straks, vanavond, morgen. Als hij alles had gezien wat hij zien wilde en had gedaan wat hij wilde doen dan zou hij haar vermoorden. Kon niet anders. Hij had zich laten zien, had haar in de auto naar buiten laten kijken. Geen spoor van geheimzinnigheid. Hij had haar meegenomen, op bed gekwakt, vastgebonden. Hij was weggegaan en teruggekomen. Had geen woord gezegd, maar was op de stoel gaan zitten. Ze was in slaap gevallen. Niet verdoofd, niet bewusteloos geslagen, gewoon weg gezeild.

En wakker geworden met een boosheid die ze niet kon controleren.

'Sterf, grote klootzak!' Ze brulde het uit. Als ze dood moest, dan niet terwijl ze lag te janken, dan maar terwijl ze hem uitschold.

Spugen. Dat zou ze doen, ze zou dat gore mannetje dat naar je spuw-de als je in zijn buurt stond een klodder in zijn gezicht spuiten, reken maar, al zou dat het laatste zijn wat ze deed.

Ze sperde haar ogen open, trok haar buikspieren samen en richtte zich zo ver mogelijk op. Haar maagspieren deden pijn, maar ze had de klap zien komen en haar spieren gespannen, ze deden pijn, maar niet zo-veel als hij had verwacht, dat wist ze zeker. Ze verzamelde speeksel en keek naar de stoel.

Leeg.

Ze zonk terug, draaide haar hoofd en keek naar haar polsen en haar enkels. Het waren geen touwen, maar koorden, geen idee van welk ma-teriaal. Het rinkelen kwam van handboeien. Toen ze goed keek dacht ze de kleur te herkennen. Haar eigen boeien. Die van plastic dat op ijzer leek. Met een beetje geluk.

Ze spande haar spieren, trok en wrong, sprak zichzelf toe.

'Je… bent… niet… voor… niets… vijfhonderdduizend… keer… naar… die… klotesportschool… geweest. … Je… hebt… spieren… ge-bruik… ze.'

Ze dacht dat ze iets hoorde kraken, ontspande zich, kromp in elkaar toen ze de deur hoorde.

Daar was-ie weer.

Ze verzamelde speeksel, was klaar om te spugen, deed haar ogen open en zag nog net het kussen dat over haar hoofd werd gelegd.

Dit was het dus. Niet eens de kans om iets terug te doen.

Ze had het gevoel dat haar spieren stopverf werden, stikte bijna in haar eigen spuug, wachtte met ingehouden adem tot DeBoor zijn ge-wicht op het kussen zou leggen en haar zou laten stikken, rilde toen ze een stem hoorde.

'Geen zin meer in je scheve kop.'

Meer zei hij niet, maar ze voelde vingers, van haar keel over haar buik naar haar knieën. Heen en terug, voorkant, zijkant, binnenkant. Hoorde geneurie, heel zacht, tevreden geneurie.

'Klootzak,' zei ze, terwijl ze het kussen van haar hoofd probeerde te schudden.

Het gekriebel hield op, een hand hield het kussen op haar hoofd, geen hand die ter hoogte van haar mond drukte, maar een die een band om haar voorhoofd leek te leggen. Ze voelde gepluk aan de koorden, hoorde de handboeien. Wist niet hoe ze het had toen een deur dichtsloeg, bleef minutenlang roerloos liggen. Was hij weg of deed hij alsof en zat hij weer te kijken.

Ze bewoog haar hoofd, hoorde niets en schudde harder. Het kussen zakte opzij en ze zoog lucht in of ze minuten onder water had gelegen.

Ze was alleen, dat wist ze zeker. Maar hij zou terugkomen en voor die tijd moest ze weg zijn. Als ze bleef liggen zou hij haar doodmaken, een nieuwe kans kreeg ze niet.

Ze haalde diep adem en concentreerde zich op haar enkels. Geen enkele beweging.

Nieuwe concentratie, nu gericht op de hand met de boeien. Het was plastic en plastic kon stuk. Ze trok, draaide, wrong. Voelde het zweet naar haar keel lopen. Gaf het op toen ze geen adem meer had.

Nog een poging, nu gericht op de andere hand, wist niet wat haar overkwam toen ze iets los hoorde schieten, keek met grote ogen naar haar rode pols.

De handboeien zaten aan een koord dat aan de poot van het bed zat. Toen ze de knoop had ontdekt was ze na een paar minuten zo ver dat ze op bed kon zitten. Ze kon bij haar enkels, al was het maar net. Brak een nagel. Gromde van woede en deed zich meer pijn dan nodig was. Zuchtte van opluchting toen ze rechtop stond.

Ze had ineens zin om te huilen. Te gaan zitten. Te plassen. Haar polsen onder een straal water te houden. Honderd dingen tegelijk te doen. Maar ze deed niets. Ze zag haar kleren en haar sporttas en stond beweginloos. Dit moest een valstrik zijn. Hij had iets onder haar kleren gelegd, iets in haar tas, hoe heette het, boobytrap of zo, ze zou de lucht invliegen als ze iets aanraakte.

Toen ze begon te rillen bewoog ze met een teen haar broek. En haar shirt, ondergoed, witte sokken. Eronder lag het sleuteltje van de handboeien. In de sporttas zat haar handtas met de revolver, het busje peperspray, de make-upspullen, spiegeltje, kam, sleutels, alles. Ze liep naar het raam, gluurde langs het gordijn, zag de blauwe Fiesta.

Het was natuurlijk een valstrik, absoluut, hij lag buiten op de loer. Maar ze zou het er wel op wagen. Alles was beter dan hier blijven en zijn vingers over haar buik voelen.

Ze kleedde zich aan.

Toinette luisterde naar de geluiden in de flat, keek naar de mensen die wandelden, eerst op hun gemak, later haastig, schuilend onder paraplu's, maakte zich ongerust. Hoelang zou Nillie wegblijven? Uurtje op bezoek bij Doris, daarna een uurtje in de sportschool. Na tweeënhalf, uiterlijk drie uur zou ze terug moeten zijn.

Een paar keer ging de telefoon. De eerste keer schrok ze, de derde keer liet ze haar hand boven de hoorn zweven, klaar om op te nemen als ze Nillie het bandje in hoorde spreken.

Ze verstarde toen ze een onbekende stem hoorde. 'Waar ben je toch. Ik heb al een paar keer gebeld. Zit je weer over de vijver te staren soms. Ik had je verwacht vanmorgen. De kinderen ook, ze rekenen op je.' Korte pauze, aarzelend: 'Of ben je boos. Ik zei het niet om jou, dat je een poosje niet op moest komen passen, dat weet je toch. Ik zei het om de kinderen. Vinnie is gek, ik wil hem niet in de buurt van mijn huis. Dat weet je. Bel me even terug. Kusjes van je Triple-X.'

Ze trok haar hand weg toen ze de naam Vinnie hoorde. Dit moest Doris zijn. Als ze zat te wachten, waar was Nillie dan gebleven?

Ze voelde zich koud worden. Iets was niet in orde.

Nadat de verbinding was verbroken luisterde ze het bandje nog een keer af. En opnieuw. Was Nillie eerst naar de sportschool gegaan? Ze wist zeker dat ze had gezegd: naar Doris en daarna sporten.

Ze zocht naar een telefoonboek, zag een vel papier met losse aantekeningen en met potlood neergekrabbelde nummers, belde het eerste. Geen gehoor. Het tweede. Niets. Het derde. 'Hèhè, waar blijf je toch.'

Ze liet de hoorn bijna vallen. 'Ik?'

'Wie ben jij,' vroeg een scherpe stem. 'Ik verwachtte iemand.'

'Nillie,' zei ze. 'Als jij Doris bent dan verwachtte je Nillie. Ik ben Toinette. Van …'

'Ik weet wie je bent.' IJziger kon een stem niet zijn. 'Zit jij soms…'

'Op bezoek,' zei ze snel. 'Nillie zei dat ze naar jou toe zou gaan.'

'Nou. Niet dus.'

'Ze is al een tijd weg.'

'Dan zou ik de sportschool maar eens bellen als ik jou was.'

'Ik heb geen telefoon…'

'…boek,' zei ze tegen de tuuttoon.

Ze hing op en ging op zoek naar een telefoonboek.

'Met Niels,' zei een stem die ze niet eerder had gehoord. 'Doe je niets meer aan je conditie vandaag. Op deze manier zak je straks als een pudding in elkaar. Grapje. Geen schijn van kans bij jou. Ik bel je nog wel en anders: tot vanavond.'

Dat was de sportschool, was ze maar wat sneller geweest, met dat dikke lichaam kon ze ook niks.

Ze stond naast de telefoon met gebalde vuisten. Er was iets helemaal mis.

Het nummer van Doreen kende ze uit het hoofd en Doreen was thuis.

'Met mij.'

'Goh, daar kijk ik van op, anders bel je nooit.'

'Alles goed met Angie?'

'Dat weet je. Wil je haar spreken?'

'Ik bel eigenlijk voor iets anders.'

'Dat dacht ik al. Vertel het maar.'

'Nillie is zoek,' zei ze. Ze vertelde wat ze dacht. Daarna wat ze vreesde. Probeerde over te komen als iemand die ze allemaal precies op een rijtje heeft en zich terecht zorgen maakt.

'Dus?' zei Doreen.

'Dus weet ik niet wat ik moet doen. Iemand moet haar zoeken.'

'Ja,' zei Doreen. 'Waar is Vinnie?'

Geen idee, ze had zelfs niet aan Vinnie gedacht. 'Ik weet het niet.'

'Zoek ik wel uit,' zei Doreen. 'Ga je niet zitten opvreten in een flat die niet van jou is en waar je schrikt van elk telefoontje en elk geluid.'

'Hoe weet jij…'

'Ik ken je pas veertig jaar. Langer. Ga naar huis. Doe de deur dicht en wacht tot ik je bel. Waar zei je dat Nillie naartoe zou?'

'Haar zus, maar daar is ze niet. En er belde ene Niels en die had het over haar conditie dus op de sportschool zal ze ook niet zijn, maar ik heb geen idee om welke sportschool het gaat.'

'Ik wel,' zei Doreen. 'Ik ken iemand die daar elke dag komt en haar kent. Bel een taxi, ga naar huis…'

Cognac. Ineens wilde ze cognac.

'…neem een borrel. Ik zal eens bellen.'

Als Doreen dat zei dan kwam het goed.

'Dank je,' zei ze. 'Heb jij het nummer van een taxibedrijf bij de hand?'

Natuurlijk had Doreen dat.

Haar hele leven had Toinette mannen over doden horen praten, meestal in bedekte termen, soms heel direct. Het had lang geduurd voor ze had begrepen dat haar vader een vak uitoefende waar doden aan te pas kwamen en nog langer voor ze wist dat hij degene was die de opdrachten gaf. Altijd was het gegaan om mensen die ze nooit had gezien. Soms overleed een oom, maar dat was altijd toeval geweest, een ongelukje. Over mannen die ze kende werd in haar aanwezigheid nooit gesproken in termen van dood, laat staan moord. Wat niet betekende dat ze niet langzaam vertrouwd was geraakt met begrippen als overlijden en sterfelijkheid. Ze had zich vaak afgevraagd hoe een dode eruit zou zien, een echte dode, niet de gebalsemde zoals haar vader, moeder, de broer van haar moeder, de enige echte oom die ze had bezeten en die wat ergs was overkomen tijdens een autotocht.

('Wat ergs, mamma?' 'Doet er niet toe, kind, ga maar naar je kamer.')

Ze had geweten dat er iets mis was toen ze de taxi had betaald en bij de deur stond. Ludmilla had open moeten doen.

Ze bleef staan op de drempel en luisterde. Ze hoorde het tikken van een radiator, het blaffen van de hond van de buren, ergens moest een raam openstaan, normaal hoorde ze het nooit.

Ze riep, luisterde, liep de trap op, rechtstreeks naar de kamer van Ludmilla, opende de deur en wist dat ze doden zou zien voor ze een lichaam zag.

Ludmilla lag op het bed, laken tot aan haar kin, een gat in het hoofd, twee geschroeide gaten in het laken. Achter het bed lag een man die ze niet eerder had gezien. Drie gaten, waarvan een in het hoofd. Ze keek en vroeg zich af waarom ze niet meer bloed zag, in films kon je een zwembad vullen met het bloed dat uit een dode stroomde. Ze vroeg zich ook af waar de vliegen vandaan kwamen. Nooit een vlieg gezien in huis en moet je nu eens kijken.

Haar eerste wezenlijke gedachte was er een van opluchting: gelukkig dat het Nillie niet is. Daarna vroeg ze zich af waarom ze niet had gedacht: gelukkig dat het Vinnie niet is.

Omdat ze daarop het antwoord wist hield ze op met zich onzinnige dingen af te vragen. Er was werk aan de winkel, ze moest Doreen bellen.

'Met mij weer.'

'Ik dacht dat je naar huis zou gaan.'

'Ik ben naar huis gegaan. Weet je waar Vinnie de hulpen vandaan heeft?'

'Ja,' zei Doreen.

'Dus je kent Ludmilla.'

'En?'

'Die is …' hoe zeiden de ooms het ook weer nadat ze in haar richting hadden gekeken, '…voorbij.'

'O, ja?'

'Er was iemand bij haar die ik nooit eerder heb gezien. Ook voorbij.'

'Dat weet je zeker?'

Of ze het zeker wist, drie keer voorbij, alletwee. 'Ja. Wat moet ik nu?'

'Niks,' zei Doreen. 'Deur op slot en gaan zitten. Neem een glaasje. Praat met niemand behalve met mij. Ik zal oom Tiesto bellen.'

Oom Tiesto was drieëntachtig, liep achter een rollator, had nog één tand en droeg broeken waar hij twee keer in kon met een gulp die altijd openstond, als hij grappig wilde zijn hing hij er een zakdoek uit, één keer een worst, hij lachte er maanden later nog om.

'Mag die het tehuis uit?'

'Laat nou maar. Hij moet dingen voor je regelen, voor ons. Daar is hij nog steeds goed in.'

'Weet je al iets over Nillie?'

Doreen zuchtte. 'Dat is nou niet direct het belangrijkste zou ik zeggen.'

'Ik zeg van wel.' Ze was verbaasd over haar ferme toon.

Doreen blijkbaar ook. 'Zit het zo,' zei ze na een pauze. 'Als het zo zit zal ik Allan sturen. Ik heb hem een poosje geleden al gebeld. Jij kent hem niet, hij is die van de sportschool. Ze noemen hem Bello. Officieel werkt hij voor Vinnie. Hij maakte deel uit van de autotak.'

'Voor Vinnie.'

'Meer voor mij, eerlijk gezegd. Ik leg het wel een keer uit, als je het wilt weten tenminste. Ik zal hem zeggen dat hij naar Nillies flat moet gaan. Waar wil je dat ze naar toegaat?'

'Nillie?'

Een zucht van Doreen. 'Ga straks maar gauw wat cognac drinken, je bent eraantoe. Nillie, ja. Als je wilt dat ze thuisblijft dan zal Allan dat tegen haar zeggen. Als je wilt dat ze ergens anders naartoe gaat brengt hij de boodschap over.'

Ze was niet geschrokken. Ze was niet bang. Maar ze wilde wel graag gezelschap. 'Kan hij ook zeggen dat ze naar mij moet komen?'

'Met Ludmilla in je huis?'

'Ze hoeft toch zeker niet naar boven te gaan? Ik ben hier helemaal alleen. En Vinnie is er… weet je al waar hij naartoe is?'

'Geen idee,' zei Doreen. 'Meestal lukt het me wel om hem…, laat maar. Dus ze moet naar jou toe?'

'Ja,' zei ze. 'Graag.'

Ze keek met verbazing naar de hand die de cognacfles vasthield. Ze wist zeker dat ze niet bang was, maar de helft kwam naast het glas terecht. Het was een rare dag.

De woede van Nillie groeide bij elke meter die ze aflegde. De motor van de Fiesta was meteen aangeslagen, DeBoor was in geen velden of wegen te bekennen, maar waar was het einde van dit rotbos. Hoe lang was het nou geleden dat ze naast DeBoor had gezeten, dat ze naar buiten had gekeken, de bomen had gezien, de paden, het stuk dat een moeras leek, en nou wist ze de weg al niet meer, na nog geen halve dag. Ze keek op haar horloge. Na nog geen kwart dag, het was net in de middag.

Ze reed over paden tot ze bang was dat ze vast zou lopen in de plassen. Draaide en reed terug. Zag verlaten zomerhuisjes en nieuwe paden. Dacht een paar keer dat ze een scheefgewaaide boom herkende, of een zomerhuisje met een opvallende kleur. Zat zich op te fokken. Sloeg op het stuurwiel. Schreeuwde in het wilde weg. Stampte op het gaspedaal en liet de wielen slippen.

Wist niet wat ze zag toen ze op een asfaltweg uitkwam. Was ze hier? Vlak achter de speeltuin waar ze vroeger naartoe fietste? Dan had ze dus rondjes gereden, of vierkantjes, in elk geval stom gedaan, in de stad verdwaalde ze nooit.

Ze reed naar de snelweg en durfde pas een raampje open te draaien toen ze op een parkeerplaats stond waar ouders hun kinderen uitlieten, en hun honden. Ouders in de auto, kijkend naar de druppels, kinderen en honden buiten, het had iets van een familietafereeltje op een tekening: zoek de acht fouten.

Ze bleef zitten tot ze het opgejaagde, benauwde gevoel kwijt was en deed wat ze natuurlijk meteen had moeten doen. Ze pakte de revolver uit de tas en keek om zich heen. Geen DeBoor te zien, maar ze zou zich niet meer laten verrassen. De portieren waren op slot, maar als hij probeerde een ruit in te slaan zou ze hem krijgen. Met de volle laag.

Toen ze het wapen onder de tas schoof zag ze de punten van de kogels glinsteren. Vier zag ze er, nee, zes. Had ze er zes in de cilinder gedaan? Het waren er toch niet meer dan twee? Of vergiste ze zich en had ze, gisteravond, toen Toinette naar haar kamer was gegaan… Ze had de revolver opgepakt en bekeken, ze had geoefend met de cilinder, en met de kogels. Maar ze had er toch geen zes in gedaan? Ze schrok toen ze kinderstemmen hoorde en schoof haastig de revolver uit het zicht.

Een jongen en een meisje stampten door de plassen, lachend, hand in hand. Een eindje verder hing een man met het bovenlichaam uit de auto. Hij zwaaide met een vinger en riep iets. Het meisje lachte nog harder en sprong nu met twee voeten tegelijk in het water, het jongetje volgde haar voorbeeld.

Ze deed het raampje dicht en veegde een druppel uit haar oog. Hoe kwam de regen in haar gezicht?

Ze wilde weg. Naar huis. Meteen.

18

Met het zakken van de adrenaline kwam de twijfel, vergezeld van vlagen van wanhoop en pijn in zijn ribben. Ook nog eens spierpijn in een schouder. Geen idee hoe het kwam. Opgedaan bij het verslepen van Vinnie, waarschijnlijk. Verkeerd bewogen, verkeerd getild. Alles ging verkeerd. Hij was op bed gaan liggen maar kon niet slapen. Strompelde naar beneden, snauwde Leo af die als een kip zonder kop rondhobbelde, zette voor de zoveelste keer koffie.

Vinnie, daar draaiden zijn gedachten om. En om Nillie. Op de een of andere manier moesten die twee met elkaar worden verbonden. Hij probeerde langs andere lijnen te denken, maar was er te moe voor. Welke weg hij ook volgde, hij kwam uit op de combinatie Vinnie-peperspray-Nillie.

Hij rolde zich uit bed, keek naar het plasje koffie naast het kopje op de vloer en vroeg zich af waarom hij het kopje niet om had horen vallen.

Omdat hij vrijwel slaapwandelde; straks donderde hij van de trap en brak hij ook nog iets.

Hij sleepte zich naar de douche en dwong zich om onder vrijwel koud water te gaan staan.

Terwijl hij stond te rillen stak Leo zijn hoofd om de hoek van de deur. 'Annlee is er.'

'Lazer op,' riep hij. Koud water en tocht was te veel.

'Ze zegt dat ze hier is in opdracht van eh, Vinnie. Voor een film.'

'Stuur haar weg.'

'Ze zegt dat ze moest eh, ze zit in de studio en ze wil niet… Help me nou.'

Leo was niet volledig geweest, zag hij. Annlee zat bloot in de studio, hij werd even helemaal wakker. 'Wat denk jij dat je aan het doen bent?'

'Vinnie zei vorige week: zorg dat je er bent zondagochtend, verras me, ik ben er vanaf een uur of tien. Verras me, een rol in een film zit er dik in. Volgens mij ben ik aan het verrassen.'

Dat leed geen twijfel. Na een uur of acht slaap zou hij meer zijn dan verrast, hij voelde zelfs nu een reactie. 'Vinnie heeft gebeld. Hij kon niet. Je moest je telefoonnummer achterlaten, dan zou hij bellen.'

Ze keek naar een nagel, pulkte aan haar neus, in de neus, keek naar de nagel, liet haar ogen rondzwerven. 'Heb je niks om mijn vinger aan af te vegen?'

Hij bleef roerloos staan.

Annlee zette haar duim tegen de nagel, schoot, volgde het resultaat met haar ogen, zuchtte tevreden. 'Heeft-ie allang, gekkerd. Mijn nummer. Hij belt alleen niet. Ik heb hem gebeld, maar hij nam niet op. Ik dacht: ik ga maar vast. Hem verrassen dus.' Ze keek langs hem heen. 'Is Leo er niet meer? Leo kan toch alvast foto's maken? Vorige week had-ie daar geen problemen mee.'

Hij probeerde geduldig te blijven. Dat viel niet mee. Het woord 'gebeld' had iets bij hem losgemaakt. 'Ga je nou maar aankleden. We moeten zo weg, Leo en ik. Spoedopdracht. Daarom komt Vinnie niet. Misschien eind van de middag, we bellen je wel.'

'Ja ja,' zei Annlee. Ze stond op van de lage stoel, draaide haar rug naar hem toe, bukte zich en keek tussen haar benen door. 'Vorige week waren jullie vlot, maar nou, wat een Houten Klazen. Je staat toch zeker niet stiekem te kijken?'

Of er iets stiekems aan was. 'Schiet een beetje op. We moeten weg.'

Ze trok een pruillip. 'Kan ik niet wachten? Elyna komt straks ook en ze neemt een vriendin mee.'

De vermoeidheid kwam terug en daarmee de angst en de korzeligheid. Hij liep naar haar toe, gaf haar een klap tegen haar kont dat het kletste en wees naar de deur. 'Aankleden. Opdonderen.'

'Nou zeg,' zei Annlee. Er klonk bewondering in haar stem. 'Nou zeg. Dat had ik niet achter je gezocht.'

'Toen Annlee het had over bellen wist ik wat me dwarszat,' zei hij.

Leo stond hem aan te kijken met ogen die zeiden: je moest eens weten wat mij allemaal dwarszat.

'Als ze Vinnie bellen dan gaat zijn telefoon over. Zou je dat horen als je in de buurt van de auto staat?'

Leo keek ongelukkig. 'Ik heb er drie ge…eh, eh… gepakt. Onder het touw vandaan.' Hij trok een gezicht. 'Helemaal nat dat touw. Die tape. Stinken.'

'Weet je zeker dat je alle telefoontjes had?'

Leo haalde zijn schouders op, zei niets. Diepe lijnen in zijn gezicht, ogen die verborgen leken in zijn hoofd, handen die beefden, hij zou geen camera vast kunnen houden.

'Wat heb je ermee gedaan?' vroeg hij. 'Met die telefoontjes.'

Leo stampte met een voet en maakte er een draaiende beweging mee. 'Kapot.'

'Gelukkig.' Hij zag dat het weer eens tijd werd voor een opbeurend woord. 'Goed werk, Leo. Pak van mijn hart. Ik wou dat ik wist waar Nillie was.'

'Zoeken?'

'Waar. Ze kan overal zijn. De sportschool. Doris. Toinette. Iemand die we niet kennen. Thuis in bed. Ik heb drie keer gebeld, maar niemand neemt op.'

'Ja,' zei Leo. Hij deed een paar stappen in de richting van de deur, wankelde, zakte door een knie. 'Ik ben moe.'

Hij stak een hand uit. 'Jouw beurt om te douchen. Straks komt Elyna met een vriendin en hebben we daar weer gedoe mee. We gaan naar buiten en doen de deur op slot.'

'Buiten?'

'Douchen,' zei hij. Hij trok Leo mee naar de douche of hij een kind aan de hand had. Voor alle zekerheid bleef hij bij de deur staan tot hij water hoorde.

'Weg,' zei Leo. 'Vinnie moet weg uit dat eh eh, watergebied.'

'Waterwingebied heet het.' Hij knikte. 'Daar heb ik ook aan lopen denken. Het regent een beetje, maar soms zijn daar op zondagmiddag veel mensen.'

'Honden,' zei Leo. 'Kan een hond eh eh, Vinnie ruiken?'

'Hoe weet jij dat daar honden zijn?'

Leo keek of hij aan iets leuks moest denken. 'Weet je niet meer? Dat model.' Hij maakte met beide handen een halve cirkel voor zijn borst. 'Victoria?'

Hij wist het weer, maandenlang had hij er spijt van gehad dat hij net die dag naar een afspraak moest. Leo was een studiofotograaf die zelden buiten werkte, maar die er voor een eerlijke E-cup nog wel eens opuit wenste te gaan. Alles was goed verlopen tot een dog zich met de sessie had bemoeid. Leo was weggerend, met statief en al, maar Victoria had geen snelheid kunnen maken. 'Mij zal het niet verbazen als er over een eh, tijdje Victoriadoggen bestaan,' had hij Leo over de telefoon tegen iemand van een maandblad horen zeggen. Vanaf die dag was Leo uiterst voorzichtig met honden.

'We halen Vinnie daar weg,' zei hij en hij zag Leo opgelucht kijken. 'We rijden er in mijn auto naar toe. Ik stap over en rij Vinnie naar een van die flats waar Nillie woont en…'

'Ook honden,' zei Leo.

'…jij pikt me een eindje verder op. Daarna gaan we terug naar huis en zet ik jou af. We zien wel wat ervan komt, van Vinnie bij de flats. Als iemand hem vindt en er hangt nog een gaslucht denkt de politie misschien aan Nillie. Dat busje peperspray van haar kunnen we beter vergeten, maar alle last die ze krijgt is meegenomen. Bovendien…' Hij aarzelde.

Leo hapte meteen. 'Wat Cris. Je hebt iets bedacht.'

Dat had hij. Het had te maken met alibi's, maar hij zou het niet zo onder woorden kunnen brengen dat het ergens op leek. 'We zetten Vinnie bij die flats. Daarna blijf jij dus thuis. Het is zondag en dan krijgen we aanloop. Zeg dat ik ziek ben en in bed lig. Roep af en toe iets naar boven. Breng koffie. Zorg ervoor dat niemand naar mijn kamer gaat.'

'En jij?'

'Ik ga Nillie zoeken. Ik rij van de flats naar de sportschool, naar de straat waar Doris woont, naar het huis van Vinnie. Misschien is ze met zijn vrouw meegegaan, Toinette. Hou jij de vijver in de gaten. Voor je het weet staat ze daar weer en dan moet je me bellen.'

'Dus ik moet eh eh, mag… eh, thuiszitten?'

Hij fronste zijn wenkbrauwen. 'Niet goed?'

'Jawel,' zei Leo snel. 'Fijn. Gelukkig.'

Alles lag voor de hand, dacht DeBoor. Beetje denken, beetje improviseren, je niet druk maken, dan kwam het allemaal goed.

Het begin was ergerniswekkend geweest, dat wel. Die scheve griet had geen richtinggevoel. Ze was elk pad drie keer overgereden, had de goede afslag twee keer gemist omdat ze de verkeerde kant opkeek en was uitgekomen op de asfaltweg die het verst van het zomerhuisje lag.

Een paar keer had hij op het punt gestaan nijdig te worden, om de Fiesta te rammen en die griet weer vast te binden. Hij had haar tijdens de rit naar het zomerhuisje niet voor niks naar buiten laten kijken. Als ze dan helemaal niks goed kon doen, dan kon ze maar het beste voor hem klaarliggen.

Hij had op sommige paden te dicht achter haar gereden, als ze in het spiegeltje had gekeken of had geluisterd dan had ze geweten dat hij in de buurt was. Maar ze keek niet, ze luisterde niet, ze reed kop- en kontloos door een bos dat niet half zo groot was als ze waarschijnlijk dacht, en ze moest een omweg maken om in de stad te komen.

Waar ze regelrecht naar haar flat reed. Waar ze parkeerde, uitstapte en terugdeinsde toen een man op haar af kwam. Het was Bello, zag DeBoor, de man van de auto's, de man die bij Vinnie uit de gratie was geraakt, niet precies de persoon die hij hier verwachtte.

Hij draaide het raam open en keek naar Bello die stapjes naar voren deed, terwijl die griet achteruit walste, argwanend, handen met de sporttas voor de borst, het was net een toneelstuk, zou ze echt niet op het idee zijn gekomen om de revolver bij de hand te houden?

Bezwerende gebaren van Bello, snelle zinnen, een arm die omhoog wees, naar de flat en daarna schuin achter zich, alsof hij de weg wees.

De griet bleef staan toen ze was teruggedreven tot bij de Fiesta, dook niet weg toen Bello vlak voor haar kwam staan, hief alleen haar tas toen hij een hand uitstak.

Niet bang, maar evenmin overtuigd, was de conclusie van DeBoor.

Hij zag dat Bello een mobieltje uit zijn zak haalde, naar het venstertje wees en de telefoon aan die griet gaf. 'Bel maar, toe maar,' betekenden zijn gebaren.

Ze stak een arm door de riem van de tas en hield hem voor haar buik terwijl ze met haar vrije hand de telefoon aanpakte.

Bello knikte, terwijl ze belde, keek om zich heen, uit gewoonte of uit verveling.

DeBoor keek mee en zag een gezette man bij een donkere auto die vol belangstelling naar Bello en de scheve keek. Hij vroeg zich af waar hij de man eerder had gezien. Gromde toen het hem te binnen schoot. Onder de voeten van Hank, op het trottoir voor The Four Crowns.

Bello zag hem ook, gaf geen blik van herkenning, maar richtte zijn aandacht op de scheve, die knikte, de telefoon teruggaf, instapte, weg-reed.

Bello bleef achter, telefoon in de hand. Hij maakte een gebaar of hij zwaaide, haalde zijn schouders op en draaide zich om.

DeBoor bleef wachten tot hij Cris in zag stappen en achter de Fiesta aan zag rijden.

Een optocht, feest, wat gaf nou een beetje regen, het werd een uitste-kende dag, hij wist het zeker.

19

Op de parkeerplaats net voorbij de rotonde zette ze de Fiesta stil. Ze klemde haar handen om de rand van het stuurwiel en tilde een voor een de vingers op. Een oefening: drie seconden vast, los, weer vast.

Waar had ze nou eigenlijk de revolver voor en de peperspray? Stond ze weer te bibberen tegenover een vent die iets van haar moest. Een vent die ze al jaren kende nota bene, eentje met wie ze half en half een afspraakje had gemaakt. Het enige waar ze aan had kunnen denken was: die is ook van Vinnie, hij wacht me op en brengt me naar DeBoor.

Alles wat er met haar had kunnen gebeuren had ze bedacht, terwijl ze achteruit schuifelde en met schrikogen naar Bello keek.

Hoe lang was het nou geleden dat ze maar hoefde te glimlachen om ze koest te krijgen? Ze had niet veel na de verhuizing naar de flat om tevreden over te zijn, maar met mannen kon ze alles. Met mannen kon ze alles, bij Doris had ze rust en veiligheid en Cris zou ze wel krijgen.

Moet je nu eens zien. Bibberen als ze Bello zag, DeBoor die haar had vastgebonden, Doris die haar liever een poosje niet meer zag en Cris die al dagen uit beeld was verdwenen.

Ze had er Toinette voor teruggekregen, mevrouw de gangster die Bello op haar liet wachten, die met haar dikke kont in de flat had moeten zitten, maar die was weggegaan en nog opdrachten gaf ook. Als mevrouw de gangster verdomme dacht dat ze Nillie Pender op afroep naar het landhuis kon laten komen dan vergiste mevrouw de gangster zich behoorlijk.

Dat dacht ze, met een grimmige blik gericht op niets en met kaken die op elkaar waren geklemd.

Na vijf minuten was ze toe aan de alternatieven.

Waar kon ze naartoe.

Niet naar de flat. Bello had haar met Toinette laten bellen en die was duidelijk geweest. 'Er is iets aan de hand, Nil. Vinnie is verdwenen. Er gebeuren gekke dingen. In mijn huis zijn we veilig.'

Niet naar Doris. Ze had geen idee waar DeBoor was, maar hij zou haar zoeken en als hij merkte dat ze bij Doris was, wie weet wat hij met de kinderen zou doen.

Niet naar de sportschool. Niels zou haar willen helpen. Niels had een wapen. Zij had er ook een. In haar tas als ze hem nodig had, ergens ver weg. DeBoor zou schieten, dat wist ze zeker. Ze zag het voor zich. DeBoor en Niels tegenover elkaar, net cowboytje spelen. Niels stoer en groot. DeBoor kleiner, klaar om te spugen en te schieten. Daar lag Niels. Ze moest er niet aan denken.

Naar de flat kon ze niet terug, Bello had gezegd dat hij in de buurt zou blijven. Ze had geen idee waarom, maar hij zou blijven.

De stad uit? Naar het buitenland? Met een revolver, een busje peper en de creditcard van Vinnie? Hoelang zou ze het volhouden?

Ze overdacht alle mogelijkheden twee keer, zuchtte en ging op weg naar het landhuis.

'Ze is op weg, mevrouw,' zei Allan. 'Ze sputterde, maar ze reed in elk geval de goede kant op.'

'Jij blijft bij de flat.' Het was geen vraag en het klonk niet als een vraag.

'Ja, mevrouw. Zal ik mevrouw Doreen bellen of doet u het?'

'Waarom zou je bellen?'

'Omdat mevrouw Doreen dat vroeg mevrouw. Ze wilde op de hoogte gehouden worden. "Jij belt, of Toi…, mevrouw Toinette belt," zei ze.'

'Ik bel Doreen wel. Blijf waar je bent.'

Vijf minuten later belde Allan opnieuw, een beetje hijgerig.

'Iets heel geks, mevrouw. Ik liep een eindje rond. Op weg naar Hank Ditsz. Die woont vlakbij Nillie.'

'Mevrouw Nillie,' zei ze scherp. 'Of mevrouw Pender.'

'Mevrouw Nillie. Ik liep naar de flat van Hank en opeens zag ik de auto van uw man.'

'Vinnie.'

'Van meneer Vinnie. Die auto staat hier nooit. Niet dat ik weet. Hij rook, mevrouw.'

'Rook,' herhaalde ze.

'Rook, mevrouw. Ik rook gas.'

'Noemen ze je daarom Bello?'

'Zoiets, mevrouw. Ik dacht: wat gek. Dat dacht ik. Toen ben ik gaan kijken.'

'In de auto, bedoel je.'

'Ik werk voor meneer Gabby, mevrouw.'

De oude Gabby. Wat Allan bedoelde was dat auto's openen dagelijks werk voor hem was. 'Zag je iets?'

'Ik rook, mevrouw. Nog meer gas. Van dat peperspul, u weet wel.'

Sinds ze Nillie kende wist ze het. Ze kreeg visioenen van Nillie die iets met Vinnie had gehad. Of in de auto van Vinnie had gelegen. Of… Ze begon te rillen. Wist dat er meer was. Zei: 'En?' zo scherp als ze kon.

'Ik heb de achterklep geopend, mevrouw. Een klein stukje. Ik ben bang…'

Zij ook, maar niet erg. 'Lag hij er?'

'Ja, mevrouw. Hij lag er.'

Rij de auto naar de stort, wilde ze zeggen. Naar de rivier. Naar een plaats waar ze een viaduct bouwen en cement aan het storten zijn. Ze kenden alle varianten, niet van verhalen van de ooms, maar van de films. Een dode moest je niet in de buurt hebben, dat was altijd het uitgangspunt.

'Rij de auto hier maar naartoe,' zei ze rustig, net of ze de situatie beheerste. 'Lukt je dat?'

'Ja, mevrouw.'

Ze hoorde het onderdrukte lachje. Zei snel: 'Neem de tijd. Zorg dat niemand je ziet vertrekken.' Ze had geen idee waar het op sloeg, ook dat zeiden ze altijd in films.

Ze reed de Fiesta de oprit naar het landhuis op, bleef voor de garage staan en vroeg zich af wat ze nu weer had vergeten. Het schoot haar te binnen toen ze de sporttas op schoot trok.

Dát vergat ze. Ze deed niet anders dan het belangrijkste vergeten, maar nu was het afgelopen. Nu zou ze iets bij de hand houden. Als iemand anders opendeed dan Toinette, dan kreeg-ie de volle laag.

Ze pakte de revolver en schoof het wapen achter haar broekband, de loop langs haar bil. Ze bewoog en voelde zich volkomen belachelijk. Hoe kon een mens nou lopen als hij een complete revolver achter zijn rug klem moet houden.

Ze probeerde het aan de voorkant en schoot bijna in de lach toen ze het puntje van de loop voelde. Of ze met een vibrator in de weer was. Hoe zou ze zich voelen als het wapen per ongeluk af ging? Ze had het zich bij mannen altijd afgevraagd, op een zorgeloze manier, in de geest van: daar krijg je spijt van, jongen. Zelf voelde ze zich er niet lekker bij en daarom legde ze het wapen terug in de tas: waarschijnlijk zou ze toch niet durven schieten.

Met de peperspray zat het anders. Dat durfde ze wel. Ze duwde het busje aan de achterkant in haar broek, rilde toen ze het metaal voelde en zag zichzelf als een kameel met een afgezakte bult.

Aan de voorkant ging het. Klem tussen broek en buik. Shirt erover. Klaar.

Ze voelde zich iets beter. Ze had in elk geval gedaan wat ze kon. Wat ze aandurfde.

Ze liep naar de voordeur, terwijl ze om zich heen keek. Een paar auto's verderop in de straat, maar nergens stemmen, nergens geluid, zelfs niet van honden. Ze bleef staan. Was ze ooit ergens geweest waar in de verte niet het geluid van een trein klonk?

Ze zag het gezicht van Toinette voor ze kon bellen, zuchtte van opluchting, trok haar hand weg van haar buik.

'Blij dat je er bent,' zei Toinette. 'Waar bleef je. Je had hier allang kunnen zijn.'

Ze zag de opluchting en wist dat het niet gespeeld was. 'Omweg gemaakt,' zei ze snel. 'Ik wilde weten of iemand me volgde.'

'Was dat zo?'

Ze had er geen moment aan gedacht. 'Niet dat ik weet. Waarom ben je hiernaartoe gegaan?'

'Straks,' zei Toinette. 'Vertel wat er met je is gebeurd. Je bleef veel te lang weg en bij Doris was je niet en…'

'Heb je Doris gebeld?' Ze liet zich meetrekken naar de huiskamer, in een stoel planten, koffie voorzetten die klaarstond in een kan die Toinette op een theelichtje had gezet, gekookte koffie, en niet eens vies, kon je nagaan wat een dorst ze had.

'Ja,' zei Toinette. 'Ik heb van alles gedaan. Wat is er gebeurd?'

Ze vertelde over DeBoor, over het zomerhuisje met het bed, over de manier waarop ze zich had bevrijd, over haar gezoek in het stuk bos, haar ontmoeting met Allan.

Toinette luisterde, schudde met haar hoofd, keek steeds verbaasder. 'Ik snap er niets meer van,' zei ze. 'Hoe kan dit allemaal. DeBoor die jou kidnapt. Waarom?'

'Vinnie natuurlijk, wie anders.'

'Maar Vinnie is…' Toinette haalde diep adem. 'Vinnie is dood. Allan belde, Bello. Hij heeft Vinnie gevonden. Vinnie lag achter in zijn eigen auto.' Toinettes ogen vernauwden zich. 'Hij rook naar pepergas, zei Allan. Ik dacht dat jij…'

Ze streek met een hand over haar shirt, voelde het busje, keek Toinette recht aan. 'Denk je soms dat ik Vinnie…' Ze deed of ze spoot. 'Ik? En hem dan in zijn eigen auto leggen? Geloof je dat?'

'Nee,' zei Toinette. 'Maar er is iets dat ik niet snap.' Ze wees naar boven. 'Straks zal ik je de slaapkamer van Ludmilla laten zien. Dat is de hulp in de huishouding. Als je dat ziet snap je nergens meer iets van. Ik denk dat ik nu Doreen moet bellen. Ze zou een oom waarschuwen om ons te helpen. Oom Tiesto, je kent hem niet, maar ik wel, en Doreen ook. Ze zou hiernaartoe komen, Doreen. Ik hoop dat ze opschiet.'

Ze belde, kreeg geen verbinding, legde de telefoon in haar schoot. 'Raar, Nil. Vinnie dood, jij vastgebonden, raar.'

Maar niet in het minst overstuur. 'Doet het je niets?' vroeg ze. 'Dat Vinnie dood is?'

'Ja,' zei Toinette. 'Maar dat mag ik voorlopig niet laten merken. De ooms zijn traditioneel. Pas als Vinnie is begraven mag ik lachen.' Ze gaf een snelle knipoog. 'Snap je wat ik bedoel?'

Ze dacht aan Cris. 'Reken maar.'

'Ben je kwaad?' vroeg Toinette na het tweede kopje koffie, met het scheutje cognac tegen de schrik. 'Je kijkt zo… zo… Moet je dat gezicht van je zien.'

'Ja,' zei ze. 'Ik ben woest.'

'Op mij?'

Op DeBoor die haar bloot had vastgebonden en naar haar had zitten kijken terwijl ze daar lag. Op Cris met wie het allemaal was begonnen. Als Cris haar samen met die kleine etter niet het huis uit had gegooid, dan had ze… Op Vinnie. Op iedereen. Maar het meest op DeBoor met zijn snor, zijn dikke lippen, zijn ruwe stem. Als ze hem zag zou ze hem aanvliegen. Ze zou hem aanvliegen en nog winnen ook. 'Niet op jou. Op mannen. Alle mannen lijkt het wel.'

'Allemaal?'

'Ken jij er een die deugt?'

'Nee,' zei Toinette, 'maar wie ken ik nou helemaal.'

'Dat zal Doreen zijn,' zei Toinette. Ze stond midden in de kamer, koffiepot in de ene, cognacfles in de andere hand. 'Goed dat ze er is.'

'Ik ga wel even kijken,' zei ze, blij dat ze een reden had om te bewegen.

'Niet opendoen als je iemand ziet die je niet kent,' zei Toinette. 'Wacht, we gaan samen.'

Achter elkaar liepen ze naar de deur.

'Wie is dat?' fluisterde Toinette terwijl ze bleef staan en een beweging maakte of ze terug wilde lopen.

'Dat,' zei ze, 'is Cris. Ik weet niet wat hij hier te zoeken heeft, maar dat gaan we gauw genoeg horen.' Ze rukte de deur open en greep Cris bij zijn jas. 'Wat kom jij verdomme doen?'

'Buurten,' zei DeBoor, die achter hem opdook. 'Hij volgde je. Ik dacht: ik neem hem mee naar binnen.' Hij gaf Cris een zet, stapte de hal in en drukte de deur achter zich dicht. 'Het was net een optocht. Eerst jij, toen die zak,' beweging met een revolver naar Cris die kreunde en zijn armen tegen zijn ribben drukte, 'daarna ik. Een hele stoet. Hij wilde eerst niet mee, maar dat duurde niet lang.' DeBoor liet een sleutel zien. 'Ik dacht: laten we eerst maar even bellen. Dat staat netter.' Nieuw gebaar met de revolver, blik naar Toinette. 'Waar was je vanmorgen, ik heb je gemist. Zitten jullie.'

Hij gaf Cris een duw, luisterde naar diens gekreun, schoot. 'Hem kunnen we verder missen. Hij was op zoek naar die scheve van hem, zei hij. Het had te maken met Vinnie. Waar ís Vinnie?'

Toinette keek naar Cris die in foetushouding op de vloer lag. 'Is-ie dood?'

'Ik zou het niet weten,' zei DeBoor. 'Waar zei je dat Vinnie was?'

'In zijn auto.'

'Op weg naar huis?'

Toinette schudde haar hoofd. 'Op weg naar een plaats waar jij ook thuishoort. Hij is dood.'

DeBoor liet de revolver zakken, een klein stukje, maar het was zakken. 'Je meent het.'

'Ik meen het,' zei Toinette. Ze wees naar boven. 'Ben je hier eerder geweest?'

DeBoor knikte. 'Je was er niet. Dat was pech. Of geluk, dat ligt eraan nou Vinnie dood is. Ik denk dat ik even na moet denken. Ga zolang maar zitten.' Hij wachtte tot Toinette zat en keek toen pas naar haar. 'Dag, scheve,' zei hij. 'Doe ik moeite om via jou Toinette te vinden, vind ik haar eindelijk, is het niet meer nodig. Je hebt wel pech.'

Ze had geen idee wat hij bedoelde, maar vertikte het een vraag te stellen. Eén verkeerde beweging, dacht ze, één kans en ik spuit dat hoofd van je zo vol peper dat je lippen ervan weg schroeien.

Toinette zag haar gezicht vertrekken. 'Rustig Nil. Hij bedoelt dat hij ons dood gaat schieten. Hij heeft Ludmilla ook neergeschoten. Dat was wat ik je wilde laten zien. Ook een man die bij Ludmilla was. Ik weet niet wie. Hij was op zoek naar mij, maar ik was in jouw flat.'

'Toch?' Er klonk afkeer in de stem van DeBoor. 'Ik heb er even aan gedacht. Verdomd. Dus toch.' Hij ging zitten, revolver op een knie. 'Geef maar wat koffie.'

Toinette bewoog zich niet.

'Scheve, pak die koffiepot. Ik moest je in leven laten van Vinnie, want hij had een plan. Geen idee welk plan, maar als hij dood is vervalt het. Geef me koffie of ga alvast naast dikbuik liggen.'

Ze stond op, langzaam, alsof ze haar spieren uit de knoop moest trekken, hield een hand tegen haar shirt, verstijfde toen ze een snelle blik van Toinette richting raam zag, draaide zich langzaam om, pot in de hand.

Allan probeerde het, maar het was een poging van niks. Hij raakte met een schouder de deur naar de tuin, wist hem open te breken en een stap binnen te zetten, kreeg twee kogels in zijn buik en ging neer. Zonder geluid. Twee keer plof, daar lag Bello.

Ze smeet de pot zonder na te denken in zijn richting, hoorde de schreeuw van DeBoor, stortte zich om hem, hand klauwend naar zijn snor. Ze rukte zijn hoofd opzij en pakte de peperspray, stopte de bovenkant in de mond en spoot.

'Stop maar,' zei Toinette.

Spoot.

'Stop nou, Nillie. Het hoeft niet meer.'

Spoot. Hijgde. Scheurde aan de snor en zag een stuk bovenlip verdwijnen.

'Je valt flauw door die lucht,' zei Toinette. 'Nil, hou op. Alsjeblieft.'

Ze liet los, ademde zwaar en voelde de tranen over haar gezicht lopen.

'Spoelen, Nil,' zei Toinette.

Ze maakte een beweging naar DeBoor. 'Hij…'

'Hoeft niet meer,' zei Toinette. 'Kom nou. Hij is gestikt.' Ze keek naar Allan. 'Bello leeft nog, geloof ik.' Ze hoestte. 'Kom mee naar de keuken.'

Ze liet zich meetrekken, liet haar hoofd onder de kraan duwen, liet haar ogen wassen, liet zich tegen de borst van Toinette drukken, haar haren strelen. Voelde zich uitgeput.

'Het is goed,' zei Toinette. 'Doreen kan elk ogenblik komen. Zij weet wat we moeten doen.'

'Wegwezen,' zei Doreen. 'Zo snel mogelijk.' Ze stond midden in de kamer, rechtop, rustig, keek van Cris naar DeBoor naar Allan. 'Ome Tiesto heeft een paar mensen gewaarschuwd. Ze wachten op een telefoontje van mij. Allan moet naar een dokter, de andere twee moeten weg. De andere vier. Het is wel een toestand.' Ze keek naar Toinette. 'Ga naar dat kuuroord waar je het zo vaak over hebt. Vinnie is dood, zijn auto staat achter de Fiesta, ik heb hem net zien liggen. Hij is dood dus jij kunt doen wat je al jaren van plan bent.' Ze bleef kijken tot Toinette antwoord gaf.

'Afvallen?'

'In dat kuuroord.' Blik naar Nillie. 'Ga samen. Meteen. Over een paar uur kun je er zijn. Iedereen in de buurt negeert dit huis dus waarschijnlijk heeft niemand jullie zien komen. Is er wel iemand dan mag oom Tiesto dat oplossen. Dat kan hij nog steeds. Jullie zijn hier niet geweest. Jullie weten nergens van. Onthouden jullie dat?'

'En Angie?' vroeg Toinette.

Waarderende blik van Doreen. 'Blij dat je aan haar denkt. Angie blijft bij mij. Schiet op, pak een paar kleren en ga weg.' Nu pas leek ze Toinette goed te hebben bekeken. 'Leuke jurk, beter dan je in jaren hebt gehad.'

'Van Nil,' zei Toinette.

'Ja,' zei Doreen. 'Nillie. Toen ik je de eerste keer zag had ik al het gevoel dat er iets te gebeuren stond. Vinnie dood, boven twee dood, Allan bijna dood. Wie is die dikke?'

'Mijn ex,' zei ze.

'Ach,' zei Doreen. 'De man die door Hank Ditsz in elkaar is geslagen?'

Ze knikte.

'In opdracht van Vinnie,' zei Doreen. 'Benieuwd wie om hem gaat treuren.' Ze wees weer naar boven. 'Schiet een beetje op. Inpakken en naar het kuuroord. Is er nog iets?' Ze keek naar Nillie die naar de revolver wees die naast DeBoor lag.

'Er is iets met die revolver. Hij ziet er precies zo uit als de revolver die ik kreeg.' Schuine blik. 'Van Bello. Namens Vinnie?'

'Niet namens mij. Ik hoorde het pas later van Allan. Geef je revolver maar aan mij. Ik zorg dat ze verdwijnen, allebei. Goed zo?'

'Ja,' zei ze. Ze pakte de revolver uit de sporttas, aarzelde en gaf hem aan Doreen. 'Goed.' Er was iets, ze voelde het, maar ze had geen idee wat. In de kamer hing nog vaag de lucht van de peperspray. Op de vloer lagen drie lichamen. Ze had honger, moest naar de wc, voelde zich bekaf. 'Alsjeblieft.'

'Weg,' zei Doreen. 'Hoe langer jullie wachten, hoe moeilijker het wordt. Ik rij Vinnies auto achteruit, jullie nemen de Fiesta. Bel met niemand, maak je nergens druk om, ik zoek contact als de boel is geregeld. Alles komt goed.'

'Alles komt goed,' zei Toinette. 'Ja toch, Nil?'

Ze knikte. Alles kwam goed.

20

Ze zaten tegenover elkaar in de jacuzzi, zwijgend, langs elkaar heen kijkend.

'Is er iets?' vroeg Toinette.

'Nee,' zei ze. 'Niets.'

'Je bent anders. Heel anders dan een paar dagen geleden.'

'Drie dagen.' Drie dagen niet alleen, drie dagen bijna twintig uur per dag Toinette in haar nabijheid, drie dagen geen contacten met andere gasten, alleen met personeel dat afstandelijk was en geforceerd vriendelijk.

'Vier,' zei Toinette. 'Dat moet je onthouden, Nil. Vier dagen. De meeste gasten komen op zaterdag. Wij ook. We zijn 's avonds gekomen. Zo staat het in het register bij de receptie, de directrice zal het bevestigen.'

'Het personeel ook?'

'Laat dat maar aan Doreen over.'

Ze liet zich zakken tot haar hoofd onder water was, luisterde naar het gebubbel, probeerde zich te ontspannen, hoestte toen ze boven kwam. 'Wat een rare smaak, dit water. Hoe krijgt Doreen dat voor elkaar, ons op zaterdag laten komen?'

'Ik denk dat het kuuroord van een van de ooms is, of van een kind van een van de ooms, ik zou niet weten hoe het in elkaar zit. Het heeft me nooit iets kunnen schelen. Zoiets vroeg je gewoon niet. Niet aan pappa en helemaal niet aan Vinnie.'

'Toch snap ik niet dat de politie niet komt. Om ons te verhoren. Jouw man, mijn ex, je zou denken…'

Toinette glimlachte. 'Ben je daarom zo stil. Omdat je je zorgen maakt. Doe maar niet. Ik heb vanmorgen nog met Doreen gebeld. Vinnie wordt morgen begraven en Cris ook. Of we erbij wilden zijn, vroeg Doreen. Ik zei: moet dat? Nee, zei ze, de ooms vinden het beter dat je even wegblijft. Ze zei dat ze met Angie heeft gepraat. Angie zei: O. Dat was het. O. Ze huilde niet eens. Ze ging gewoon door met spelen, zei Doreen. Wil jij wel?'

Ze was de draad kwijt. 'Wil ik wel? Wil ik wat?'

'Naar de begrafenis van Cris.'

Daar had ze al over nagedacht. 'Pieker er niet over.'

'Dat dacht ik al,' zei Toinette. 'Ik heb tegen Doreen gezegd dat je vast niet zou willen. Wil je weten wat er is gebeurd afgelopen zondag?'

Eindelijk keek ze Toinette recht in de ogen. 'Ik wéét wat er is gebeurd. Iedereen is dood, Cris, Vinnie, Hank, Bello, DeBoor.' Ze rilde. 'Door mij, DeBoor, ik heb er al twee keer over gedroomd. Dan komen er dikke lippen op me af die aan een snor hangen die boven mijn ogen gaat zitten. Dan praat de snor, met die stem van DeBoor, dat ruwe. Die snor zegt: "Scheve, ik zal je wel krijgen", en dan stik ik bijna van de stank, allemaal gas dat in mijn ogen prikt, en in mijn keel. Je hulp in de huishouding, ook dood, Ludmilla. En een man van wie we de naam niet eens weten. En…' Ze sloeg met de handen plat op het water, keek naar het dikke lijf van Toinette dat geen millimeter leek te bewegen, naar de onderkinnen, de mond, de ogen die zacht stonden, een beetje met een blik van: rustig nou maar, alles komt in orde. 'En wij zitten hier, met onze kont op de bubbels. Of we liggen in de modder. Of op een massagetafel. We eten spul met lange namen waar ik nooit van heb gehoord, ik voel me twee keer per dag een konijn. Ze zijn dus allemaal dood en wij doen of de zondag niet heeft bestaan.'

Toinette boog zich voorover en legde een hand op haar nek, een ogenblik was ze bang dat ze als een kind tegen de brede boezem getrokken zou worden.

'Rustig maar.'

'Niks rustig maar. Ik loop er al dagen mee. Ik… ik…' Huilen in een jacuzzi, ze zou niet weten wat er zinlozer was. 'Laat maar. Het gaat wel weer.' Toinette liet los en ze dook weer onder. Lekker dat bubbelgeluid in haar oren, net of haar hoofd werd gemasseerd.

'Allan is niet dood,' zei Toinette. 'Doreen heeft hem naar een privékliniek laten brengen. Het schijnt dat hij, buiten de stad, betrokken is geweest bij een schietpartij. Dader onbekend.'

Ze wilde 'Hoe' zeggen, en 'Wie heeft dat bedacht' en 'Gelooft de politie dat echt', maar vond elke zin even dwaas. Dus zei ze: 'Nee.'

'Ja. Zo is het geregeld, zo heeft de politie het genoteerd. Ludmilla is verdwenen en de man die bij haar was ook.'

'Waar naartoe?'

Toinette haalde haar schouders op. 'Ik wil het niet weten en waarom zou jij... Het zat gewoon zo: Cris en Leo wilden Vinnie vermoorden omdat Vinnie in het huis een kantoor wilde beginnen en films wilde maken waar Leo geen zin in had. Cris kwam op het idee om Vinnie in zijn eigen auto naar zijn eigen huis te brengen. DeBoor was daar toevallig. Cris ging DeBoor met peperspray te lijf, DeBoor schoot net voor hij dood ging op Cris. Drie doden, meer niet.'

'Meer niet.'

'Van wie twee die van de politie best dood mogen zijn. DeBoor is een moordenaar, dat wisten ze allang. Vinnie is Vinnie. "Rust teruggekeerd in Zuidwijk", dat heeft in een van de kranten gestaan. Ze moesten eens weten. Alsof de ooms geen familie hebben.'

'Wat vindt de politie van Cris?'

Toinette trok haar schouders een paar centimeters op. 'Weinig. Hij heeft Vinnie vermoord. Samen met Leo. Leo heeft bekend en in de schuur en de kelder zijn bewijzen gevonden. Vertelde Doreen. Twee gangsters dood, daders gepakt, een van de daders heeft schuld bekend. Als ik jou was zou ik me beslist geen zorgen maken.'

'Ik heb iemand vermoord.'

'Jij hebt je leven gered. En het mijne. Daar zou ik aan denken als ik jou was. Ik wilde Vinnie dood, jij wilde Cris dood. Ze zijn dood. Volgens mij is het tijd voor een feestje.'

Zo ver was ze nog niet. 'Lekker idee. Feestje.'

'Om te vieren dat we het huis aan de vijver hebben gekocht.' Toinette zwaaide met een hand voor haar ogen. 'Nillie, reageer nou eens. Wij. Gekocht. Zeg eens wat.'

Ze voelde steken in haar maag, een spier in haar hals leek te schokken. Het zat in de manier waarop Toinette het woord wij uitsprak. 'Wij.'

'Doreen. Ik. Wij. Vinnie zat al met geld in het huis. Leo had van Vinnie geleend. Doreen hoefde alleen maar wat kleinigheden te regelen. We kunnen er zo in als we willen. Leo zit in de gevangenis en waarom zouden we het leeg laten staan? Dat rotlandhuis wil ik niet meer zien. Bij de vijver hebben we de ruimte. Wat vind je ervan?'

Niks, dat vond ze ervan. Wat ze wilde was haar vrijheid. Zelf doen waar ze zin in had. Wel met geld, dat graag, maar ze was gaan wennen aan haar rust. Aan oppassen bij Doris. Aan denken over wat ze zou willen met Cris. 'Ik weet niet.'

'We zijn vriendinnen,' zei Toinette op een toon die een scherp randje had. 'Vriendinnen helpen elkaar. Volgens Doreen heeft DeBoor Ludmilla en die man neergeschoten met de revolver die hij later, in het zomerhuisje, in jouw tas heeft gestopt. Vinnie wilde jou voor de moorden laten opdraaien. Omdat je in het zomerhuisje vastgebonden lag had je geen alibi. Het schijnt dat Leo in het begin tegen de politie heeft gezegd dat Cris en hij pepperspraybusjes hadden verzameld omdat ze wisten dat jij Vinnie had volgespoten. Ze wilden jou ook voor Vinnies dood laten opdraaien. Later zei hij dat het onzin was.'

'Later.'

'Na een gesprek met zijn advocaat.'

Ze begon het door te krijgen. 'Die gestuurd was door Doreen.'

'Door een van de ooms. De rechercheur die het spuitbusje vond waarmee jij DeBoor hebt bespoten is dat busje kwijtgeraakt. Helemaal zoek.'

'Ooms.'

'Zoon ervan. Degene die Zuid gaat overnemen, denk ik, zo werkt het nu eenmaal. Alles is voor je geregeld. Wil je beneden wonen of boven. Je kunt de kamer van Cris krijgen, maakt mij niet uit.'

'Geregeld. Alles is geregeld.'

'Vriendinnen,' zei Toinette. 'Als je zus werkt kun je de kinderen mooi naar het huis aan de vijver laten komen. Heeft Angie iemand om mee te spelen. Heb ik je al verteld dat de politie een pen heeft gevonden onder het lichaam van Vinnie in de kofferbak? Een pen van Cris. Liefs van Doloris, stond er op. Er zaten ook vingerafdrukken op.'

Ze had het gevoel dat haar adem werd afgesneden, voelde druk op haar longen, hapte als een vis, speelde het klaar woorden te vormen: 'Van mij?'

'Vriendinnen,' zei Toinette. 'Niemand weet van wie de afdrukken zijn en dat blijft zo. Doreen staat garant en ik ook. We zullen het leuk hebben samen. Weet je dat ik al anderhalve kilo ben afgevallen? Eén kilo en acht ons. Goed hè.'

'Ja,' zei ze. 'Goed.'

Ze ging onder water, luisterde naar de bubbels, en wenste dat ze niet meer naar boven hoefde.